Le passeur

Philippe Rossignol

Le passeur

Roman

LE LYS BLEU
ÉDITIONS

ISBN : 979-10-422-1939-0

À ma tribu. Sophie, Léna, Mila, Jules

Chapitre I
Le calme avant la tempête

À quatre heures trente du matin, le sommeil de Paul fut interrompu par les vibrations de sa montre. Il n'éprouva aucune difficulté à s'éveiller, se surprenant même d'être instantanément en pleine possession de ses moyens.

Après quelques heures d'un repos haché et mouvementé, le moment tant convoité se présentait, et plus que jamais, il se sentait prêt.

Il étira ses jambes engoncées dans le duvet en émettant un grognement de satisfaction. La pénombre emplissait la tente berbère. Ouverte sur les côtés, elle offrait une protection contre la rosée, moins contre le vent glacial qui s'était engouffré par les larges ouvertures et amusé toute la nuit à perturber ses occupants. Installé à la limite du tapis, presque à l'extérieur, Paul pouvait apercevoir la voie lactée, sublime en cet endroit du désert.

Mais déjà plus le temps de traîner, le départ était prévu à six heures trente, avant les grosses chaleurs.

S'extirpant avec agilité de sa couche, Paul fut immédiatement saisi par les bras acérés du vent. Il s'habilla en quelques secondes et plia son duvet. Après avoir enfilé ses chaussures de trail, il s'éloigna rapidement du camp et soulagea sa vessie au pied d'une dune. Il en profita à nouveau pour admirer le ciel constellé d'étoiles et se mit à se parler à lui-même, à voix haute, comme il en avait pris récemment l'habitude lors de ses séances d'entraînement.

« Tu y es mon vieux, tu y es presque. Bientôt, tu sauras… »

Paul revint au camp le cœur léger, débordant d'une énergie, d'un enthousiasme qui ne cessaient de gonfler et d'irradier chaque partie de son corps. Il s'assit, se cala contre son sac à dos, sortit son briquet et alluma le petit tas de brindilles sèches et de bois mort qu'il avait préparé la veille au soir. Dès que le niveau des flammes fut suffisant pour chauffer sa gamelle, il la remplit d'eau et la disposa sur le minuscule foyer afin de préparer son thé. Pendant que le feu, avec de délicieux craquements, léchait le récipient, il sortit son petit déjeuner : une miche de pain au son, deux tranches de jambon et un beau morceau de Cantal rescapés du voyage ainsi que quelques tomates cerises. Même consciencieusement emballé et protégé de la chaleur par du papier aluminium, l'ensemble avait clairement transpiré… Qu'importe, il était essentiel de se faire plaisir en engloutissant un copieux repas, riche en calories et surtout à son goût. Ce serait le dernier avant un bon moment. Paul versa l'eau frémissante sur son sachet d'Earl Grey et enserra sa tasse de ses mains pour se réchauffer. Le soleil qui commençait à poindre à l'horizon n'était pas encore chaud. Pas encore.

Peu à peu, le campement bruissa du réveil des concurrents qui, comme Paul, se préparaient à vivre de riches mais terribles heures. Il se laissa submerger par l'allégresse qui l'accompagnait depuis le réveil et qui semblait sans limite. Cette parenthèse suspendue dans le temps, ce calme avant la tempête, où le quotidien s'évanouissait au profit d'une excitation brute et animale était un moment qu'il affectionnait particulièrement. Un premier « retour sur investissement » comme il aimait le dire sur un ton enjoué à ses rares amis ou ses collègues de travail. Il avait établi un plan de préparation, et s'y était tenu quoi qu'il lui en ait coûté. Ses soirées de célibataire débauché, son penchant pour l'alcool, les « drogues festives », les nuits qui n'en finissent pas, même sa soif de conquêtes féminines avait subi un sévère coup de rabot.

Il avait remplacé ses excès de jouisseur par des excès de compétiteur. Des dizaines d'heures à s'entraîner, par tous les temps, dans toutes les conditions, quel que fût sa fatigue ou son niveau de motivation. Un physique testé, choyé, rudoyé, bichonné, préparé, mis à l'épreuve afin que le jour J, sa grande carcasse lui réponde présente, sans faillir. Et pour la première fois, Paul avait décidé de travailler son mental, tout comme il avait préparé et endurci son corps. Quelques recherches sur des sites spécialisés, la lecture d'articles et le partage d'expérience avec d'autres coureurs l'avaient orienté vers la sophrologie. Sa première séance avait été un cuisant échec. Le praticien qui lui avait été conseillé était trop perché pour Paul. Plus habitué à accompagner des clients en quête de spiritualité et « de sens », son « guide » s'était perdu dans un fumeux discours l'invitant à « ouvrir son portail énergétique d'amour afin de transmuter les déséquilibres à venir ».

Agnostique proclamé, c'est peu de dire que Paul n'avait pas apprécié l'approche. Toutefois, conscient qu'il était tombé sur un déviant, et sûr des bienfaits qu'il pourrait tirer de cette démarche, il continua sa recherche de praticien et finit par dénicher Sophia.

Sportive accomplie, elle comprit très vite Paul et sa quête d'outils pouvant lui permettre de faire face plus sereinement aux difficultés de son sport extrême. Elle s'orienta donc avec lui sur la gestion de ses probables trous d'air, du fameux « mur », tant physiologique que psychologique, celui qui survient sans prévenir, et contre lequel tous les ultra marathoniens ont déjà buté.

Ainsi, durant les rendez-vous de préparation, la voix de Sophia le guidait et l'invitait à imaginer et visualiser des images positives liées au raid à venir. La douceur de sa coach le guidant dans ses exercices était si réconfortante qu'il s'endormit lors des trois premières rencontres. Mais avec l'habitude, il avait pu suivre jusqu'à son terme l'ensemble des rendez-vous.

Se voir courir facilement, ressentir la fluidité de ses foulées et imaginer passer la ligne d'arrivée en ayant tenu ses objectifs étaient au menu. Il lui fallut ensuite mémoriser, ancrer en soi ces visions à l'aide d'un geste réflexe, censé, lors de la course, l'aider à surmonter le pire. Après avoir testé plusieurs ancrages, Paul avait jeté son dévolu sur celui qui consistait à se frapper le cœur du plat de la main droite. Pourquoi celui-là plutôt qu'un autre ? Il ne le savait pas mais se sentait bien avec ce choix.

La solitude, l'épuisement à venir, la gestion de sa souffrance, la baisse de concentration, tout ce qui pouvait générer l'échec avait été longuement préparé, et la mélodie des phrases de Sophia s'était tranquillement installée dans son esprit, prête à l'aider, à lui susurrer des conseils lorsque le mal viendrait. C'est ainsi, avec la conviction d'avoir un nouvel atout, que Paul abordait la compétition.

Le travail sur soi, les privations, les séances de piste, de côte, longues, c'était ce prix, ce lourd engagement qu'il fallait « payer » pour espérer terminer cette « Desert Cup ». Cent soixante-huit kilomètres à parcourir d'une traite, en courant, de Petra à Aqaba au cœur du brûlant « Wadi Rum », un désert aussi sublime qu'inhospitalier. Et, comme si le défi n'était pas déjà assez relevé, l'autosuffisance était la règle, l'organisation ne fournissant aux cent soixante-dix participants que l'eau nécessaire à hydrater ces fous sympathiques. Les meilleurs mettraient une vingtaine d'heures, les derniers devraient franchir l'arrivée en moins de soixante-trois heures. Quelques-uns, exténués, hagards, perdus, effondrés, devraient prématurément s'arrêter.

Ce n'était pas la première fois que Paul participait à ce genre d'aventure. Il savait donc à quoi s'attendre quant aux lots de tourments à venir et ce qu'il pouvait espérer comme résultat. Finir dans les trente premiers et en moins de trente heures étaient les deux objectifs qu'il s'était fixés, à la fois suffisamment ambitieux pour titiller son amour propre et réalistes pour ne pas tomber de haut.

Tout en se resservant un thé, il embrassa le camp du regard. Une trentaine de tentes berbères dédiées aux seuls coureurs et disposées en croissant faisaient face à une arche gonflable qui, bientôt, servirait de ligne de départ. À la droite de cet exotique ensemble se trouvaient les chapiteaux servant à l'hébergement des organisateurs et la cinquantaine de bénévoles chargés d'encadrer le trail. À l'extrémité étaient positionnés les divers espaces qui avaient servi la veille à l'enregistrement, au contrôle des sacs et des documents administratifs, à la distribution de l'eau.

Concomitamment au soleil, d'abord ténu, le bruit s'amplifia à mesure que montait l'excitation générale. L'heure tant attendue et tant redoutée approchait. Les organisateurs s'affairaient et couraient dans un joyeux désordre organisé, recollaient un sticker d'un sponsor sur une voiture d'assistance, tendaient des banderoles le long de l'arche de départ, vérifiaient par radio que les postes de ravitaillement étaient prêts, accueillaient les officiels jordaniens venus donner le départ. Les journalistes préparaient et vérifiaient caméras et appareils photo et commençaient leur maraude au sein du campement, à la recherche du geste, de la posture qui toucherait au cœur le lecteur ou le téléspectateur. Des infirmiers prodiguaient des soins à quelques engagés stressés et subitement atteints de douleurs gastriques dues à leur angoisse.

Le stress et la peur faisaient partie de ce moment d'avant course tant apprécié de Paul. Ses voisins de tente avaient tenté d'engager la conversation la veille au soir mais avec ses réponses laconiques et évasives, ils avaient bien compris qu'il ne serait pas un compagnon très chaleureux. Paul préférait rester seul. Concentré. Tendu vers ses objectifs. Immergé dans ses pensées, il imaginait le parcours, retraçait sa préparation, et comme Sophia le lui avait appris, il visualisait les moments à venir et espérait ainsi se donner toutes les chances de succès. L'isolement le fortifiait, l'énergisait, tout en l'aidant à retrouver de la sérénité. À l'inverse, la plupart des coureurs préféraient partager, échanger, questionner, interpeller leurs homologues. Ils riaient fort et parlaient haut afin de mieux vivre la pression montante. Chacun avait ses techniques pour affronter l'adversité, mais nul, à quelques minutes du départ, n'était insensible au temps qui passait et qui les rapprochait du maelstrom. Le frisson de l'incertitude et du questionnement les parcourait toutes et tous. Aucun n'était insouciant.

Paul termina son thé. Il étouffa le feu avec du sable puis vérifia son sac avec minutie. Tout était pensé, pesé, organisé afin que l'équilibre soit parfait, la gêne minimum et le poids le plus léger possible. Ayant anticipé de ne pas dormir durant les 30 heures qui allaient suivre et de ne s'alimenter qu'avec des barres énergétiques et des rations froides, il mit de côté sa gamelle, son duvet et son legging. Il ne conserverait qu'un léger coupe-vent pour affronter les morsures du froid des nuits jordaniennes, une lampe frontale, le matériel de survie exigé par l'organisateur, balise Argos et fusée de détresse, et ses maigres et peu goûteuses provisions. Son camelbak viendrait compléter le dispositif.

Satisfait de son rangement, Paul se leva, salua l'entourage d'un laconique mais sincère « Bonne course » et se dirigea vers la consigne afin de se délester de ses biens non essentiels. Ainsi fait, son sac sanglé dans le dos, Paul entama un très léger échauffement en trottinant. Il leva la tête et contempla le ciel totalement vierge de nuages, pur, annonciateur de grosses chaleurs à venir. Une immense fierté vint compléter le cocktail d'émotions fortes qui l'habitait depuis le matin.

Il était prêt. Il allait réaliser de grandes choses. Il en était maintenant convaincu.

Des paroles nasillardes sortant d'un porte-voix tirèrent Paul du méandre de ses réflexions : les coureurs étaient invités à se rendre sur la ligne de départ.

Ça y est, on y était.

Chapitre II
Le président

Claude Sordes s'assit confortablement dans sa rutilante AUDI. Il inspecta minutieusement le tableau de bord, la console centrale, les tapis de sol. Jugeant les cadrans insuffisamment propres, il ouvrit la boîte à gants, en sortit un chiffon et se mit à les essuyer. Plus de poussière, pas de papier égaré, tout était désormais parfaitement en ordre, à sa place. Il pouvait démarrer. Il manœuvra lentement et prudemment afin de sortir de son garage et s'engagea dans la circulation peu dense en cette heure matinale. Il n'aimait pas Saint-Cloud, petite ville bourgeoise de la banlieue ouest, trop provinciale à son goût. Il lui aurait préféré le cinquième ou septième arrondissement de Paris mais sa femme, Mireille, lui avait imposé son choix. Une ville sûre, proche de la capitale et « tellement plus nature » avec son parc de quatre cent soixante hectares. Ils s'y étaient installés il y a deux ans lorsque Claude, un peu contraint par un triste hasard, avait acquis la société de formation professionnelle « Insights ».

À la fin des années quatre-vingt-dix, Claude avait connu le succès. Son livre de conseils aux managers avait rencontré son public. Avec douze mille exemplaires vendus, la presse spécialisée s'était fait le relais de sa vision humaniste du monde des affaires, faisant de lui un expert légitimé du management 2.0. Quelques émissions de radio et une apparition à la télévision avaient achevé de convaincre Claude de la justesse de ses solutions. Il avait poussé son avantage en infiltrant le Rotary et en animant des dizaines de dîners-débats sur le thème de la bienveillance managériale, levier d'une croissance éthique et rentable. S'en était suivie une période plutôt fastueuse pour sa structure unipersonnelle.

C'est lors d'une émission de radio dans laquelle il intervenait qu'il rencontra Laurent Dostes, dirigeant d'Insights. Claude fut immédiatement séduit par ce leader charismatique qui avait brillamment su développer son activité. À l'inverse de Claude, Laurent n'était pas un intellectuel, encore moins un théoricien. Ancien Directeur commercial d'un salaisonnier industriel, Laurent avait développé une prosaïque et efficace méthode de vente qu'il déployait avec succès auprès de très nombreuses sociétés, tant PME que grands groupes du CAC 40. Opportuniste, Laurent fit régulièrement intervenir Claude lors de séminaires de direction et leur collaboration perdura jusqu'en juin 2017, ou, emporté par un AVC foudroyant, il laissa en héritage à sa famille un florissant business alimenté par cinquante consultants. Vétérinaire et peu rompue à la gestion, l'ex-femme de Laurent se rapprocha de Claude afin de lui proposer d'acheter le cabinet désormais orphelin.

Il fut d'abord réticent. S'il était convaincu de la justesse de ses vues et de ses théories managériales, il se sentait incapable de diriger une entité de cette taille, de surcroît spécialisée dans la formation à la vente et la négociation. Il n'avait pas voulu, ou pas su, développer sa microstructure et, aussi paradoxal que cela puisse paraître, il savait qu'il n'était pas un bon manager, rendant une fois de plus exacte la maxime du « cordonnier le plus mal chaussé ».

Mais son épouse qui n'avait jamais douté de lui et qui voyait en cette opportunité une occasion unique d'ascension sociale le bombarda d'arguments flattant son très sensible amour-propre. Poussant ses feux, elle organisa avec la cédante, un déjeuner de travail dans le très chic et branché bistrot de Puteaux, le Majordome. Pris en tenaille par les deux femmes, Claude rendit les armes lorsque la veuve de Laurent lui raconta avec moult détails comment son ex-époux l'encensait et pensait que sa vision du monde managérial se devait d'avoir une tribune plus large. On pouvait être vétérinaire et ne pas avoir le sens des affaires, mais tout de même savoir défendre ses intérêts !

La cession se fit en juin 2018, à un niveau de prix en phase avec les critères du marché. À cinquante-quatre ans, Claude passait à un nouveau stade de sa vie professionnelle.

Bien connu de l'ensemble des équipes, il était apprécié pour son rayonnement médiatique et l'image qu'il véhiculait, et aucun des salariés n'émit d'objection lorsqu'ils apprirent la nouvelle de son arrivée comme nouveau propriétaire et dirigeant.

Si, dans les premiers mois de sa Présidence, il eut l'intelligence de ne rien changer dans l'organigramme et de s'appuyer sur les piliers historiques, des tensions commencèrent à apparaître au fil du temps et de ses décisions de plus en plus autocratiques. Par ailleurs, si l'entreprise ne perdait pas de clients, fidélisés grâce à de fortes relations intuitu personae nouées au fil des ans, elle n'en gagnait pas de nouveaux, et le volume d'activité stagnait. Deux ans après son accession au pouvoir, l'ambiance était clairement morose et une dizaine de démissions étaient venues polluer le climat de plus en plus délétère.

Se sentant tout d'abord démuni et impuissant face à la défiance croissante de ses collaborateurs, Claude avait entamé il y a trois mois une opération de reconquête basée sur la flagornerie et une très généreuse politique de reconnaissance tant pécuniaire que managériale. Pas une semaine ne se passait sans qu'il n'y ait un pot organisé pour fêter tel ou tel événement et tous ceux qui étaient en ligne avec leurs objectifs avaient reçu des promesses de primes de fin d'année revues à la hausse. Même si la majeure partie des formateurs n'était pas dupe, la qualité du climat s'améliora et l'aiguille du baromètre quitta la zone « avis de tempête ».

Ce fut également à ce moment qu'il décida de renforcer son contrôle de l'information en prenant connaissance à leur insu des contenus de leurs boîtes mail. C'était ce à quoi il s'employait tous les jours en arrivant tôt le matin.

Le lundi 6 avril, ne dérogeant pas à cette pratique, il arriva à ses locaux à 6 h 30. Il pilota sa large voiture avec précision, se faufilant entre les poteaux du sous-sol et se gara sur le parking qui lui était attribué et sur lequel figurait largement le titre de Président. Situés à la Défense, au « cœur du gruyère » comme il aimait à plaisanter, l'endroit était organisé en un mix d'open space, de box individuels destinés aux coachings et du bureau de Claude, situé à l'entrée du plateau. Après s'être fait un café, il commença ses observations en déambulant tranquillement entre les différents espaces. Son expresso en main, il scrutait chaque poste, laissant son regard se poser sur une photo, un classeur, une note, un post-it. Claude considérait que la propreté et l'ordonnancement d'une table étaient le reflet du niveau d'organisation et de rigueur d'un cadre. Selon ses critères, il était impossible qu'un consultant puisse supporter d'avoir un environnement en désordre. S'il se gardait bien de s'en ouvrir à quiconque, cet indicateur personnel et confidentiel venait très largement étayer l'avis qu'il avait sur chacun d'eux. Et ce qu'il voyait depuis ce matin commençait sérieusement à faire monter sa tension. Il avait l'impression que le soin apporté au rangement partait à vau-l'eau.

Lorsqu'il arriva sur le poste de travail de Nathalie Saul, son agacement monta d'un cran devant un tel foutoir, bien pire qu'il ne l'avait jamais vu. Comment faisait-elle pour réfléchir au milieu de ce chaos ? Plusieurs chemises cartonnées, des myriades de feuilles volantes, des documents publicitaires, un mug à moitié vide, un sac de sport sur la chaise, une veste négligemment accrochée sur son dossier… Ce n'était plus possible de tolérer ce laisser-aller, éructa-t-il intérieurement. Et ces photos accrochées aux cloisons affichant d'une façon indécente son homosexualité : elle avec son amie/femme/mari, comment devait-on dire déjà ? s'interrogea-t-il avec mépris. Et encore d'autres clichés avec d'autres femmes, toutes plus gouines les unes que les autres ! C'était pourtant une jolie fille… Quel gâchis tout de même !

Alors qu'il allait regagner son bureau fermement décidé à avoir une sévère mise au point avec sa collaboratrice, son œil fut attiré par une photo plus récente qu'il n'avait jamais remarquée. Prise dans un restaurant, on y voyait un groupe de convives entourer Nathalie et porter un toast à un hypothétique événement ou personnage. À ses côtés, hilares et manifestement alcoolisés, apparaissaient Dubois et Bergerault. Le premier, égocentrique et ambitieux, avait pour lui d'être le principal et plus profitable pourvoyeur de contrats. Le second cumulait les fonctions de coach interne et responsable pédagogique, en complément de son activité principale de formateur. Un gentil nounours inoffensif, unanimement apprécié.

Cela le ramena à des considérations plus pacifiques. Comment se faisait-il qu'ils soient complices alors qu'a priori tout les opposait ? Que pouvaient-ils bien dire de lui ? Cela agit comme un avertisseur pour Claude. Il faudrait désormais faire attention et tenir compte de cette proximité nouvelle et affichée. À eux trois, ils représentaient pratiquement trente pour cent du chiffre et avec la crise de confiance qui se manifestait à son égard il ne faudrait pas qu'ils leur viennent à l'idée de quitter Insights pour monter une enseigne concurrente. Les remontrances concernant Saul pouvaient bien attendre. Il allait devoir jouer serré et en savoir plus sur la nature de leur relation.

Il revint à sa place en ruminant son inquiétude et se sentit englouti par un sentiment diffus de tristesse. Jamais il n'aurait pensé que diriger serait si difficile et que la solitude engendrée par sa situation serait si lourde à porter. Deux ans après avoir pris la direction, il n'avait pas su remplacer Laurent Dostes dans le cœur des consultants. Là où son prédécesseur faisait preuve d'un leadership naturel, Claude tentait maladroitement d'appliquer les recettes de manager de son livre. Homme d'intuition, de coups, d'audace, Laurent avançait tambour battant, avec brio et était capable de prendre des décisions à l'instinct. Et tant pis pour les erreurs ou les échecs, « ce qui ne tue pas rend plus fort » était son mantra. Tout l'inverse de Claude calme, posé et ne prenant jamais position sans une longue et documentée réflexion. Ce choc des cultures, tout le monde le vivait dans la douleur et Claude sentait bien qu'il n'avait pas encore trouvé le juste ton. Il y travaillait et sa campagne de reconquête lancée il y a trois mois semblait porter ses fruits.

Après s'être resservi un second café, il s'installa derrière son ordinateur et commença ce pour quoi il était venu si tôt : chercher de l'information. Les boîtes mail de Saul, Dubois, et Bergerault furent les premières visitées mais ne répondirent pas comme il l'aurait espéré à sa nauséabonde curiosité. Rien d'intéressant qu'il puisse exploiter, mais rien de suspect non plus. Il passa alors à d'autres adresses choisies au hasard de sa navigation, et après une heure trente d'inspection il était plus serein. Les projets visités semblaient tous correctement avancer, les clients avaient manifesté à plusieurs reprises leur satisfaction à l'égard des prestations effectuées et des commandes semblaient se dessiner.

Pas de message critique ou conspirateur, l'horizon de la journée s'éclaircit.

Il arrêta son pistage et entreprit de se concentrer sur la lecture de ses derniers courriels reçus. L'objet de l'un d'entre eux piqua immédiatement sa curiosité et un mauvais pressentiment l'envahit aussitôt. Il consulta qui en était l'expéditeur et parcourut rapidement le mail.

Claude sentit son sang se glacer et son cœur s'emballer.

Chapitre III
Le réveil d'Iris

La reviviscence d'IRIS fut interminable.

Les yeux clos, elle sentait confusément le sang couler à nouveau dans ses veines et une douce chaleur l'irradier. D'imperceptibles tremblements agitaient ses lèvres et son organisme tout entier vibrait de la vigueur qui revenait. Elle bougea la tête et sentit sur sa joue le contact soyeux d'un tissu, sans pouvoir s'expliquer encore où elle était. Elle flottait entre deux mondes, dans une torpeur ouatée, ses pensées embrumées, sa conscience au ralenti.

Des phosphènes tourbillonnants et colorés dansèrent sous ses paupières frémissantes. Elle rencontra des difficultés à ouvrir les yeux, encore ensuqués de sécrétions aqueuses d'avoir longtemps hiberné. Sa vue brouillée, voilée, ne distingua que de vagues formes entourées d'une rassurante lumière.

Elle tenta de se relever de ce qu'elle pressentait être un lit mais ses membres endoloris réagirent de façon désordonnée. Son corps ankylosé ne répondait pas encore, anesthésié qu'il était de n'avoir pas servi depuis un temps qui lui semblait infini.

Comme à chaque renaissance, avec une lenteur désespérante, son esprit s'anima. Elle convoqua sa mémoire durant des heures avec la sensation que les portes se fermaient à mesure qu'elle s'approchait d'un souvenir. De fugaces images apparaissaient mais elle était incapable d'en définir les contours, encore moins les contenus. Aucune connexion ne fonctionnait, pas le moindre fil à tirer, pas d'aspérité, aucun indice. Rien. Que faisait-elle ici ? Qui était-elle ? Quel était son âge ? Exerçait-elle un métier ? Avait-elle des enfants ? Quelle était sa vie ? Combien de temps avait-elle été absente du monde ? Un jour, une semaine, un an ?

Un silence spectral faisait écho à ces questions. Elle aurait pu paniquer, hurler, se sentir envahie par un sentiment d'impuissance ou de folie, mais au plus profond d'elle-même, elle savait que les réponses à ses interrogations n'avaient pas d'importance et qu'il ne servait à rien de lutter pour chercher à trouver un sens à tout ceci. Elle décida de lâcher prise et de laisser faire le processus qu'elle avait instinctivement reconnu, sans plus chercher à le bousculer. Elle sentait que lorsqu'elle serait entièrement opérationnelle, tout serait apaisé. Une inébranlable tranquillité l'habiterait. Ce serait bien ainsi.

Lorsqu'enfin organisme et âme communièrent, sa vision s'éclaircit totalement, lui permettant ainsi de découvrir son environnement : il ne fit aucun doute pour elle que la chambre dans laquelle elle se trouvait était celle de l'homme qu'elle aurait bientôt à rencontrer. Elle était de nouveau en mission. À ce moment précis, elle sentit le bien-être l'inonder et prendre possession de son être.

À nouveau, on lui faisait confiance.

Elle releva son buste précautionneusement et resta assisse un moment sur le lit qui avait accueilli sa réapparition. Elle entreprit alors quelques exercices en faisant fonctionner chacune de ses articulations. Elle se massa les poignets, les chevilles, la nuque, les épaules et finit de se détendre en étirant largement les bras.

Faisant face au lit, un large miroir lui permit de découvrir son reflet. Avec la curiosité d'un chat, elle se leva prestement et se posta devant la glace. Elle s'observa longuement, nue, comme à chaque fois étonnée de découvrir sa nouvelle enveloppe. D'une taille d'environ un mètre soixante-quinze, son corps était celui d'une femme d'une cinquantaine d'années, apparemment sportive, d'une élégance naturelle. Ses jambes étaient joliment fuselées et ses cuisses musclées. Un très léger ventre se dessinait mais l'impression générale était celle de fermeté. Ses seins plantureux ne semblaient pas avoir été refaits et restaient haut perchés, tout comme ses fesses. Seule petite concession au temps, ses arrières-bras, dont la peau molle s'affaissait un peu. Il était clair que sa silhouette était attirante pour qui aimait les femmes.

Séduisant, son visage était à l'avenant de son corps. Une peau saine et dorée, des dents impeccables au service d'une bouche rieuse et gourmande, un nez autoritaire et un menton dur auraient pu donner l'image d'une femme déterminée dotée d'un caractère affirmé, mais son regard venait instantanément contrebalancer cette première idée. Noir, profond, intense, il rayonnait d'une attirante chaleur et était gorgé de bienveillance. Finalement, tout irradiait douceur et quiétude.

Elle scruta la pièce, découvrant une chambre spacieuse, parfaitement ordonnée et rangée. Un provocant et sexy photomontage de Bernard Pras trônait au-dessus du lit au design contemporain. L'endroit était baigné de lumière grâce à une large baie vitrée qui invitait le soleil à y pénétrer.

À côté du miroir se trouvait une penderie de la dimension d'un petit magasin.

— Idéal pour commencer mon travail, souffla-t-elle.

Elle ouvrit les battants et se laissa guider par son instinct. Ses doigts glissèrent furtivement le long des nombreux costumes de marque. Elle fit de même pour tous les vêtements soigneusement rangés, pulls en cashmere, chemises, polos griffés, tee-shirt, blouson en cuir, et même les boxers méticuleusement pliés dans des tiroirs furent l'objet de ses inquisitrices caresses. Elle s'attarda sur des chaussures de ville, mocassins, les dernières sneakers à la mode, une paire de bottes de moto…

Chaque fois que sa peau touchait une étoffe ou un matériau, un courant d'informations alimentait son insatiable curiosité et un carburant nouveau la galvanisait. Comme s'ils étaient doués de vie, les vêtements sortaient de leur torpeur et lui parlaient. Autrefois témoins muets et inertes, ils livraient tous les détails de ce à quoi ils avaient participé. Les contenus des rendez-vous, réunions, soirées, trajets, séances de sport, déjeuners, dîners n'avaient plus de secret pour elle. Iris était bombardée d'images, sons, odeurs, bruits, émotions… tout ce que leur propriétaire avait pu vivre en portant ses habits lui était livré. Des millions d'informations furent ainsi échangées en quelques minutes.

Ayant pleinement utilisé le potentiel du dressing, Iris décida d'entreprendre la découverte de la pièce principale. D'une superficie d'environ soixante-dix mètres carrés, l'espace était clairement dédié à la réception. Tout était pensé pour créer un ensemble raffiné, chic et épuré. Plusieurs toiles d'artistes contemporains habillaient l'appartement, un coloré et rare Atlan sublimant le mur principal. Un accueillant canapé contemporain en U trônait face à la terrasse. À l'opposé, la cuisine américaine et son immense bar. Aucun objet ou meuble ne venait perturber l'harmonie générale, tout était positionné avec goût. En revanche, pas d'objet personnel, pas de photo accrochée au mur pour simplifier la réflexion d'Iris et lui permettre de continuer à s'approprier la vie de son involontaire hôte.

Elle décida alors de jeter son dévolu sur la table-bar qu'elle pressentit comme cœur du lieu. De dimensions respectables, elle pouvait recevoir confortablement une dizaine de convives. S'asseyant sur une chaise haute, Iris posa sa tête sur le marbre du plan de travail et étendit ses bras en croix afin de saisir ce que le passé lui chuchotait. Elle fut instantanément traversée par de puissantes vibrations. Une chaleur intense irradia son corps et un déferlement d'images irrigua son cerveau afin de compléter sa base de données : des fêtes débridées ou champagne, coke, MDMA, électrisaient d'exubérants noceurs et de multiples maîtresses. De la musique électronique, de l'euphorie, et une incroyable énergie complétèrent le tableau.

Quittant son poste d'observation, elle ouvrit le tiroir d'un meuble bas du salon dans lequel elle devina se trouver l'ordinateur et la liseuse du propriétaire. Elle s'en empara et se dirigea vers la terrasse, toujours en tenue d'Eve, foulant l'agréable et chaud parquet de son pas ectoplasmique.

Elle s'allongea sur un transat, effleura la liseuse, et découvrit des lectures éclectiques : King, Beigbeder, Conroy, Houellebecq, Lemaitre, Kennedy, Mailer, Asimov, Auster, Hugo… Tout comme sa vie amoureuse, les auteurs étaient pléthoriques et sans style ni fil conducteur apparent. L'intégration des données collectées à travers les mails personnels et professionnels, les achats sur le net, et les divers dossiers consultés parachevèrent d'informer Iris. Le résumé d'une vie, du quotidien le plus insignifiant à l'exceptionnel le plus chatoyant furent ainsi assimilés.

Célibataire, aisé, fêtard, sportif, en quête permanente de sensations extrêmes et d'absolu, adepte d'un papillonnage affectif frôlant le libertinage, raffiné et cultivé étaient les constituants de la personnalité opulente et ambivalente du propriétaire.

Mais ce que le film reconstitué d'une partie de sa vie ne montrait pas clairement et qu'Iris comprit grâce à son instinct était la solitude dans laquelle il se débattait. Aucune fête, aucun succès, aucun divertissement, aucune femme conquise ne semblait le rassurer et le rapprocher d'une plénitude pourtant convoitée. Au contraire, courant après le bonheur, il semblait perdu.

La cible était bien choisie.

La préparation d'Iris touchait à sa fin. Elle se sentait prête et pouvait entrer en action. Ne lui restait qu'à se vêtir et choisir l'instant idoine pour leur première rencontre. Elle laissa venir librement ses pensées, sans chercher à les orienter, puis elle sourit. Elle venait d'identifier le moment et le lieu.

Le premier contact était imminent.

Chapitre IV
Facile

Les cent premiers kilomètres du parcours ne furent pour Paul qu'une simple formalité. Il les avala goulûment, avec plaisir.

Quelques heures auparavant, le départ avait été donné depuis une colline surplombant le site de Petra. Il avait été précédé d'un moment empreint d'un profond et religieux silence qui, avec grâce, s'était extrait du monde. Chacun, dans sa bulle, totalement pénétré et habité par ce moment inoubliable, était entré en recueillement. Seuls des souffles de vent avaient perturbé de leurs ondulations cette divine et muette parenthèse. Durant un indéfinissable instant, la communion fut totale entre les cent soixante-dix participants qui, reliés par une invisible et sourde énergie, ne firent plus qu'un.

Le coup de feu du starter rompit le charme. Une intense et sauvage clameur fit écho à l'émouvant mutisme qui venait de précéder. Désunis, comme une volée de moineaux, ces héros improbables s'envolèrent dans une joyeuse cacophonie. Concentré et muet un instant auparavant, le peloton se mua en une bruyante colonie de vacances. Encouragements, futilités, plaisanteries, pronostics étaient échangés entre ces voisins provisoires. Ils entamèrent ainsi la descente de la piste qui allait traverser la cité nabatéenne, située à quelques kilomètres en contrebas.

Après une dizaine de minutes, c’est déjà très étiré que le cortège piaillard pénétra le site millénaire. Même les plus blasés des compétiteurs furent saisis par la magnificence des lieux. Tour à tour, les grappes successives de coureurs émerveillés empruntèrent les dédales de ruelles creusées au milieu des falaises. À chaque virage jaillissaient des temples vieux de 2800 ans. De nouveau, le silence se fit parmi les intrus, respectueux devant une telle majesté. Le martèlement désordonné des foulées conquérantes et le souffle mécanique de ce long serpent humain venaient rebondir sur les parois des monuments, générant ainsi de tapageurs échos.

La découverte du temple Kane et sa monumentale façade taillée à même la roche électrifièrent Paul qui sentit des larmes lui monter aux yeux. Courir au cœur de Petra était tout simplement magique et le transcendait. Comme à chaque départ, il s’était calmement positionné à l’arrière du peloton. Il ne souhaitait pas participer à l’excitation générale du début de course et risquer ainsi de perdre des réserves en suivant un rythme qui n’était pas le sien. Il aurait bien le temps d’accélérer. Il se trouvait donc parmi les derniers concurrents, sans pression aucune, savourant chaque pas. Il se laissait de nouveau doubler par un paquet de cinq coureurs qui s’amusaient à gentiment taquiner une des rares femmes participant à l’épreuve, quand un des membres l’apostropha :

« Salut Paul. Toujours tes départs prudents ?

— Fred ! s’exclama Paul. Ravi de te revoir ! Je ne savais pas que tu étais de la partie ! Je ne t’ai pas vu au campement hier.

— De toute façon, la veille des départs, tu ne vois jamais personne, répondit Fred sur un ton malicieux.

— Pas faux. En tout cas ravi de retrouver. Tu viens pour le podium ? » Tout en conservant l’allure, Paul se déporta légèrement afin de se rapprocher de son camarade et lui donner une amicale bourrade.

Un voile de tristesse passa rapidement sur le visage de Fred.

« Non, pas cette fois. J'ai eu une année plutôt compliquée. Du coup, pas trop le cœur à l'entraînement. Je me suis décidé au dernier moment. Besoin de décompresser. On verra bien ce qui va se passer. Je vais essayer de terminer en bon état et pas trop loin. Et toi ?

— Tu me connais… 4 mois de préparation à bloc, régime et tout le toutim habituel. Je serai très déçu de ne pas arriver dans les trente. Et en moins de trente heures, lui avoua Paul, ravi de revoir son binôme.

— On essaye de faire un bout de chemin ensemble ? interrogea Fred, lui aussi heureux de ces retrouvailles.

— Bingo ! » Paul tendit sa main et Fred la topa joyeusement.

Ils avaient fait connaissance une année auparavant, lors d'un « ultra » à étapes se déroulant au cœur du Sahara. D'un niveau nettement supérieur à Paul, Fred était considéré par le peloton et les journalistes comme l'un des prétendants à la victoire. Il avait d'ailleurs clairement annoncé lors d'une interview qu'il était là pour le podium. La glorieuse incertitude du sport en avait décidé autrement. Saisi de terribles crampes d'estomac lors de la quatrième étape, il était à la dérive et allait abandonner quand Paul l'avait rejoint. Sa cadence linéaire, la solidarité dont il avait fait preuve et l'alchimie qui était née de leur discussion avaient finalement revigoré Fred qui, après quelques kilomètres passés avec son sauveur, avait repris une allure plus en phase avec son rang. Il avait pu finalement limiter la casse en arrivant douzième de l'étape mais ses espoirs de podium s'étaient envolés. Les deux compères s'étaient retrouvés au campement et une solide complicité avait ensuite perduré jusqu'à l'arrivée. Un éloignement géographique, et des vies privées diamétralement opposées avaient logiquement freiné cette amitié naissante.

La longue ascension d'un escalier de cinq cents marches avait permis au peloton de sortir du site historique et d'entamer réellement la compétition. Le soleil avait commencé son inexorable travail de sape et c'était désormais sur plus d'un kilomètre que s'étiraient les cent soixante-dix concurrents. Le sol était sec et caillouteux mais facilement praticable. Tous les cinq cents mètres environ, une balise indiquait le chemin aux participants. Des collines pelées, de misérables cabanes, et de rares arbres décharnés assuraient le décor qui allait rester identique pendant plusieurs heures. Ce n'est qu'après une approche de quarante kilomètres qu'ils trouveraient le sable.

Cheminant posément, régulièrement, Paul et Fred ne s'arrêtaient que très brièvement aux points de contrôle pour s'approvisionner en eau. Ils alternaient échanges et contemplation de la vue, et étaient attentifs à ne jamais modifier leur train de métronomes. Portés par leur connivence, ils s'épaulaient et géraient à merveille ce début de course. Paul jubilait. La présence de Fred à ses côtés était un réel atout. Il se sentait en pleine forme, avec la sensation de n'avoir entamé aucune réserve, et ce, trois heures après le départ. Malgré cela, un singulier malaise avait fait irruption dans ses pensées.

« Fred. Je suis désolé de te reparler de cela mais ça me travaille ce que tu m'as dit tout à l'heure. Ta fille ne va pas s'apercevoir de ton absence. Et avoir un père détendu, reposé, même si le désert va nous dérouiller tous les deux à un moment donné, c'est ce dont elle a besoin. C'est comme ça que tu vas l'aider.

— C'est gentil Paul. Mais me dire que je suis là à faire le con et qu'elle est là-bas, dans son lit d'hôpital, sans savoir si elle reviendra un jour parmi nous… c'est l'enfer. J'avais besoin de partir, de prendre l'air. Je sais que c'est égoïste, mais sinon je serai devenu fou. Trois mois à son chevet, jour et nuit, à attendre un mouvement, un geste, un signe. Mais rien. »

Durant un instant, un triste et lourd silence s'installa entre les deux hommes.

« Et Sylvie ? Comment réagit-elle ?

— On va divorcer. Elle ne m'adresse plus la parole. J'ai pensé un moment que l'accident de Marie allait nous rapprocher. En fait, elle m'en veut. Elle pense que si nous ne nous étions pas séparés, ça ne serait jamais arrivé à notre enfant. »

N'ayant ni fille ni épouse, Paul jugea bon de ne pas émettre de jugement. Il se rapprocha de Fred et posa sa main sur son épaule.

« Désolé » fut le seul mot qu'il sût prononcer.

Sentant l'ambiance s'assombrir et risquer d'influer sur leur moral, Fred décida de ramener la discussion sur le moment présent.

« Allez, concentrons-nous un peu. On est bien, le terrain est facile, ne ralentissons pas. Les vraies difficultés arrivent et cela va être plus compliqué dans quelques heures », pronostiqua-t-il.

Ils avancèrent ainsi durant huit heures, remontant lentement au classement. Parfois, ceux qu'ils rejoignaient tentaient de les suivre. Ils cherchaient alors à entamer une conversation, essayaient de créer un lien. Las. Rapidement, instinctivement, sentant que ces deux équipiers souhaitaient rester seuls et déjà usés par le Wadi Rum, ils se laissaient alors distancer. Implacablement, le groupe se délitait et le duo continuait sa marche en avant. Durant cette première partie, le corps de Paul répondit à merveille à ses sollicitations. Tout était fluide. Les foulées semblaient légères. La chaleur, bien qu'intense, l'enveloppait d'un écrin qu'il vivait comme confortable. Un vent sec et doux s'était levé et son souffle invisible le poussait en avant. Le soleil venait d'entamer son déclin. Il incendiait l'horizon.

« Là », s'exclama Fred, en pointant du doigt une tente située à quelques encablures.

« Ça y est. On y est », répondit Paul qui lui rendit son sourire complice. Une immense euphorie l'envahit et illumina son visage.

Sans s'en rendre compte, sans fatigue, avec régal, ils venaient d'arriver à l'un des points intermédiaires les plus importants de leur expédition.

Celui d'avant la nuit.

Le coucher du soleil allait créer une rupture.

Après lui, ce serait le froid, le manque de sommeil, la peur de se perdre, l'usure du temps, l'inconnu.

Chaque participant, du débutant au plus chevronné, savait que le dernier bivouac de jour était une transition symbolique qu'il ne fallait pas rater. Pour Paul et Fred, ce serait donc le PC N° 4, pour les hommes de tête, le PC N° 6, pour d'autres le 2 ou 3, mais pour tous, le point de départ d'une nouvelle phase. Repartir diminué dans l'obscurité était la hantise de chacun. Le dernier arrêt du jour était donc celui où les coureurs passaient le plus de temps. Ils se ravitaillaient, se ressourçaient, se réinventaient, se métamorphosaient. Certains dormaient quelques minutes, d'autres se faisaient soigner d'ampoules malvenues, d'épaules harassées, de jambes torturées. Les médecins prêtaient une oreille attentive à ces champions qui soudainement, comme des enfants, avaient peur du noir. Il était essentiel pour tous de repartir à l'assaut de la nuit dans les meilleures conditions.

Mais, vingt minutes après son arrivée, ce fut de ce bivouac N° 4, que Paul allait repartir seul et désappointé dans les ténèbres déjà froides.

Chapitre V
Facile ?

« Salut les gars ! Bienvenue au paradis ! » claironna une voix enjouée. Un gaillard au physique massif s'avança vers les nouveaux arrivants et leur tendit une main de bûcheron que les deux coureurs serrèrent chaleureusement.

Après cette vibrante entrée en matière, l'officiel passa devant eux et pénétra dans une vaste tente rectangulaire, surplus d'une armée anonyme. Quatre autres bénévoles, dont un soignant, les accueillirent par de timides applaudissements mais d'engageants sourires. Une table pour l'inspection et la validation des road books, une autre pour la distribution d'eau et cinq lits de camp occupaient l'espace commun. Au fond de la pièce, un module séparé par une simple toile servirait de chambre improvisée aux occupants qui, à tour de rôle, iraient se reposer durant la nuit. Des dizaines de packs de bouteilles, un réchaud à gaz, plusieurs glacières et divers effets personnels étaient impeccablement rangés comme si personne n'était encore venu. Manifestement, les commissaires tenaient à offrir des conditions de récupération optimums aux athlètes.

« Après les formalités, vous pourrez vous ravitailler en eau et vous reposer quelques minutes si vous voulez. Il y a des couchages libres sur le côté. Ils ont l'air confortables, la dame y est depuis un bon moment, dit-il en souriant et en désignant une concurrente qui semblait dormir à poings fermés. Et si vous avez des bobos, y a le doc qui pourra s'occuper de vous dès qu'il aura fini avec votre petit camarade, acheva-t-il en désignant un coureur qui semblait avoir les pieds mal en point.

— Merci pour l'accueil. Tu as une idée de notre classement ? s'enquerra Paul. » Au dernier PC, le binôme pointait à la 110e et 111e place, mais ils avaient depuis doublé un nombre important de concurrents, du moins, leur semblait-il. Connaître son classement, l'écart avec ceux qui venaient de quitter le PC, leur état de forme, relevait pour Paul, d'un rituel qu'il n'aurait manqué pour rien au monde. Décevantes ou motivantes, les informations glanées l'aidaient à se maintenir alerte et servaient de carburant à sa motivation.

« Vous devez être dans les cent… attends je vais te dire ça précisément. Ce que je peux aussi te dire c'est qu'il y a une dizaine de gars qui sont passés depuis une heure. » Le bénévole s'assit derrière une table et consulta l'écran de son ordinateur.

« Oui, c'est ça, vous êtes les 82e et 83e à venir nous dire bonjour. Vous avez vos road books que je les valide ? »

Paul sentit une décharge de dopamine l'irradier. Ils avaient donc ainsi glané près de 30 places entre les deux pointages. Cela les mettait en parfaite position pour les heures à venir, d'autant qu'il se sentait d'une incroyable fraîcheur. Épars, le peloton courait depuis bientôt douze heures et de nombreux participants allaient commencer à ralentir, voire pour certains, s'arrêter une heure ou deux pour dormir.

L'arrêt à ce PC4 serait donc court, il ne fallait pas casser la dynamique qu'ils avaient su créer. Se ravitailler en eau, engloutir quelques barres énergétiques, vider les chaussures de leur sable et se laver les pieds seraient leur seul repos, quelques minutes au total.

Tout en reprenant son document validé, Paul se tourna vers son comparse afin de lui faire part de ses réflexions.

Il se figea, interdit.

Fred venait soudainement de se métamorphoser. Il semblait ravagé par la fatigue. Ses yeux étaient enfoncés dans leurs orbites. Ses joues semblaient comme aspirées de l'intérieur. Sa bouche s'affaissait et sa peau avait blanchi. Tout son corps semblait s'être rapetissé. Venant de trouver refuge et de cesser de produire son effort, tout son être semblait lâcher prise. Mais ce qui le toucha tout particulièrement fut l'expression infiniment triste de son compagnon.

« Paul. Je vais rester me reposer un moment. Je suis cuit. Si je veux terminer, il va falloir que je ralentisse la cadence. Je ne sais même pas comment je suis encore là avec le rythme que tu as impulsé toute la journée. » Tout en lui annonçant la nouvelle, Fred sortit une barre de son sac et entreprit de la dévorer en grimaçant.

« Pas de souci, on va se poser quelques minutes et on repartira après », hésita Paul, décontenancé par cette annonce inattendue.

Mille ans venaient de s'abattre sur Fred et lentement, avec lassitude, il reprit la parole.

« Non Paul. Cette fois, c'est toi qui es devant. C'est ton jour. Je le sens, ça se voit. Tu es à bloc. Tu n'attends qu'une chose, c'est de repartir ! Ça n'a pas encore réellement commencé pour toi. C'est juste pas mon jour mais je ne suis pas étonné, c'est logique », dit-il en se dirigeant d'un pas harassé vers le coin repos. Paul le suivit, ne sachant comment réagir.

Ils s'assirent côte à côte sur un lit, chacun délassant ses chaussures.

« Tu es sûr de toi ?

— Oui. Je serai mieux seul. On aura quand même vécu un super moment ensemble. On se retrouve au bar de l'hôtel pour boire de bonnes bières.

— Je sais pas… je me sens coupable de te laisser là…

— Tu ne me laisses pas. C'est moi qui te lâche. T'inquiète, pas de lézard entre nous trancha Fred d'une voix lasse mais ferme.

— Ok. Alors je me pose quelques minutes et je repars », conclut Paul.

C'était tellement soudain et étourdissant. Il y a encore quelques instants, le déroulé à suivre était clair, rassurant, enthousiasmant. Maintenant, Paul ne savait plus quoi penser et commençait à douter de la suite. Mécaniquement, il effectua sa très sommaire toilette, mangea sans appétit un gâteau énergétique, et récupéra sa ration d'eau. Perdu dans ses pensées où l'orage commençait à poindre, il ne vit pas son ami s'allonger et sombrer instantanément dans un sommeil bienvenu dont il ne sortirait que dans une heure.

Paul réajusta son sac à dos et salua les bénévoles. Il jeta un dernier coup d'œil en direction de Fred et le découvrit profondément assoupi. Abattu, il entreprit de sortir de la tente. Un cri de douleur poussé par le concurrent aux pieds meurtris le figea. Paul s'approcha de la civière et comprit la raison de sa souffrance. Pas une parcelle de peau ne semblait intacte, brûlée par les frottements du sable. Chaque orteil supportait son lot d'ampoules, plus ou moins creusées, toutes incandescentes. Leurs regards se croisèrent un instant. Un respect et une sympathie mutuelle s'installèrent durant ce fugace moment, chacun connaissant les efforts qu'ils avaient dû consentir pour préparer cette aventure.

Sur un ton qu'il voulut léger, Paul l'encouragea à sa façon en citant un proverbe chinois qu'il affectionnait :

« Pour pouvoir contempler un arc-en-ciel, il faut d'abord endurer la pluie. »

C'eut l'effet escompté car l'inconnu sourit largement en lui répondant :

« Pour moi, ce serait plutôt grosse tempête tropicale ! »

Ils partagèrent un dernier sourire avant que Paul quitte les lieux.

La nuit était tombée. Le ciel se donnait en spectacle en faisant jaillir de spectraux scintillements qui éclaboussaient de leur beauté l'obscurité environnante. Il scruta le territoire qu'il venait de quitter et qui avait été témoin d'une première partie idéale. Quelques lumières vacillantes se rapprochaient du PC4, vraisemblablement celles de raiders avides d'une pause. À l'opposé, une noirceur vierge de toute trace l'attendait. Il alluma sa lampe frontale et se remit à trottiner sur la piste sablonneuse.

Rapidement, les conversations des bénévoles se noyèrent dans la mutique nature sauvage. Puis, après quelques minutes, à leur tour, les halos du PC s'effacèrent et les ténèbres l'enveloppèrent de leur manteau onirique.

Il était seul au monde, habité par une énergie revenue.

Jusqu'au prochain arrêt, dans environ trois à quatre heures, les seuls sons qui accompagneraient désormais Paul seraient ceux de ses pas frappant le sol meuble du Wadi Rum, du frottement de son sac sur ses épaules et de son souffle régulier.

Tout comme la première phase déroulée avec son ami, la nuit lui sembla facile, parfois même douce. Le temps semblait être son allié. Le désert l'aspirait en avant, sa foulée était précise, vivante. Il doubla ainsi de nombreux concurrents, certains regroupés afin d'être plus forts dans la difficulté, d'autres esseulés, certains encore lucides et combatifs, d'autres déjà (mais pouvait-on dire déjà après cent vingt kilomètres ?) terrassés par l'épuisement. Pour eux, la fin risquait d'être cauchemardesque.

Après vingt heures d'efforts continus, l'organisme ne subit pas une fatigue mais des fatigues, pas une douleur mais des douleurs. Les muscles se tendent, les articulations se grippent, les épaules, le dos, les pieds s'enflamment et la machine de guerre se transforme en une insoutenable association de peines. Chaque pas coûte, petite victoire aussitôt remise en cause.

Aussi, à chaque rencontre, un mot chaleureux et amical était échangé entre le chasseur et les chassés. Mais tout comme avec Fred quelques heures plus tôt, Paul avait fait le choix de la solitude et ne s'attardait jamais avec les raiders doublés, éphémères partenaires vite distancés. Malgré l'affaiblissement qui le taraudait, implacablement, il continuait sa remontée.

Paul n'était pourtant pas un surhomme. Il sentait bien son corps s'alourdir, son cheminement devenir rasant, l'environnement s'embrumer, mais il contrôlait la douleur et l'abattement en les repoussant dans des limites acceptables. Pour cela, il avait convoqué Sophia à ses côtés dès l'apparition des premiers élancements en faisant appel au geste réflexe qu'il avait choisi quelques mois auparavant. En se frappant régulièrement le cœur du plat de la main droite, c'était comme si elle était soudainement près de lui. Il avait pourtant souri, incrédule, lorsqu'elle avait expliqué le fonctionnement de cet ancrage. Et comme annoncé, à trois mille kilomètres de son cabinet, il entendait la voix et les conseils de la sophrologue. Parfois même en fermant les yeux quelques secondes il pouvait la voir et il en ressentait alors un bienfait qui éloignait pour quelque temps les affres de la souffrance.

À quatre heures du matin, le sable mou se mua à nouveau en piste dure et la course devint plus roulante. Imperceptiblement, sournoisement, de nouveaux et multiples signes d'accablement firent leur apparition. Déjà douloureuses, les articulations de Paul se manifestèrent plus intensément, mêlant leurs gémissements à ceux de ses mollets endoloris. À nouveau, il décida d'appeler Sophia à la rescousse en se claquant la poitrine à plusieurs reprises. Cette fois, elle ne répondit pas. À ce stade, elle ne pouvait plus rien pour lui.

La somme faramineuse des chocs endurés par son organisme eut raison de sa vitesse de croisière. Après d'interminables minutes passées à se battre pour ne pas s'arrêter et s'allonger à même le sol, à tenter de se relancer, à lutter contre le sommeil qui désormais l'assommait, Paul sentit son corps se disloquer, se dissoudre, l'abandonner.

En quelques mètres, il passa de l'état de champion menant une allure régulière, en parfaite possession de ses moyens, à celui d'un hère hésitant et épuisé, marchant d'un pas mécanique, instinctif, moribond.

En cet instant, son esprit se perd, se disperse, se rétrécit. Il n'est plus que désolation. Il sent sa volonté se vider de sa substance. Il a envie de pleurer, de crier sa rage, de s'effondrer ainsi. Pour la première fois depuis longtemps, il a froid. Sa vision se réduit à chaque pas. Le halo de sa frontale devient son seul univers. Le monde n'existe plus. Ses pensées s'abreuvent de la noirceur environnante et l'idée d'abandonner apparaît pour la première fois. Sa marche est de plus en plus incertaine. Le doute s'installe en lui. Va-t-il réussir à continuer ? Combien de temps ce passage à vide va-t-il durer ? Ses objectifs, en passe d'être atteints il y a encore quelques instants, vont-ils s'envoler ? Et s'il ne pouvait tout simplement plus continuer ?

Soudain, devant lui, une femme apparaît. Elle semble élancée, belle, souriante. Il n'a pas peur. Elle lui indique d'un geste lent un point lumineux, que Paul estime être proche. Et puis il se reprend. Il ferme les paupières, secoue la tête, réouvre les yeux. Ce n'était qu'un gros buisson épineux, secoué par un vent léger. Une hallucination.

Pourtant la lumière est bien là, proche, synonyme de repos car il n'y a pas de doute, c'est le prochain PC. Ses paupières pèsent des tonnes mais il avance vers cette lueur salvatrice qui le galvanise. Il souffre toujours, de partout, mais il marche de façon plus déterminée. Il ne s'arrêtera pas avant d'être arrivé au bivouac. Il tente de se reconstruire, de raisonner, de dépasser la douleur.

C'est alors qu'il entend une voix. Une voix de femme qui résonne dans son crâne surchauffé. Ce n'est pas celle de Sophia. Très distinctement et avec beaucoup de douceur, elle lui souffle :

« Courage, Paul, dans quelques minutes tout ira mieux. Je suis sous la tente, je t'attends. »

Chapitre VI
Harceleur ?

« Entrez Olivier, je termine ce mail et je suis à vous. » Joignant le geste à la parole, Claude Sordes invita d'un mouvement théâtral le nouvel entrant à s'asseoir.

Tout en se dirigeant vers la table de réunion disposée à proximité du poste de travail du Président d'Insights, Olivier Bergerault salua avec distance son supérieur hiérarchique.

« Bonjour Claude. »

Dès le rachat, Claude s'était approprié le bureau du défunt créateur. Il en avait très rapidement changé toute la décoration, sol compris. Cette prise de possession du territoire de l'ancien leader charismatique de la société fit grincer quelques dents parmi les « barons historiques ». Bon vivant et d'une chaleur communicative, Dostes aimait à recevoir ses collaborateurs dans son antre que tous les formateurs surnommaient avec affection « le café du commerce ». Un attirant canapé et deux fauteuils club cernaient une table basse qui avait vu s'ouvrir, pour fêter chaque nouveau client gagné, une quantité astronomique de bouteilles de champagne. C'est dans ces sièges confortables que, durant des années, furent reçus, individuellement ou en petits groupes, les membres de l'entreprise, alors conquérante. Une imposante cave à cigares, des livres d'art et une sculpture du plasticien Eddy Panger complétaient la décoration qui ne correspondait en rien à l'image que se faisait Claude Sordes d'un bureau de Président d'organisme de formation. Aussi, très rapidement, les cuirs anglais furent remplacés par de plus classiques Knoll, et les murs se parèrent de bibliothèques accueillant les derniers ouvrages de sciences sociales et de management, le sien inclus, bien en évidence. Seule concession à la convivialité, une table ronde où se déroulaient désormais les entretiens.

« Voulez-vous un café Olivier ?

— Volontiers, merci. Comment allez-vous ?

— Je pourrais aller mieux… vraiment. C'est pour cela que je voulais vous voir ». Claude ne s'embarrassait jamais de préliminaires, allant toujours directement au cœur du sujet.

« J'espère que je n'y suis pour rien ? » questionna Olivier soudainement gagné par un léger stress.

Rejoignant la table avec deux Nespresso en main, Claude enchaîna.

« Olivier vous êtes un des plus brillants consultants que je connaisse. Vous gérez admirablement plusieurs comptes clés et les gars vous apprécient. Par ailleurs, en tant que coach interne, vous connaissez mieux que quiconque l'ensemble des collaborateurs. » Claude laissa planer un court silence afin de ménager son effet. Imperturbable, Olivier Bergerault semblait attendre la suite.

« Quel âge avez-vous, Olivier ? s'enquit faussement Sordes.

— Bientôt cinquante-cinq ans. Pourquoi ?

— Nous sommes à un tournant de notre histoire. Nous continuons à bien nous porter mais nous n'arrivons plus à générer de la croissance de façon significative. Et vous savez comme moi qu'une organisation qui stagne se fragilise. Et je ne suis pas stupide, je sens bien que les salariés ne me portent pas dans leur cœur. » Nouveau blanc. Nouvelle absence de réaction.

« Je pense créer un poste de Directeur général. Quelqu'un du "canal historique", fiable, reconnu. Quelqu'un qui pourrait m'aider à redynamiser tout ça et m'épauler au quotidien. Un bras droit en quelque sorte.

— C'est une proposition ? sourit malicieusement Olivier.

— Pas encore. Enfin, je ne sais pas. » Manifestement gêné, Claude remua sur son siège avant de poursuivre.

« Écoutez, j'aimerais avoir votre avis. Je suis confronté à quelque chose d'assez... pénible... délicat. Et terriblement injuste. »

Mutique, Olivier semblait jauger son Président et tenter de comprendre le réel enjeu de cet entretien qui prenait une tournure délicate. Claude n'était pas homme à demander conseil et s'il était dans son bureau ce matin, ce n'était certainement pas pour donner son opinion. Quant à l'évocation du poste de Directeur général, Olivier avait appris à rapidement cerner le nouveau dirigeant et ses pratiques manipulatoires.

« Je vous écoute...

— Quelle serait votre réaction Olivier, si l'on vous attaquait aux prud'hommes en vous réclamant quatre cent mille euros ?

— Ça me mettrait effectivement de sale humeur. Pour quels motifs ?

— Harcèlement sexuel et moral... La totale.

— Vous avez reçu l'assignation ?

— Pas encore, mais ça ne va pas tarder. Son avocat m'a transmis par mail lundi matin, par correction a-t-il précisé, copie du courrier que je ne devrais pas tarder à recevoir, répondit Claude.

— Cette personne a-t-elle des raisons sérieuses de se plaindre ?

— Olivier ! Jamais de ma vie je n'ai eu de comportement déplacé envers une femme ! Jamais, m'entendez-vous ! s'emporta Claude qui se recula au fond de son siège.

— Elle fait allusion à des propositions imaginaires que j'aurai faites lors d'un salon, à des tentatives appuyées de la faire venir dans ma chambre après le dîner. La pauvre aurait été choquée. Elle s'est mise en arrêt maladie dans la foulée. À son retour s'en est suivi une période durant laquelle ses dossiers ont été traités avec désinvolture, avec un "je-m'en-foutisme" consommé ! Claude semblait visiblement atteint. Il continua.

— Des clients historiques se sont plaints. Donc, elle n'a pas eu ses primes de fin d'année. Et voilà où ça me mène. C'est un coup monté de longue date. Furieux, il se malaxait les mains avec nervosité.

— Olivier, vous savez maintenant de qui ça émane ? »

Ce dernier acquiesça d'un mouvement de tête, visiblement gêné. « Nous y voilà », se dit intérieurement Olivier. Voilà pourquoi il voulait me voir. Qu'attend-il donc de moi ? Un témoignage ? Intercéder en sa faveur ? Participer aux discussions à venir ? Servir de taupe et lui remonter des informations ? Dans tous les cas, aucune de ces pistes ne l'emballait.

En novembre dernier s'était déroulé TOP DRH à l'hôtel Royal de Deauville. C'était une convention commerciale où se rencontraient donneurs d'ordre et prestataires. Durant deux jours, chaque chambre d'hôtel était transformée en lieu de rencontres ou, sous un format de « speed dating » de trente minutes, les DRH exposaient lors de rendez-vous individuels, leurs projets futurs.

Le fait que Claude décide d'y participer avec Laurence Lacour avait à l'époque fait jaser la gent masculine dont beaucoup de ses représentants l'affublaient du surnom de « la féministe Louboutin ». D'un caractère affirmé, peu expansive, elle ne se gênait jamais pour rembarrer un collègue dont les propos ou les comportements étaient jugés sexistes ou déplacés, ce qui, eu égard à ses critères très élevés en la matière, était assez fréquent. Quelques commentateurs malveillants oublièrent ainsi qu'elle était très bien implantée dans le secteur médical, gérant une importante clientèle comme Servier, Roche ou bien encore Sanofi, faisant d'elle l'une des cadres les plus rentables du cabinet. Ils préférèrent jaser sur son très séduisant physique et son élégance irréprochable.

Si leur départ généra de nombreuses spéculations, les bruits de couloir s'enflammèrent de plus belle lorsque Laurence posa un congé maladie quelques jours après son retour. Particulièrement discrète, avare de confidences, personne ne connut les raisons de son absence, officiellement présentée comme « fatigue généralisée ».

« Il s'agit de Laurence, j'imagine. Mais je ne suis pas un proche. Je la connais comme je connais tous les anciens, ni plus ni moins, tempéra aussitôt Olivier, peu enclin à mettre les pieds dans cette sordide histoire où, selon ses critères, il n'y avait que des coups à prendre.

— Écoutez Olivier, cette comédie dépasse le simple cadre de nos personnes. Elle risque de ternir notre image, de polluer l'ambiance. Rien de bon ne sortira de cette affaire si elle arrive à son terme. Notre avocat me conseille de ne rien faire pour l'instant. Mais ce n'est pas dans ma nature de rester les bras croisés. Par ailleurs, je pense qu'un mauvais accord vaut mieux qu'un bon procès. » À nouveau, Claude fit silence, mais cette fois-ci planta ses yeux dans ceux de son interlocuteur, tant pour sonder ses pensées que pour imposer un rapport de force.

« Et puis-je savoir en quoi cela me concerne ? interrogea Olivier avec une pointe d'agressivité dans la voix. Je ne suis pas sûr de vous être utile Claude. Comme je viens de vous le dire, je n'ai pas de liens privilégiés avec elle.

— Olivier, nous sommes de grands garçons, nous pouvons nous parler franchement. J'ai besoin de votre aide. Vous êtes dans la maison depuis cinq ans. Comme je vous l'ai dit, vous avez la reconnaissance de vos pairs. Et même si vous n'entretenez aucune relation avec elle, vous bénéficiez d'une aura certaine. Voilà pourquoi j'aimerai que vous m'aidiez à ce que Laurence n'aille pas plus loin dans sa démarche. » À nouveau, Claude joua de son mutisme et l'observa attentivement.

« Et lorsque cette mésaventure sera close, nous reparlerons de cette direction générale qui me semble une bonne piste pour tous. Et évidemment pour vous. Si cela vous intéresse bien sûr. »

Ulcéré et fragile il y a quelques instants, Claude venait de retrouver son calme et semblait prendre plaisir à la conversation.

« En résumé, c'est une proposition sous condition suspensive ? grinça Olivier.

— Ne le voyez pas ainsi. Démarrer une fonction aussi stratégique avec un problème de cette nature à gérer ne serait pas un service à vous rendre. Je vous demande de ne jouer qu'un rôle informel. Celui de référent, de "vieux sage" au fait de la vie de la société, de ses valeurs fondatrices, de son ADN. Si nous n'arrivons pas à trouver un terrain d'entente avec elle, les avocats prendront la suite et votre intervention cessera immédiatement. Vous avez tout à gagner et rien à perdre. »

On frappa à la porte et, souriante, l'assistante de Claude apparut. Elle rayonnait de joie et d'excitation :

« Il vient d'arriver. Tout le monde est là pour l'accueillir. Il ne manque que vous.

— Merci Marie. Nous serons là dans une minute. »

La porte refermée, Claude enchaîna.

« Vous avez toutes les cartes en main Olivier. Je ne vous demande pas une réponse pour aujourd'hui, mais vous l'avez compris, nous avons peu de temps. Je vous propose d'en reparler vendredi, à l'issue de la réunion commerciale. Évidemment, cette conversation est strictement confidentielle. Cela vous convient ? »

Ne sachant que penser, mal à l'aise et en plein questionnement, Olivier acquiesça mollement.

« Parfait. Allons maintenant accueillir Dubois et offrons-lui un retour comme il le mérite. »

Gagné par l'émoi de Marie et la perspective de revoir son ami, Olivier se leva et sortit rapidement du bureau en compagnie de Claude. Ils se dirigèrent vers le réfectoire d'où émanaient rires et discussions animées. De goûteuses effluves de café et viennoiseries enjôlaient tout l'étage. Apparemment, le pot de retour avait fait le plein de participants. Claude salua rapidement quelques personnes et s'approcha de Dubois qui, à sa vue, cessa ses échanges passionnés pour saluer son président.

« Paul, quelle joie de vous revoir ! Et bravo pour votre performance, que dis-je, votre exploit ! Vous nous avez tous épatés. J'aimerais vous inviter à déjeuner, j'imagine que vous n'êtes plus au régime ? »

Chapitre VII
Inconcevable ?

Depuis son retour, Paul était atteint d'une langueur que le contrecoup de la « Desert Cup » ne pouvait à lui seul expliquer. Une sévère affliction le tenaillait et il se sentait plus angoissé que de coutume. Ses deux journées passées dans les bureaux lui avaient semblé particulièrement longues et aucune facette de son métier ne lui avait permis de trouver un semblant de réconfort. Les collègues qu'il appréciait le plus étaient en mission chez leurs clients, à peine les avaient-ils entrevus au pot organisé pour célébrer son retour. Le déjeuner avec Claude avait été ulcérant, comme pressenti. Ce dernier n'ayant d'autre centre d'intérêt que son business et son glorieux passé personnel, l'échange avait été à sens unique et Paul s'était finalement demandé pourquoi il avait été invité.

Ce vendredi soir, avachi dans son canapé, il ne cessait de se repasser en boucle le film de cette invraisemblable nuit qui l'avait vu passer du stade ultime de l'anéantissement physique, à celui de compétiteur battant, en phase de renaissance. Jamais il n'avait connu une telle amplitude de sensations, d'émotions, en un laps de temps aussi court. Sur des compétitions de ce type il est courant de connaître des hauts et des bas, mais de cette nature et dans une période aussi ténue relevait autant de l'incompréhensible que de l'inexplicable. Ce qui le préoccupait le plus était l'inquiétant sentiment que les hallucinations dont il avait été victime n'en étaient pas. Un étrange parfum de réalité se mêlait aux illusions vécues et commençait à l'inquiéter quant à son état mental. L'ensemble de ces pensées gâchait son retour qui aurait dû être rayonnant, ses objectifs ayant été atteints au-delà de ses espérances initiales. Demain, il rappellerait Sophia, elle aurait certainement des explications à lui donner. Le premier débriefing téléphonique avec elle l'avait laissé sur sa faim et il lui semblait désormais important de la voir afin qu'elle l'aide à trouver des réponses à ses questions. Après tout, c'était elle qui lui avait enseigné à visualiser des images positives !

Le carillon le tira de ses réflexions. Il consulta l'heure sur son portable, se leva de son fauteuil, et se dirigea vers le visiophone dont il observa l'écran avec appétit.

« Aaaaaaah, Nathalie, Olivier, vous voilà ! Montez vite, j'ai hâte, dit-il d'une voix chantante. »

L'arrivée de ses amis le ragaillardit et chassa instantanément ses idées sombres. Il allait fêter son succès et ainsi mettre fin à quatre mois d'abstinence.

Les accolades furent chaleureuses et bien plus spontanées qu'elles ne l'avaient été au bureau. Les convives avaient apporté un magnum de champagne, frais, prêt à être consommé. La soirée s'annonçait bien.

« Venez, on va reprendre les bonnes habitudes, suggéra Paul en se dirigeant vers le bar. »

Flûtes en main, les trois complices portèrent leur premier toast, initiateur d'une longue série à venir.

« À ton retour et la fin de ta vie de moine proposa Nathalie.

— Et à ton exploit ! Ça fait deux choses à honorer, c'est mieux ! s'amusa Olivier.

— À nous, conclut Paul. »

Vers minuit, c'est sur un plan de travail encombré des restes d'un repas japonais et de deux bouteilles de rosé qu'Olivier entreprit de préparer une nouvelle ligne de coke. Offrant un large sourire doublé d'un clin d'œil complice, il entama méticuleusement son projet.

Tous trois étaient concentrés sur cette petite ligne blanche rebattue de façon métronome par la carte bleue d'Olivier. Perdus dans leurs pensées embrumées, ils s'offraient une courte parenthèse de calme et de silence avant la reprise de leurs délirantes discussions. Ce fut cet intervalle que choisit Paul pour se livrer.

« Je ne vous ai pas tout raconté tout à l'heure. Il m'est arrivé un truc improbable là-bas », souffla-t-il, visiblement ému. Sa légèreté et sa joyeuse insouciance qu'il avait retrouvées au contact de ses acolytes en début de soirée tendaient à s'évanouir.

— Un scoop, un scoop ! s'esclaffa Nathalie.

— En fait, j'ai eu des apparitions, des délires complètement branques durant la course, commença Paul.

— Je vais peut-être me mettre à courir, pouffa Nathalie. L'attitude prostrée de Paul la fit revenir à une écoute plus empathique. Olivier arrêta net sa préparation. Il connaissait de façon intime Paul et venait de comprendre qu'il avait besoin de s'épancher. Et que cela n'avait rien à voir avec l'alcool ingurgité.

« Désolé Paul, reprends.

— Cela faisait bientôt vingt-quatre heures que je courais, il devait être quatre ou cinq heures du matin, j'étais en train de perdre pied, de péter un plomb. J'étais cuit. Sans prévenir, brusquement, une femme m'est d'abord apparue. Nettement, comme si elle était présente. C'était autre chose qu'une hallucination, plus fort, plus réel. Elle m'a indiqué d'un geste le PC qui n'était qu'à quelques encablures. J'avais la tête en vrac.

Je ne voyais plus rien. Le fait de découvrir que le prochain bivouac était proche m'a regonflé à bloc. »

Paul s'arrêta et observa ses compères pour appréhender leur réaction. Ces derniers semblant suivre son récit, il reprit.

« C'était vraiment flippant. Ça a continué par une voix de femme qui me parlait. C'était net, clair, comme si j'avais un casque sur les oreilles. Je l'ai entendue, clairement entendue me donner rendez-vous dans la tente du PC…

— T'as toujours été un chaud lapin ! explosa de rire Nathalie. Même dans le désert tu fais des rêves érotiques ! »

Le regard noir d'Olivier calma ses ardeurs humoristiques et Paul reprit comme s'il n'avait pas été interrompu.

— Lorsque je suis arrivé au PC, il régnait une atmosphère étrange. Quelque chose clochait, mais je ne saurais pas vous dire quoi. Elle était là, seule. J'ai tout de suite eu l'impression de la connaître. Une super nana, canon, quarante-cinq, cinquante ans. Elle avait une voix incroyablement douce, et j'ai en tête l'image de quelqu'un de super agréable, attentionnée. On a parlé de mon moral, de ma forme, du classement… en fait, je sais plus trop. J'étais cotonneux. Je sais juste qu'en sortant de la tente j'étais transfiguré, bourré d'énergie. Comme neuf.

Paul semblait être en attente.

— C'est tout ? s'enquit Olivier. C'est fréquent de vivre des bizarreries sur ces épreuves de déglingués, ce n'est d'ailleurs pas la première fois que tu as yoyotté un moment durant un raid non ? tempéra-t-il. Tu as fantasmé sur une bénévole qui devait être mignonne et l'épuisement a fait le reste, conclut-il en reprenant ses préparatifs poudreux.

— Tu as prévu de revoir ta sophrologue ? s'intéressa Nathalie. Elle aura sûrement une explication. C'était la première fois que tu travaillais ce côté un peu space du mental, je crois ? Il y aura peut-être eu des effets secondaires ?

Insensible aux arguments et suggestions proposés Paul enchaîna,

— Attendez, ne vous emballez pas, attendez la suite, ça se corse… En sortant de la tente, il me restait environ cinq à six heures pour terminer. En pleine bourre, je suis reparti sur les chapeaux de roue. Très vite, j'ai dû rattraper une bonne trentaine de coureurs, ce qui me mettait dans les vingt ou trente premiers. J'étais aux anges, même si je sentais que mon corps était limite. Et puis en sortant du dernier PC, à l'entame des deux dernières heures, je me suis à nouveau effondré. D'un coup. Imaginez une voiture qui n'a plus d'essence. Ça m'a fait la même chose. Des douleurs partout, la machine cassée. Et la tête qui suit, les idées noires qui s'imposent…

— Oh là là ! À ce stade du récit, je propose un nouvel arrêt au stand, l'interrompit Nathalie. Elle fit signe à Olivier de s'approcher avec sa ligne désormais impeccable.

— À toi l'honneur Paul, tu l'as bien mérité, proposa Olivier.

— Je passe mon tour. Ayez pitié de moi, dit Paul en souriant, ça fait quatre mois que j'étais à l'eau claire… je suis déjà bien attaqué. Faites-vous plaisir, dit-il en repoussant le plateau et son contenu.

S'emparant de la paille qui lui était proposée, Nathalie sniffa goulûment une partie de la coke, immédiatement suivi par Olivier, en grande réflexion.

« Ça y est, on est prêt à t'écouter jusqu'au bout de la nuit, sourit Nathalie.

— Vas-y, mon pote, fais-nous peur, compléta Olivier. On veut la suite. »

Paul reprit dans une ambiance attentive et bon enfant.

« Vous marrez pas les cas sociaux, le pire arrive. J'étais au fond du trou. En général, on peut se remettre d'un coup de grisou, mais rarement de deux. Je me traînais lamentablement et je commençais à imaginer le pire, me faire doubler, être à la ramasse, loin, très loin. Et puis je l'ai à nouveau entendue me parler… la même voix… celle de la nana du PC. C'était toujours aussi clair, aussi réel. »

À cet instant du récit, Paul hésita à leur dévoiler la suite de l'histoire tant elle semblait inconcevable. Sentant le flottement de son ami, Olivier l'invita à poursuivre.

« Allez, pas de mystère entre nous. À cette heure tardive, tu peux tout nous raconter. N'est-ce pas Nathalie ?

— Oui, c'est mieux que Netflix, vas-y.

— Elle m'a proposé un deal, reprit Paul.

— Un deal ? Waouh, tu y vas fort là, s'exclama Nathalie. C'est Faust en jogging. Les trois sourirent de la saillie.

— Oui, ou alors le genre de chose qu'on faisait gamin… Si j'arrive avant le vélo devant l'école, j'aurai un train électrique pour Noël ? suggéra Olivier.

Paul sourit malgré lui des réactions de ses amis. Il reprit.

— Elle m'a dit qu'elle pouvait m'aider, que mon coup de barre allait disparaître. Que j'allais à nouveau cavaler comme un lapin. Il y aurait juste une compensation, une sorte de prix à payer.

— Non mais je rêve ! fusa Nathalie.

— Laisse-le parler, calma Olivier.

— Une grippe. Une simple grippe qui disparaîtrait très vite. C'était le deal. Mais tout ce que je vous raconte s'est déroulé dans un brouillard complet, je n'étais pas complètement lucide, relativisa Paul, autant pour lui-même que pour ne pas les effrayer.

— Un peu comme ce soir non ? s'amusa Olivier.

— Oui, n'empêche que je m'en souviens parfaitement. Peut-être avez-vous raison… le manque de sommeil, une journée de lutte, d'efforts… je sais pas.

— Et tu as accepté ? … Ce deal… ? voulut savoir Nathalie.

— Oui… répondit Paul dans un murmure. Et ça a marché. Après quelques moments, instants, minutes, je sais pas combien, ou comment le définir, la pêche est revenue. Je me suis remis à courir, d'abord tout doucettement, puis à un rythme plus soutenu. Tout s'est éclairci, j'étais redevenu lucide, en parfaite osmose avec mon corps. J'avalais les kilomètres avec une facilité inouïe. J'ai vécu une fin de course irréelle, avec une profonde acuité. Un grand moment de joie ; avec le résultat que vous connaissez. »

Olivier se leva tout en applaudissant et sifflant bruyamment.

« Dans mes bras, mon pote. Dix-neuvième ! Quel champion ! »

Se joignant au binôme, Nathalie embrassa Paul et l'étreinte des trois dura un long moment. Touché par ces gestes d'amitié, Paul reprit avec malice :

« Ce n'est pas tout à fait fini…

— Aaaah, quel suspens, nom de Dieu, explosa Olivier ! Remets-nous donc un godet pour fêter cela. »

De nouveau installé autour de la table-bar, Paul reprit :

« Quand tout ça fut terminé, après m'être reposé, je suis allé voir l'organisation et j'ai demandé à rencontrer la bénévole du PC 8, celle qui devait tenir le poste vers quatre heures du matin.

— Et alors… demanda Nathalie ? T'as couché avec elle ?

— Pas vraiment. À la soirée de remise des récompenses, j'ai rencontré les deux commissaires qui ont passé la nuit au PC 8. C'était deux hommes. »

Chapitre VIII
Fin de soirée difficile

« Tu t'es peut-être trompé de bivouac ? Ce ne serait pas étonnant dans ton état. Tu étais complètement mort et en manque de sommeil, tenta Olivier.

— Sauf que j'ai rencontré tous les commissaires en place sur les PC. Les 5, 6, 7, 9… tous sans exception. C'est dingue, c'est comme si tout ce que j'ai vu avait été rêvé, n'existait pas.

— Mais c'est le cas Paul, ce n'est pas réel. La preuve est là, tu as rencontré tous les commissaires… Ta fée, elle est dans ta tête, elle n'existe pas, décréta Nathalie d'une voix forte. »

Paul semblait à nouveau désemparé, abattu. Comme s'il avait voulu une autre conclusion à ces épisodes hallucinatoires. Cela décida Olivier à intervenir.

« Écoute Paul, je pense que nous prenons le problème à l'envers. Nous cherchons à trouver quelque chose qui n'existe pas, alors qu'en réalité nous devons raisonner à partir de ce qui existe. Moi ce que je crois, et je trouve ça génial, c'est que ta préparation mentale avec ta coach a pleinement fonctionné. Si j'ai bien compris le principe, c'est de s'appuyer sur des ressources lorsque tu en as besoin ? Sans attendre la réponse, Olivier enchaîna. Et ces ressources se manifestent par des pensées, la visualisation d'images positives, tes fameux ancrages, c'est ça ? Cette fois, il attendit la réaction de son ami.

— Oui, mais pas aussi précises, pas aussi tangibles…

— Qu'est-ce que tu en sais, c'est la première fois que tu testes ce type de méthode ? Comme tout ce que tu fais, tu le fais à fond. Je pense que ta préparation a super bien marché, au-delà même de ce que tu espérais, et qu'il y a juste deux, trois réglages à opérer. Tu as raconté tout cela à ta coach ?

— Non, pas de cette façon, pas en détail… je n'ai pas osé. Je l'ai juste appelée pour lui donner le résultat et la remercier.

— Alors, prends rendez-vous avec elle et raconte-lui tout, comme tu l'as fait ce soir. Et tu verras qu'elle aura certainement les réponses à tes questions. »

Olivier jeta un œil vers Nathalie afin de percevoir sa réaction et trouver un relais dans sa tentative de rationaliser ce qui semblait profondément perturber Paul. Comme Olivier, elle avait été d'abord amusée du comportement de leur hôte, mais à ce stade semblait inquiète pour son moral. Ce fut Paul qui relança.

« Je crois que tu as raison, Olivier. Il faut que je me reprenne, tout cela n'est pas très sérieux. J'avais de toute façon prévu de la contacter demain matin.

— Super, sourit Nathalie. Je suis d'accord avec Olivier, c'est la bonne méthode. »

Les trois convives, rattrapés par leurs pensées, commençaient à accuser le coup de leur consommation débridée.

À nouveau, ce fut Paul qui relança les échanges, cette fois sur un autre terrain.

« Avez-vous réfléchi à notre dernière conversation ?

— Laquelle ? Celle où tu conseillais à Olivier de s'inscrire sur Meetic ? »

Ravagé par un divorce à charge qui l'éloigna de ses deux enfants et le laissa dépressif durant deux longues années, Olivier avait décidé que les plaisirs de la chair, et d'une façon plus radicale, que ses liens avec les femmes devaient se limiter aux seuls aspects professionnels ou amicaux, jamais plus amoureux ou sexuels. Lorsqu'au début de leur relation, Nathalie et Paul avaient découvert le vœu de célibat d'Olivier, ils n'avaient eu de cesse que de l'inciter à s'inscrire sur les réseaux sociaux ou à lui présenter des amies lors de dîners arrangés. Rien n'y avait fait. Fidèle à sa décision, Olivier avait toujours trouvé une raison pour ne pas s'engager dans une liaison, ne fût-ce qu'une fugace étreinte de fin de soirée. Devant l'intransigeance de leur ami, ils avaient baissé les bras sans cesser de le taquiner de blagues récurrentes, plus ou moins salaces et de bon goût.

« Non, sourit Paul, celle de notre association »

Olivier se dandina sur son siège. Nathalie répondit spontanément :

« Oui, très sérieusement. J'en ai même parlé à une amie banquière. Sur le principe, elle serait prête à nous suivre. Maintenant, c'est une banquière…

— Oui, on les connaît… Toujours ok sur le principe… C'est après que ça se corse. Cela signifie que tu es partante ?

— Oui, j'en ai marre de bosser pour l'autre guignol. Je suis sûre, ça peut marcher. Même si nous n'embarquons pas tous les comptes, je pense qu'on en aura suffisamment pour amorcer l'activité.

— Et vous pensez que Claude va nous laisser partir sans mettre en œuvre les clauses de non-concurrence ?

— On en a déjà parlé Olivier. En quittant en même temps la boîte, à nous trois, on approche les six cent mille euros de dédommagement. Jamais Claude n'acceptera de verser une telle somme. Il préférera nous laisser filer et tentera de nous démonter auprès des clients.

— Il y en a certains qui resteront fidèles et ne bougeront pas, mais je pense pouvoir compter sur une grosse moitié, rassura Nathalie.

— Et toi, Olivier ? Tu en es où ? demanda Paul.

— Écoutez, il s'est passé quelque chose bizarre… Vous savez que j'ai vu Claude juste avant le pot de retour de Paul ?

Les deux firent non de la tête.

“Il m'a fait miroiter un hypothétique poste de DG.

— Et c'est maintenant que tu le dis ? s'étonna Paul.

— Tu sais bien que je suis parti aussitôt après le pot. J'animais le séminaire du CODIR d'Engie… J'avais un peu d'autres chats à fouetter.”

Nathalie et Paul échangèrent un regard interloqué et les effets des différentes substances absorbées depuis le début des agapes s'estompèrent comme par magie.

“Et tu as accepté ? mordit Nathalie.

— Non, bien sûr. De toute façon, il m'a d'abord demandé de régler un problème interne.

— Lequel ? Tu vas le former pour être un patron ? s'amusa Paul.

— Ou tu vas le conseiller pour l'aider à se choisir une paire de couilles ?” s'esclaffa Nathalie.

La réplique les fit éclater de rire, et permit à la pression qui s'était discrètement invitée dans les débats de retomber.

“Je débouche une autre bouteille ou ça ira pour vous ?

— Non, c'est bon pour moi, répondit Nathalie.

— Pour moi aussi assura Olivier. En revanche, on peut terminer sur une dernière petite ligne ?

— Ouuuuh décidément tu veux ma mort, fit semblant de s'offusquer Paul. Allez, vas-y.”

Tout en se mettant à l'ouvrage, Olivier reprit :

— Laurence Lacour lui colle un méchant Prudhomme, harcèlement sexuel et moral. Elle demande quatre cent mille euros.

— Excellent, s'enthousiasma Paul. Ça ne peut que nous aider. Il aura du mal à être sur tous les fronts. Tout ce qui peut lui pourrir la vie va dans le bon sens…

— Et quel rôle tu aurais à jouer là-dedans ? Tu vas menacer Lacour de lui casser les deux bras ? titilla Nathalie.

— Tu connais mon aversion pour la violence, sourit Olivier. Non, il me demande d'intercéder auprès d'elle afin qu'elle se désiste.

— Rien que ça. Et tu as accepté la mission ? demanda Paul.

— Bah oui, pourquoi pas… Cela te gêne ?

— Non au contraire. Cela va te permettre de te rapprocher de Claude et d'obtenir des informations sur le litige. Quand dois-tu la rencontrer ?

— Elle est chez Beiersdorf pour deux jours. Je lui ai laissé un message. J'attends son retour. »

Olivier tendit à Nathalie le petit plateau laqué sur lequel il venait de finaliser sa dernière préparation de la soirée. Elle observa intensément son collègue.

« Et s'il te propose le poste de DG ?

— T'emballe pas, je suis pas le premier à qui il fait des promesses….

— Et si… ? insista-t-elle.

— Écoute, on a un projet, et je ne me vois pas travailler avec Claude au quotidien. A fortiori si vous n'étiez plus là. On continue d'avancer. Et comme disent les journalistes, tout le reste n'est que pure spéculation. »

Ivre mais parfaitement lucide, électrisé par une vitalité qu'il avait du mal à canaliser, Paul virevoltait dans son appartement. Tout en remettant en ordre sa cuisine et son bar, il repensait au déroulement de la soirée. Il avait pris plaisir à renouer avec un régime moins sportif, plus en phase avec sa nature profonde, et revoir ses proches lui avait fait le plus grand bien, même si l'attitude d'Olivier lui posait question. Sa réponse à l'interrogation de Nathalie quant à savoir s'il accepterait le poste de Directeur général l'avait mollement convaincu. Il lui faudrait à nouveau sonder son ami sur la sincérité de ses convictions à les rejoindre dans leur aventure entrepreneuriale.

Mais ce qui gênait plus particulièrement Paul était la lancinante interrogation concernant la femme du PC. Il était accaparé par ce qui s'était produit dans le désert, et comprendre ce qui lui arrivait était devenu obsessionnel. Depuis son retour, la mystérieuse inconnue n'avait pas quitté ses pensées et son encombrante présence commençait à lui taper sur les nerfs. Pourquoi attendre demain matin ? N'y tenant plus, il prit son téléphone, composa le numéro de sa coach, et lui laissa un message lui demandant de le rappeler au plus vite. La connaissant, elle réagirait rapidement.

Il était maintenant temps d'essayer de dormir un peu. Il avait un important rendez-vous client à dix heures, flanqué de Claude qui avait tenu à y participer. Il éteignit toutes les lumières de la cuisine et du salon, décidé à profiter des quelques heures de sommeil restant.

Il se dirigeait vers sa chambre quand, saisi par un froid soudain, il fût pris de tremblements. Les quelques pas qui le séparaient de son lit lui apparurent interminables. Fourbu, il se déshabilla avec difficulté, ne prit pas la peine de prendre une douche, et s'écroula sur son matelas. Il s'embrouillait à nouveau, abêti par une forte fièvre qui le fit abondamment transpirer. Il tenta de se relever pour chercher un doliprane mais ses membres courbaturés lui firent défaut, le laissant prostré. Une toux sèche le secoua alors violemment.

Lové sous sa couette, il cherchait à comprendre ce qu'il vivait. Que se passait-il ? Pourquoi ce soudain effondrement ? L'excès de coke et d'alcool après une période d'abstinence ? Sa tête bouillait, ses idées s'entrechoquaient, fusaient pour aussitôt disparaître. Assommé par la fièvre et les différents produits ingurgités tout au long de la soirée, il n'arrivait pas à poser un diagnostic serein.

Au final, il en revenait toujours à la même conclusion : aucune hypothèse envisagée ne tenait la route.

Il allait s'endormir, assommé par le virus, lorsqu'il se rendit à l'évidence.

« Une grippe. Une simple grippe qui s'envolerait très vite. C'était le deal non ? pensa-t-il en lui-même, terrorisé. »

Chapitre IX
Les règles du jeu

Comme étranger à son propre corps, Paul a le désagréable sentiment que ses jambes sont celles d'un autre. Jamais il n'a couru aussi vite, aussi facilement. Ses foulées s'enchaînent sans le moindre effort, trouvant aisément des appuis malgré le sable mou de cette partie du Wadi Rum. Afin d'être plus à l'aise, il dénoue sa cravate et jette sa veste de costume sur le sol. En dépit d'un soleil éclatant et haut dans le ciel, la température lui semble fraîche. Ses jambes continuent d'accélérer, transformant sa course en un sprint effréné. Rien n'y fait, il n'arrive plus à contrôler son enveloppe corporelle, qu'il sent désormais s'échapper. Pourtant vierge de toute présence humaine il y a quelques secondes, des coureurs jaillissent à quelques mètres devant lui. Sans difficulté, il reconnaît les silhouettes de Fred, ainsi que celles de Nathalie et Olivier. Bizarrement, ses deux collègues, tout en marchant d'un pas lourd, avancent aussi vite que le compétiteur chevronné. En les doublant, il veut leur parler mais s'aperçoit que sa bouche a disparu, tout comme celles de ses amis qui lui jettent des regards éperdus d'angoisse. Son cœur s'accélère et une peur poisseuse irrigue tout son être. Claquant comme la lame d'une guillotine, la nuit tombe, aussitôt accompagnée d'une violente tempête de neige. Maintenant totalement nu, Paul subit les morsures du froid comme autant de dents acérées qui voudraient le déchiqueter. Au loin, une lumière apparaît, qu'il devine être celle de sa cuisine. Il jette un œil à droite à gauche, de plus en plus vite, cherche une issue à cette folie qui le gagne. La crainte s'est transformée en terreur. Il a désormais comme une chaudière à la place du ventre et transpire abondamment malgré les bourrasques de neige qui continuent de le fouetter.

Soudain, les aboiements du vent cessent et Paul entend une mélodie caressante murmurer à son oreille :

« Courage, Paul, dans quelques minutes tout ira mieux. Je suis dans la cuisine, je t'attends. »

Paul a reconnu la voix, celle de la femme du PC 8. Loin de l'apaiser, ces quelques mots font monter en lui une panique incontrôlable. Il veut faire marche arrière mais ses jambes, les jambes, celles d'un autre, continuent de l'emporter vers la clarté. Il se débat, son sang est bouillant, il va gicler de ses veines, il sent sa tête se fissurer, il a mal. Pas une partie de son corps qui ne soit consumée par la glaciale horreur de la situation. Il veut hurler mais se souvient n'avoir plus de bouche. Le sol s'effondre sous lui et il chute à une vitesse vertigineuse durant un temps qui lui semble être celui d'une vie.

Enfin, ses bras trouvent un appui.

Paul se redressa en hurlant, en proie à une épouvante qu'il ne pensait jamais pouvoir ressentir. Assis, les mains reposant sur son matelas, il reprit progressivement ses esprits, tout en souriant amèrement de l'extravagante créativité de son mental fiévreux. Son lit était trempé de sueur, la grippe semblant avoir solidement pris ses quartiers dans son corps agité. Lorsqu'il voulut se servir un verre d'eau, il constata avec dépit que la bouteille qui était sur son chevet s'était renversée. Certainement un dégât collatéral de son terrifiant cauchemar.

En s'extrayant péniblement du lit, Paul constata avec surprise qu'une pièce semblait éclairée, un rai de lumière dardant ses rayons intrus sous la porte de sa chambre. Comme dans son mauvais rêve, sans prévenir, un nouveau sentiment d'affolement surgît. D'un pas chancelant, il se dirigea péniblement vers la cuisine lorsqu'il entendit le raclement sur le sol d'un tabouret de bar. Un cambrioleur, le téléphone, la police, furent les trois données immédiatement connectées entre elles par ses neurones. Il fit marche arrière pour s'emparer du portable mais constata avec dépit qu'il n'était pas sur sa table de nuit.

Étonné, Paul visualisa sa peur refluer vers sa sinistre caverne, et se sentît benoîtement envahir d'une agréable décontraction. Une vague d'euphorie le submergea et, de façon irrationnelle, il eut le pressentiment que rien de mauvais ne pouvait lui arriver. Oubliant son téléphone, il reprit sa marche en avant, et lentement, ouvrit la porte.

Le sol du couloir le séparant de sa pièce de réception était couvert de terre et de cailloux, lui rappelant les pistes du Wadi Rum.

« Celles-là même où le deal avec l'inconnue avait été conclu, pensa-t-il calmement. »

Dans un état second, comme attiré par une force magnétique, il franchit les quelques pas en direction de son salon. Plus il avançait, plus l'effet béatifique augmentait. Il était incapable d'identifier s'il rêvait à nouveau, si ce qu'il vivait était réalité ou si, plus prosaïquement, il perdait la raison. Un court éclair de lucidité le ramena vers une mécanique rationnelle :

« Tu rêves, il ne peut en être autrement… s'entendit-il souffler… Ne te débats pas, lâche prise… Finalement, c'est plutôt un bon trip… »

Sans s'en rendre compte, il était arrivé au seuil de sa spacieuse pièce à vivre. Son regard se porta aussitôt vers sa cuisine, sachant à l'avance ce qu'il allait y découvrir.

Elle était là, baignée d'un chaleureux halo de lumière, debout à côté du bar. Elle écarta ses bras et ouvrit ses mains pour l'inviter à venir la rejoindre. Sans qu'elle ouvre les lèvres, il entendit sa voix lui susurrer :

« Bonjour, Paul, viens près de moi. Nous avons à parler. »

L'étrange phénomène de béatitude ne semblait pas avoir de limite. Corps et cœur ne faisaient qu'un, centrés sur l'instant présent, irrigués de sensations extrêmes. Ils s'emplirent de douceur : tout son être n'était que joie et insouciance.

Jamais il n'avait connu une telle extase.

Jamais il n'avait rencontré une femme aussi merveilleusement belle.

Hypnotisé par la bienveillance de son visage et rassuré par l'amabilité de ses gestes, Paul franchit les quelques mètres le séparant de sa mystérieuse visiteuse. Il s'assit sur un tabouret, en face d'elle.

Surpris par son propre courage, il entama la conversation, constatant qu'il n'avait pas à ouvrir la bouche pour se faire comprendre. Comme elle, il communiquait par la pensée :

— C'est un rêve n'est-ce pas ?

— Ce qui t'est arrivé dans le désert, ce que tu vis, et ce que tu vas vivre dans les semaines à venir, peut être défini comme un rêve, répondit-elle malicieusement. Sa voix était suave, posée, rassurante.

— Je ne comprends pas…

— Je vais tenter de t'éclairer, même si ma réponse va te paraître incomplète. Je sais m'appeler Iris mais je ne sais pas qui je suis… Je n'ai pas de passé… Pas de mémoire… Pas d'avenir… Je sais être missionnée pour t'aider, comme je l'ai fait lorsque tu en avais besoin. Tu t'es entraîné, tu avais la volonté de te battre, de réussir ton pari. Il te manquait juste un peu de sève qu'il m'a été aisé de t'apporter. Mon rôle est d'aider le destin, de te donner un coup de pouce afin que tes projets se réalisent, sans jamais me substituer à toi.

L'extraordinaire de la situation ne le troubla pas une seconde. Il parlait à Iris comme à une vieille amie. Une légère brise vint le caresser et il reconnut la langueur du souffle du sirocco qui l'avait accompagné une partie de la course, il y a quelques jours. Il restait euphorique, détendu, heureux.

— Pourquoi moi ? Aider à quoi ? Et dans quel but ?

— Je ne sais pas quelles sont les forces qui nous entourent, pourquoi elles nous ont choisis, quelles sont leurs motivations. En revanche, j'en connais le but.

— Et… ? Paul attendit.

— Faire de toi ce que je suis : un passeur.

Malgré son état hypnotique, Paul sentit son cœur s'accélérer et, imperceptiblement, les mordillements de la peur refaire surface.

— Un passeur ? Quelqu'un sans mémoire, sans futur, sans vie ? Un fantôme… Pas vraiment exaltant… sourit-il.

Elle l'observa durant quelques secondes avec amour.

— Comment te sens-tu Paul ?

— Je ne me suis jamais senti aussi bien. C'est… délicieux.

— C'est exactement ce que je ressens, rétorqua-t-elle avec douceur. Mais je le vis en permanence, et d'une puissance sans commune mesure avec ce que tu perçois en ce moment.

Paul fit une moue dubitative et sembla se renfrogner.

— C'est moi qui te transmets une infime partie de mon fluide, afin que nous puissions deviser sereinement, sourit-elle. Quand je ne serai plus là, tu reprendras le cours de tes pensées et tout rentrera dans l'ordre.

— Vous êtes le bon ou mauvais génie de la lampe ? s'amusa Paul.

— Je n'ai plus de notion de bien et de mal… Cela m'indiffère… Je n'ai pour règle et objectif que de t'aider, de t'être utile…

— Et si je refuse votre aide, ou si je n'y fais pas appel ?

— Tu as été choisi et le processus est engagé. Refuser à un coût qu'il te faudra assumer.

— Accepter votre aide n'est pas totalement gratuit non plus, n'est-ce pas ? J'ai une grippe carabinée depuis hier soir…

Iris lui sourit.

— Oui, c'est la règle du jeu, il y a toujours un prix à payer.

— Comment saurez-vous si je veux faire appel à vous ?

— Je le saurai, Paul. Je serai là quand tu en auras besoin. Tu n'as pas à t'en préoccuper.

De façon très subtile, à nouveau, il ressentit comme un malaise, une sorte d'inquiétude, matinée de rejet de la situation.

— Si d'aventure je fais appel à vous, vous me direz quelle en sera la contrepartie ?

— Plus maintenant, cela ne dépend plus de moi.

— Je vais devoir prendre des décisions sans en connaître les conséquences ? dit-il d'une voix montante. Et cette histoire de passeur, c'est quoi ce délire ?

Paul menait maintenant une lutte intestine et tentait de reprendre le contrôle de ses pensées. De fait, peurs et colères remuaient à nouveau leurs tentacules et le polluaient. Lisant comme à livre ouvert dans l'esprit de Paul, Iris décida d'écourter l'échange. En répondant à son ultime question, il en saurait suffisamment, pour le moment en tout cas. Elle pourrait alors se retirer.

— Être passeur est un grand privilège qui procure une volupté infinie. Tu comprendras, le moment venu.

Paul se sentit à nouveau subjugué par l'amour qu'irradiait Iris. Il lui sourit et sentit ses yeux se fermer. Il s'endormit aussitôt pour un sommeil, cette fois, vierge de tout visiteur.

À sept heures du matin, le réveil sonna, faisant irruption de façon tonitruante dans la chambre silencieuse de Paul. Toujours fiévreux, il avait la bouche pâteuse et une violente douleur lui cisaillait le crâne. À chaque mouvement, une nausée l'envahissait. Il se retourna dans son lit, espérant, sans succès, trouver une position confortable. Ses délirants cauchemars prirent l'ascendant de ses pensées. Ses discussions avec ses amis, les fous rires partagés, tous les bienfaits emmagasinés par cette soirée furent balayés par l'extravagance de ses rêves.

Comme ce qu'il avait vécu en Jordanie, ce qui s'était passé cette nuit lui semblait réel. Le sentiment d'avoir ressenti de façon parfaitement lucide le fantasque de ses délires le tenaillait et le torturait.

Le rendez-vous avec Claude le motiva à enfin se lever. Sa fièvre avait baissé, mais il se sentait toujours faible. La grippe était toujours présente. Il prit la direction de la salle de bains pour une longue et salutaire douche brûlante, comme un remède destiné à le revigorer. Quelques minutes plus tard, il enfila son peignoir et pénétra dans sa pièce à vivre afin de se préparer un copieux petit déjeuner. Il en avait sérieusement besoin.

En arrivant dans sa cuisine, il s'arrêta net, et sentit un voile glacé l'envelopper lorsqu'il découvrit, sur le bar, un petit tas de sable et de pierres.

Chapitre X
Rendez-vous amoureux

Sous le regard de sa fille, la vieille dame s'avança dans la pièce, un plateau surchargé tremblant entre ses mains mal assurées. Connaissant par avance la réponse, la jeune femme formula timidement une proposition d'aide qui fût balayée sans ménagement par sa mère, soutenue, pour une fois, par son époux : « Laisse… elle se débrouille bien toute seule ».

Elle traversa le salon à petits pas, avec hésitation. Comme si elle voulait faire le moins de bruit possible, ses pieds semblaient flotter au-dessus du sol. Tout son être s'excusait d'être là. Lançant de temps à autre un œil inquiet à son mari, elle cherchait un soutien, un encouragement… une simple marque d'affection, quelque chose qui l'aurait rassurée. Rien ne vint.

Trônant sur son fauteuil, semblable à un chat guettant sa proie, le vieillard, habité par de secrètes émotions, observait l'avancée irrésolue de son épouse.

Elle posa délicatement le plateau sur la table basse du salon et entreprit de couper la tarte aux prunes. Comme souvent, toujours, pensa son mari, un mouvement maladroit provoqua un anodin incident, la chute d'une coupe de champagne encore vide. Le chat pouvait jouer avec la souris. À peine renversée, il applaudit sournoisement le geste fautif, comme un ultra fêtant un but trop longtemps attendu, ponctuant sa célébration d'un tonnant et agressif :

« Bravo ! Tu peux pas faire attention ! C'est plus fort que toi on dirait… »

Statufiée, la femme expira longuement le ressenti de son épuisante vexation, crucifia son mari d'une œillade assassine, puis se remit au service.

Il y a quelques années, Laurence Lacour serait intervenue et aurait pris la défense de sa mère. S'en serait immanquablement suivie une vibrante querelle d'où rien de constructif ne serait sorti. Une fois rentrée chez elle, la dictature patriarcale aurait été réinstaurée, avec le silencieux assentiment de la victime. Elle avait donc cessé de prendre parti pour l'un ou pour l'autre, préférant les renvoyer dos à dos et ne pas entrer dans leurs rapports mortifères. Préférant une paix triste à une guerre inutile, elle avait en quelque sorte rendu les armes.

Lorsqu'elle était enfant, les deux femmes avaient été très proches, complices. Enjouée, d'un tempérament rieur, sa mère s'évertuait à ne rien prendre au sérieux, à se moquer du temps qui passe et à déjouer les pièges posés par le quotidien. Les conflits avec son conjoint, les incessantes critiques, les vexations, rien ne semblait la toucher et tout était prétexte à rire avec Laurence. Et puis l'adolescence était venue. Avec elle, le temps de l'incompréhension, du jugement, de l'affrontement. Laurence lui reprochant d'être lâche, l'amour pur de l'enfance avait été perverti par les mesquineries du couple parental. Avec le temps, elles s'étaient éloignées l'une de l'autre, chacune souffrant en silence de cette nouvelle situation, chacune incapable de trouver les mots, les attentions qui cicatrisent. Dès lors, la légèreté de sa maman disparut.

Comme beaucoup de femmes de son époque, elle avait offert un dévouement sacrificiel à son mari et à sa fille unique. Cet abandon de soi, ce renoncement et cette forme de servilité avaient construit le militantisme de Laurence, qui s'était très tôt juré de ne jamais lui ressembler. Poussant sa logique au paroxysme, elle était devenue ultrasensible sur le sujet, et toute maladresse voulue ou non d'un homme à son égard la rendait combative au-delà du raisonnable. Tendue vers cette recherche d'amour déférent, égalitaire, elle en avait oublié de s'arrondir, de se pacifier, et s'était enfermée dans de pénibles postures qui firent dire à son ex-mari que son père avait réussi l'exploit de faire deux victimes, sa mère et Laurence. C'est ainsi, par trop de crises et de procès en machisme qu'elle rata son mariage, englouti dans un océan d'amères, et souvent d'injustes, récriminations.

Sous les yeux inquisiteurs de son père, ployée sous le poids d'une culpabilité d'autant plus insoutenable qu'elle était fantasmée, la maman de Laurence travaillait à ce que le rendez-vous familial soit irréprochable, du moins en façade. Elle redressa la coupe, servit de généreuses parts de tarte à sa fille et son mari, s'activa comme une servante avide de plaire à ses maîtres.

Pourtant, pour qui savait observer, sous le masque cafardeux de l'épouse modèle, affleuraient encore des braises de joie qui ne demandaient à la vie qu'un souffle pour rougeoyer à nouveau. Comme à chaque visite, ce constat rendit Laurence aussi malheureuse que furieuse. Empêtrée dans ses jugements, prisonnière de ses certitudes, elle était incapable de produire des gestes simples d'amour qui, pour un temps au moins, auraient donné un peu de quiétude à la vieille femme.

La conversation qui suivit fut, comme toujours, un monologue maternel s'appuyant sur les béquilles du passé, certainement afin d'éviter d'évoquer un présent par trop ennuyeux. Jamais ses parents ne la questionnaient sur son quotidien, son métier, sa vie amoureuse. Jamais on ne parlait de politique, encore moins d'argent. Cela aurait ouvert la voie à de stériles débats où les conflits de valeur n'auraient su apporter de réponse apaisante. Comme Laurence, ses parents avaient tacitement conclu un pacte de non-agression. On en restait donc aux considérations culinaires, aux commentaires météorologiques, aux voisins bruyants, et parfois, aux tendres souvenirs, lorsque Laurence était encore une enfant. Alors, pour un moment seulement, le visage de sa mère redevenait rieur.

Pourtant, même ces discussions anodines donnaient lieu à des escarmouches impromptues entre ses parents, le père de Laurence ne ratant aucune occasion de narrer, avec un sadisme consommé, tel oubli, comportement erratique ou erreur supposée de son épouse qui tentait alors, maladroitement, de se défendre. Ce cercle vicieux s'auto-alimentait et ne s'arrêtait jamais.

La tombée de la nuit fut le prétexte au départ, synonyme de délivrance.

Abattue, pleine d'une sourde colère, Laurence quitta ses parents après les avoir embrassés d'un amour maladroit et désemparé, celui d'une fille unique au mutisme sélectif, formatrice en management et en communication à la ville, mais incapable d'exprimer sereinement ses sentiments au quotidien.

Installée dans sa Twingo, elle posa la tête sur le volant et souffla longuement pour évacuer le stress emmagasiné. Ses mains tremblaient légèrement et son corps lui semblait lourd. Un début de migraine commençait son travail de sape. Elle observa son reflet dans le rétroviseur et ce qu'elle y découvrit ne lui plut guère : le visage triste et las d'une femme entre deux âges. Tellement ressemblant à celui de sa mère, pensa-t-elle avec amertume.

Annonçant l'arrivée d'un message, son téléphone bipa. Avide de revenir dans le monde réel, elle fouilla son sac à main et s'empara du smartphone pour découvrir la proposition de son amant.

« Le séminaire aura lieu les 4/5/6 novembre. Je vous propose de vous joindre à moi pour représenter l'entreprise. Bonne fin de journée. »

Elle répondit aussitôt :

« Mon sac est déjà prêt ! ».

Finalement, le week-end se terminait sur une note réjouissante. Elle mit le contact et engagea son véhicule dans le flot clairsemé de la circulation d'un dimanche finissant.

Initié à sa demande il y a bientôt trois ans, le divorce de Laurence avait fait naître des démons qu'elle avait eu le plus grand mal à éradiquer. Au compte-gouttes, insidieusement, le remords avait installé en elle une pénible culpabilité. Avait-elle bien fait de provoquer la rupture ? N'aurait-elle pas pu sauver son couple en acceptant les mains mille fois tendues par son ex-mari ? N'avait-elle pas été trop exigeante avec lui, avec elle ? L'obsession de ne pas ressembler à sa mère ne faussait-elle pas son jugement ? Son idéal amoureux existait-il seulement ? Attisant ses conflits intérieurs, la séparation avait développé un goût d'inachevé, mêlé à une colère sans fin dont il lui était toujours difficile d'endiguer le flot.

Longtemps incapable de trouver des réponses satisfaisantes à ses questions, elle s'était enfoncée dans une torpeur dépressive, trompant sa solitude et son mal être dans un engagement total pour Insights. Son professionnalisme permit de masquer à ses collègues comme à ses clients le harassant fardeau qui était le sien, le constant tourment qui l'habitait. Laurence s'étant entièrement consacrée à son métier, la courbe de sa réussite professionnelle fut l'exact opposé de celle de sa vie sentimentale et personnelle.

Le salutaire électrochoc arriva deux ans après le prononcé du jugement de divorce. Soucieux de préserver son ex-femme, François la prévint de sa prochaine paternité et lui dit en substance :

« Ma femme est enceinte. Je souhaitais que tu l'apprennes par moi et pas de façon détournée. J'espère que tu ne le prendras pas trop mal ? »

« Pauvre con, j'ai trente-six ans et pas de gosse, je suis à moitié dépressive, j'ai pas de mec et suis pas prête d'en avoir un vu que je ne sors plus. Je ne fais que bosser, et ma vie privée est chiante comme une feuille d'impôts. Non, je prends ça super bien ! Vas-y, éclate toi à faire des marmots à ta jeunette ! » fut ce qui traversa tout d'abord l'esprit de Laurence. Mais elle se surprit à produire une réplique posée qui œuvra en elle comme un déclic.

« François, combien de fois m'as-tu demandé de te faire un enfant ? Dix fois ? Cent fois ? Et qu'est-ce que je t'ai répondu ? Pas maintenant, pas le moment, trop de travail, pas assez de moyens, l'année prochaine peut-être… Je n'étais pas prête à être mère, et je crois que je n'y suis toujours pas. Peut-être ne le serai-je jamais…

— Ne dis pas de bêtise, tenta maladroitement François.

— Ce ne sont pas des bêtises. J'y pense depuis notre séparation. Je n'en éprouve pas le besoin, pas l'envie. Même si ma vie n'est pas parfaite, j'ai trouvé mon équilibre, mentit-elle. Et je suis sûre d'une chose, je n'étais pas la femme qu'il te fallait. Tu avais tellement envie d'être père. C'est bien, tu vas maintenant être heureux. »

Dans les mois qui suivirent, les doutes qui étaient les siens quant au bien-fondé de ses choix de vie s'envolèrent et sa culpabilité disparut. Si Laurence n'était plus amoureuse de son ex-mari, elle lui conservait une tendre amitié. Le fait de le savoir épanoui, enfin père, la délesta peu à peu de ses fardeaux.

Retrouvant confiance en elle, elle comprit enfin qu'il était destructeur de ne vivre qu'en stricte opposition à un modèle, aussi détestable soit-il. Elle décida donc de se réinventer et de reprendre en main sa vie affective.

Ce fut exactement le moment que choisit Claude Sordes pour entamer une cour aussi effrénée que discrète auprès de sa brillante collaboratrice. Bien qu'elle se soit juré de ne jamais s'engager dans une relation avec un homme marié, de surcroît où elle travaillait, elle finit par succomber au charme désuet de son Directeur général. Sa gentillesse, ses attentions, son humour décalé et sa rassurante prestance eurent raison de ses principes. Autant le Directeur général semblait indécis, falot, autant l'amant se révéla exceptionnel. Créatif, attentif au plaisir de sa maîtresse, d'un appétit insatiable, il comblait Laurence, qui, après deux années d'abstinence, ne demandait qu'à rattraper le temps perdu. Leur liaison durait depuis un mois quand il lui proposa de partir ensemble au salon TOP DRH de Deauville.

Le jour du départ, à neuf heures précises, Laurence, enthousiaste et émoustillée, s'engouffra dans son ascenseur pour rejoindre son amant qui l'attendait dans sa voiture, au pied de son immeuble. Dans deux heures, ils seraient à Deauville pour rencontrer des prospects et représenter Insights. Mais aussi pour vivre une torride et discrète idylle.

Pourtant, à peine montée dans l'Audi, elle eut l'étrange pressentiment que le prometteur séjour ne se déroulerait pas comme prévu.

Chapitre XI
Déjeuner de travail

« Non mais c'est une blague ! Là, il faut m'expliquer ! » s'agaça Olivier. Il héla nerveusement un serveur, et se commanda un second Calvados, Laurence ayant opté de façon plus sobre pour un nouveau café.

Olivier avait choisi un restaurant éloigné du siège, dans le seizième arrondissement de Paris. Ce n'était pas nécessaire qu'un consultant du cabinet les voie ensemble, ce qu'il avait à évoquer avec sa collègue nécessitant discrétion et tranquillité. Passée la surprise de la démarche, et l'objet de la rencontre, Laurence avait facilement accepté l'invitation de son homologue pour lequel elle avait une forte admiration professionnelle.

Arrivé très en avance au rendez-vous, il s'était longuement préparé et avait fourbi ses arguments, pesant chaque mot, évaluant chaque question qu'il se préparait à poser. Anxieux et mal à l'aise, il n'avait pas oublié de doper son courage à l'aide d'un Spritz bien tassé.

Lorsqu'elle pénétra dans le restaurant, Olivier fut aimanté par le charisme qui se dégageait de Laurence Lacour. Jusqu'à ce qu'elle le rejoigne, il ne la quitta pas des yeux. Comme à son habitude, elle avait soigné son apparence. Un élégant tailleur-pantalon avantageait sa silhouette élancée, sublimée par ce qu'il supposa être ses fameux luxueux escarpins, ceux à l'origine de son surnom, « la féministe Louboutin ». Une chemise blanche en popeline savamment décolletée, un chignon porté haut, un maquillage discret mais habile à mettre en valeur ses yeux perçants complétaient ses armes de séduction massive. Il se surprit à penser que s'il devait mettre fin à son vœu de chaste célibat, il le ferait volontiers avec elle.

Malgré le cadre cosy de la trattoria, l'approche empathique et transparente d'Olivier, le début du déjeuner avait été tendu. Laurence l'avait testé et rudoyé, lui envoyant régulièrement piques et sarcasmes. Elle avait prêché le faux pour savoir le vrai et s'était évertuée à déployer une mauvaise foi digne d'un politicien de république bananière. Jamais ils n'étaient rentrés dans le vif du sujet, c'est-à-dire ce qui s'était réellement passé entre elle et Claude Sordes. Les joutes verbales s'étaient cantonnées au rôle et à la mission d'Olivier, l'avancée de la procédure, ainsi qu'à de réciproques et vaines tentatives de prise d'informations. Comme deux boxeurs de même niveau s'affrontant lors d'un match à enjeux, ils s'étaient observés avec autant de respect que de combativité.

Pourtant, sans qu'il s'en aperçoive, Olivier marquait des points auprès de Laurence et gagnait peu à peu sa confiance. Sa sincérité, son absence de roublardise et sa jovialité la rassuraient, elle qui n'avait qu'une hâte, sortir du guêpier dans lequel elle s'était fourvoyée. Ainsi, au fil des échanges, et aidée par un excellent « Brunello di montalcino » 2015, l'atmosphère s'était adoucie. L'image qu'ils renvoyaient, à la fin du repas, se rapprochait plus d'un couple d'amis débattant de la qualité d'un film ou d'un livre, que de lointains collègues négociant le retrait d'un prud'homme.

Et puis, en toute fin de déjeuner, lasse de mentir, elle avait décidé de jouer cartes sur table et avoué son amourette avec Claude Sordes, leur employeur et supérieur hiérarchique. Cette nouvelle désarçonna totalement Olivier, peu rompu aux intrigues de théâtre de boulevard.

Le serveur déposa le café et le verre de Calvados sur la table, et se retira aussi discrètement qu'il était venu.

« Je ne comprends pas, maugréa Olivier. Que t'a-t-il fait pour que tu l'attaques en justice ?

Laurence sourit tristement, croisa ses mains sur la nappe blanche, et planta son regard dans celui d'Olivier.

— De la goujaterie, de la muflerie… pour résumer, un manque total de respect.

— C'est assez classique chez les hommes mariés qui entretiennent des liaisons non ? taquina Olivier. Ce n'est pas pour cela que les femmes délaissées intentent des procès ?

— Claude m'a plaquée à la fin du salon de Deauville. Soi-disant abattu, il m'a raconté que sa femme avait un cancer et qu'il ne se sentait plus de lui mentir. Qu'il voulait redevenir un mari modèle.

— Rien d'outrageant jusque-là. Olivier hésita un instant et reprit : “Pardon de te poser cette question, mais tu étais… Amoureuse ?” Laurence accusa le coup et se recula sur son siège. Elle répondit d'un ton indécis, presque à voix basse.

— Je n'irai pas jusque-là. Je sortais d'une mauvaise passe suite à mon divorce. J'étais perdue, en total manque de confiance en moi. Je n'ai vu personne durant deux ans… Il est arrivé au bon moment et a su trouver les bons mots. Disons qu'il m'apportait un peu de réconfort, une sorte d'équilibre. Mais ce qui m'a rendue folle, c'est qu'il ait pu me manquer de respect à ce point.

— C'est-à-dire… ?

— Non seulement sa femme se porte comme un charme mais en plus il a essayé de se taper la nouvelle…

— Tu blagues ?

— Il se trouve que la gynéco de la femme de Claude est une très bonne amie à moi. Quant à Pascale, la fameuse nouvelle, j'ai sympathisé avec elle lors du séminaire de rentrée. On a ensuite déjeuné ensemble et c'est là qu'elle s'est livrée à moi… »

Un pesant silence s'installa, chacun essayant de jauger les émotions de l'autre. Complices, leurs sourires se transformèrent en un rire cathartique, désamorçant ainsi la tension qui s'était à nouveau discrètement installée.

« Quel salopard ! Je sentais bien son côté faux-cul, mais de là à imaginer cela… Il cache sacrément bien son jeu sous son air coincé ! » Olivier porta son verre à ses lèvres et but une gorgée. Un ange passa.

« En revanche, il y a quelque chose que je ne m'explique pas. Pourquoi m'a-t-il demandé d'intervenir ? Pourquoi moi, alors qu'il savait pertinemment que j'allais découvrir votre histoire ?

— Claude savait qu'il était inutile de chercher à me parler ou de m'envoyer son avocat. Il a beaucoup de défauts, mais il excelle à percer les carapaces des uns et des autres, à cerner les talents et faiblesses de chacun. Et il me connaît bien… Il sait que je ne suis ni vénale ni procédurière. Il se doute que je n'irai pas au bout de ma démarche, que c'est juste une mauvaise vengeance, un coup de gueule. Il lui fallait juste trouver le bon canal pour accélérer ma décision… C'est un salaud et un manipulateur, mais nous devons reconnaître qu'en te choisissant il ne s'est pas trompé de messager. Elle le toisa ensuite d'un air inquisiteur, le faisant se sentir totalement nu et désemparé.

— C'est à toi de le dire, répondit Olivier, gêné.

Sans tenir compte de sa réponse, Laurence poursuivit,

— Je pense sincèrement qu'il se moque que tu apprennes notre liaison. Je crois même qu'il en tirerait une certaine stupide fierté masculine. En revanche, il souhaite maîtriser l'information et il ne veut surtout pas que ça s'ébruite… Plus tôt l'affaire sera classée, mieux ce sera pour lui. Et tant pis s'il doit partager ce secret avec quelqu'un. Que t'a-t-il promis pour que tu acceptes d'intervenir ? »

La question tonna comme si Laurence avait frappé du poing sur la table. À nouveau, elle avait chaussé ses gants de boxe. Mal à l'aise, Olivier termina son verre en se réfugiant au fond de son siège. Il était tiraillé et ne savait que lui répondre. Soit, il lui disait la vérité, et risquait de passer pour un médiocre intrigant aux valeurs nauséabondes, au risque de la choquer ou de la décevoir. Ou bien alors, il louvoyait, et trompait la sincérité de leurs échanges, se mettant ainsi au même niveau que Claude. Or, Olivier ne voulait ni la décevoir ni lui manquer de respect en lui mentant. Comme un gosse pris en faute, il répondit,

« Il m'a fait d'abord miroiter une hypothétique place de DG, m'expliquant tout le bien qu'il pensait de moi. Et puis il m'a fait part de votre… différend. Ce n'était pas explicitement demandé, mais il m'a fait comprendre qu'il souhaitait régler le problème avant d'aller plus loin dans sa proposition. »

Laurence le dévisagea, cherchant à évaluer le degré d'honnêteté de sa déclaration. D'un geste de tête, elle l'invita à poursuivre,

« Je l'ai fait parce que je suis coach, qu'il me l'a demandé et que je suis toujours intervenu lorsqu'il y a eu des problèmes. Je n'ai pas l'habitude de fuir mes responsabilités. Je l'aurai fait même s'il n'avait pas évoqué cette promotion, à laquelle je ne crois pas du tout d'ailleurs, souffla-t-il désabusé.

— Tu as tort. Sur ce coup-là, je crois qu'il est sincère. Il est un peu paumé et n'a pas les épaules assez larges pour piloter seul. Tu sais bien que le courant passe mal avec les anciens. N'est pas Laurent Dostes qui veut ! Contrairement à lui, toute la boîte t'apprécie et te respecte. Crois-moi, tu as largement les capacités pour co-piloter Insights. Elle enchaîna sur un ton facétieux,

— Et puis cela fera une très belle nouvelle page à ton CV un peu particulier… En revanche, ton ami Paul risque d'être vert de jalousie… »

C'est à la fin de sa sombre période asthénique et dépressive ayant suivi son difficile divorce, lors d'une formation au management, qu'Olivier rencontra Paul. Il fut immédiatement séduit par sa faconde et sa capacité à attirer naturellement la lumière. Chaque mois, de janvier à juin, les cadres dirigeants de TENA, dont Olivier faisait partie en tant que Directeur financier, bénéficièrent de deux journées destinées à en faire de « meilleurs managers ». Les thèmes développés durant ces sessions, communication, gestion des conflits, leadership, furent une révélation pour Olivier, d'une nature retenue, et peu à l'aise dans sa relation avec les autres. D'une certaine façon, on peut dire que cette formation fût plus efficace pour sa guérison que ses séances hebdomadaires avec son psy. L'élève fut particulièrement appliqué et zélé. Premier arrivé, dernier parti, il était volontaire pour tous les jeux de rôle ou mises en situation, et suivait scrupuleusement tous les conseils, techniques et astuces que lui prodiguait son formateur. Jamais avare de questions, il s'engouffra avec délectation dans la découverte de principes et méthodes totalement révolutionnaires à ses habitudes.

Touché par cette reconnaissance, Paul s'était pris de sympathie pour son zélé stagiaire et ne manquait jamais de déjeuner avec lui lors des séances mensuelles. L'art accéléra le rapprochement de ces deux personnes aux profils apparemment si différents, lorsqu'ils se découvrirent une admiration commune pour Bernard Pras, artiste plasticien français. Le hasard voulut qu'Olivier soit propriétaire d'une œuvre dont il souhaitait se débarrasser. Tout ce qui d'une façon ou d'une autre avait été le témoin de sa vie avec son ex-femme devait disparaître de son existence. Un soir, ils se retrouvèrent chez Olivier pour la transaction.

Ce fut lors de cette très longue nuit que naquit vraiment leur amitié. Outre l'art, les deux hommes partageaient la même gourmandise pour la bonne chère et les grands vins. Paul fut touché par l'ambivalence de la personnalité de son protégé, mélange de sensibilité à fleur de peau qui le faisait apparaître comme fragile, mais en réalité d'une résilience à toute épreuve. Cerise sur le gâteau, ils riaient de bon cœur aux mêmes plaisanteries, surtout lorsqu'elles étaient politiquement incorrectes, ce qui, de nos jours, élargissait leur territoire de fantaisie.

Un verre en appelant un autre, ils se séparèrent joyeusement, à l'aube, au sortir d'une très chic discothèque du centre de Paris. Dès lors, les deux ne se quittèrent plus. Tout comme Paul avait initié Olivier aux arcanes du management, il le guida dans le monde de la fête, son jardin secret. D'ordinaire casanier, l'élève se laissa facilement entraîner par son mentor dans des virées sans fin et se transforma rapidement en fidèle des boîtes à la mode.

Cette période de sa vie initia un autre changement radical chez Olivier. Agissant comme un déclic, ces nombreux bouleversements lui permirent de renforcer la confiance qu'il avait en lui, de se découvrir d'étonnantes capacités d'éloquence et de comprendre qu'il avait du charisme. Il décida de mettre à profit ses qualités pour démarrer une nouvelle vie professionnelle. Paul le présenta à Laurent Dostes, qui, lui aussi, fut séduit par le personnage et lui proposa de les rejoindre. Après une solide formation qui dura six mois, la bonhomie et la stature d'Olivier rencontrèrent un franc succès tant auprès des clients que de ses pairs. Dans un sens, on pouvait dire que Paul avait transformé la vie d'Olivier et ce dernier, conscient et reconnaissant, était devenu l'un de ses plus fidèles et proches amis.

— On n'en est pas là, répondit mollement Olivier. Et toi que comptes-tu faire maintenant ?

— J'ai envoyé ma démission ce matin. Je pars chez Cenfop.

— Ah ! C'est certainement la meilleure décision… Ce sont de bons pro. De nouveau, un gênant silence s'installa entre eux,

— Olivier, je voudrais te demander un service.

— Si je peux t'être utile, je le ferai volontiers.

Laurence sourit, et commença à présenter sa requête.

Chapitre XII
Journée noire

Saisi d'effroi, Paul s'avança vers le bar, cherchant nerveusement la présence fantomatique d'Iris. Contrastant avec le vacarme que produisaient les battements de son cœur, un silence absolu régnait dans l'appartement. Cette fois, il en était sûr, il ne rêvait pas. Attiré comme un papillon de nuit par la lumière vers le petit monticule de sable et de pierres posés sur le bar, il accéléra sa marche, espérant sans trop y croire, avoir affaire à un mirage. Qui sait, le manque de sommeil, l'alcool, la coke… Pourtant, comme il le redoutait, les cailloux crissèrent entre ses doigts rendus moites par la peur.

Il est des événements que la raison voudrait nier, mais que l'implacable succession de preuves impose comme une évidence : l'impensable venait de faire irruption dans sa vie. Pourtant, étonnamment, sa logique cartésienne fonctionnait à plein régime, cherchant à apporter des réponses aux questions qui s'entrechoquaient nerveusement, la première d'entre elles étant « est-ce que je perds la tête ? ».

Interrompant le tumulte virevoltant de ses pensées, son téléphone sonna. C'était Sophia, qui répondait à son message laissé à l'aube. Sans réfléchir, comme un noyé se jetant sur une bouée, il s'entendit crier.

« Sophia, c'est toi ?

— Bonjour Paul, oui c'est bien moi, répondit-elle amusée. Tu m'as appelée à trois heures du matin… Et apparemment, tu n'étais plus en période de préparation, dit-elle d'un ton blagueur…

— Je suis désolé de t'avoir appelée si tard, balbutia-t-il… J'espère que je ne t'ai pas réveillée…

— Non, pas de souci, le téléphone était éteint. Tu veux m'entretenir d'un problème particulier ?

Parler lui était difficile et il s'entendit lui répondre avec hésitation :

— Oui, mais pas maintenant… Je n'ai pas beaucoup dormi… Je ne me sens pas très bien… Il faudrait que je te voie… Rapidement si possible… C'est jouable ce soir ?

— Oui, bien sûr. Viens à 19 h, tu seras mon dernier rendez-vous, on pourra parler tranquillement. Ça ira d'ici là ? demanda-t-elle inquiète. Sophia n'avait travaillé avec Paul qu'une dizaine de séances mais elle avait appris à le connaître et l'apprécier. Et ce qu'elle avait senti à travers l'intonation de la conversation ne lui plaisait guère.

— Oui, ne t'en fais pas, j'ai une journée bien chargée, ça m'occupera. À tout à l'heure. Et merci d'avoir appelé aussi vite. »

Qu'allait-il lui dire ? Partager son secret ? Mais quel secret ? De fumeuses apparitions en plein désert alors qu'il courait depuis vingt-quatre heures et qu'il était cuit ? Une autre en pleine nuit alors qu'il était défoncé, ivre de champagne et de poudre ? Le croirait-elle ? Pourra-t-elle lui apporter ne serait-ce qu'un début de solution ? N'importe qui de sensé lui conseillerait de se mettre au repos, de rester à jeun et de consulter d'urgence un psy ! Mais ce tas de sable, la voix, le parfum d'Iris, ces saisissements qui l'avaient habité lorsqu'il lui parlait ? Il n'avait quand même pas rêvé tout cela, merde ! Rien ne se tenait, tout se consumait dans son esprit, la lumière noyant le doute, le doute sapant les flagrances.

Inconsciemment, il s'était saisi d'une balayette et s'employait à faire disparaître dans un sac les traces sablonneuses qu'Iris avait laissées à dessein. Une rage avait pris possession de son corps tendu. Il frottait et astiquait hargneusement son bar, à la recherche du moindre morceau de terre, du plus petit grain de sable, s'employant à discréditer l'idée même de l'existence de sa visiteuse nocturne.

Si, il y a quelques minutes encore, ne pouvant lutter devant la virulence des faits, Paul avait accepté l'invraisemblable, désormais le rationnel reprenait le dessus. Pas question qu'il sombre dans la folie. Pas question non plus de se laisser berner par son imagination qu'il savait être fertile, et avec laquelle il jouait depuis toujours. Il en était maintenant convaincu, c'était une histoire de plus qu'il s'était inventé. Certes plus étrange que les milliers d'autres déjà créées, mais une simple histoire. Point final.

Aussi loin qu'il s'en souvienne, Paul s'était toujours amusé à imaginer des scénarii dont il était le personnage central. Laissant sa créativité agir, et utilisant son quotidien comme matière, il prenait un malin plaisir à ajouter détails, événements et personnages pour enjoliver sa vie. Il flottait ainsi régulièrement dans de singuliers rêves éveillés où il avait toujours le beau rôle, mêlant fantasmes et réalité. Ainsi, lorsqu'il courait, ses pensées vagabondaient et l'amenaient à s'inventer une autre vie, celle où il aurait été champion olympique de marathon. Il se voyait entrer dans le stade, flanqué de deux Éthiopiens, « gazelles » multimédaillées. Au coude à coude durant le tour de piste, il finissait toujours par s'arracher héroïquement dans les derniers mètres pour franchir la ligne en vainqueur, seul Français depuis Alain Mimoun à avoir été sacré sur cette distance ! S'ensuivaient interviews télé, émissions de radio, contrats de sponsoring, couverture de Paris Match…

Lorsqu'il s'entraînait à vélo, il gagnait une étape du tour de France et prenait le maillot jaune, le défendant avec panache jusque sur la mythique arrivée, avenue des Champs Élysées. En prenant le métro pour aller à un rendez-vous, il devenait brillant patron du premier cabinet indépendant de conseil, celui où se pressaient les plus importants dirigeants du CAC 40. Rock star quand il allait boire un verre dans un bar où passait de la musique live. Acteur à succès, montant les marches du palais du Festival de Cannes en sortant d'une séance de cinéma…

D'une minute ou d'une heure selon les situations et leurs durées, ses scripts chimériques étaient ciselés et l'emmenaient avec délice vers un monde meilleur, l'aidant à vivre une existence plus douce. Une fois sa course terminée, son avion atterri ou sa pause achevée, nourri par ces incises fantasmagoriques, et gorgé d'énergie, il revenait lucidement dans son quotidien. Ainsi, lorsqu'il reprenait le cours de sa vie, la disparition de ces subterfuges ne le rendait pas malheureux.

Le ménage fait, et toute trace du passage d'Iris disparue, Paul s'assit sur un tabouret, se prit la tête entre les mains et ferma les yeux pour mieux réfléchir. D'habitude, il maîtrisait le fil, raturant mentalement des scènes et usant de tous les artifices utilisés par tout bon scénariste. Mais toujours, le film démarrait et s'achevait à son initiative. Cette fois-ci, en revanche, il subissait les divers synopsis qui lui étaient imposés. Il devait reprendre le contrôle de la situation, c'était essentiel. Aussi, pour contrebalancer l'invraisemblance de la situation, Paul tenta de rassembler les pièces du puzzle et de trouver des excuses ou justificatifs à tous les événements récents.

N'avait-il pas emmené son corps et son mental au-delà des frontières de la souffrance en courant près de trente heures d'affilée, et en ne s'accordant que quelques minutes de répit ? L'épuisement, la solitude et la nuit n'étaient-ils pas propices à des hallucinations ? Quant au travail de préparation réalisé avec Sophia, il était manifeste que son imaginaire débridé n'avait pu qu'être renforcé par la nouvelle approche de visualisation. D'ailleurs, la scène ne s'était-elle pas invitée à nouveau à lui lorsqu'il avait perdu tout discernement dans les vapeurs d'alcool et les délires de cocaïnomane ? S'il y avait encore quelques zones d'ombre, ça se tenait. La diminution physique, l'ivresse, le manque de sommeil, les ateliers avec sa coach, tout se complétait et tout avait contribué à modifier sa perception du réel. Jusqu'à engendrer cette illusion qu'était ce personnage d'ange gardien. C'est ce qu'avaient déjà évoqué ses amis lors du dîner, c'est cette piste de réflexion qu'il présenterait ce soir à Sophia. Elle ne pourra qu'abonder en son sens et l'aider en lui proposant quelques séances, comme une sorte de déprogrammation. Voilà ce qu'il fallait faire, c'était évident.

Paul s'habilla à la hâte, sans prendre son petit déjeuner, incapable qu'il était d'avaler quoi que ce soit. Si les conclusions auxquelles il était arrivé l'avaient rassuré, il restait particulièrement nerveux et peu enclin à défendre une offre chez un client, a fortiori avec son DG. Au moment où il allait composer le numéro de Claude Sordes pour lui annoncer qu'il était souffrant, il se ravisa et décida d'aller au rendez-vous. Rester seul était impensable et effrayant, et il ne se voyait pas errer dans les rues jusqu'à dix-neuf heures. Rencontrer du monde, réfléchir et proposer des solutions, convaincre, débattre, être dans l'action, tout sauf ruminer ses cauchemars. Il vérifia l'adresse du rendez-vous, s'empara de son casque et de ses clés de moto, et sortit en trombe de son appartement.

En fermant la porte, il était loin de se douter qu'il le voyait pour la dernière fois dans sa configuration actuelle.

La journée passa rapidement. Paul ne laissa aucune chance à ses « petites voix intérieures » qui tentaient de lui imposer un retour vers l'inconcevable et l'angoisse. Il se jeta à corps perdu dans son travail, s'impliquant comme rarement dans chaque conversation, chaque sujet traité, chaque rendez-vous. Il réussit même l'exploit d'obtenir des félicitations de Claude à l'issue de la soutenance du dossier qu'ils avaient brillamment défendu ensemble. Pour peu, on aurait dit deux collègues complices prenant plaisir à travailler de concert. À dix-huit heures trente, il enfourcha sa 1200 cm3 et prit la direction des locaux de Sophia. Se faufilant dans la circulation déjà saturée de la banlieue ouest de Paris, il ne mit que vingt minutes pour rejoindre son lieu de rendez-vous, la très cossue et bourgeoise ville de Versailles. Le temps de trouver une place et il serait à l'heure.

Perdu dans ses pensées qui de nouveau faisaient le siège de sa raison, il vit au dernier moment que la rue où se situait le cabinet de sa coach était bloquée par une voiture de police. Il se gara à proximité et se dirigea d'un pas affirmé vers l'agent posté derrière un rubalise. Plus loin, devant ce qu'il pensa, sans certitude, être l'immeuble de Sophia, plusieurs camions de pompier bloquaient la route. L'un d'entre eux avait sorti sa grande échelle qui s'étirait jusqu'au dernier étage d'où s'échappaient des bribes de fumée noire. Des silhouettes de secouristes s'affairaient et une intense activité semblait mobiliser tous les acteurs en place. Si par malheur le bâtiment sinistré était bien celui de Sophia, alors c'était son palier qui était touché. Le ventre de Paul se noua lorsqu'il demanda au gardien de la paix :

— Bonsoir, vous avez une idée de ce qui se passe ?

— Un incendie s'est déclaré. C'est terminé maintenant mais la rue est bloquée jusqu'à nouvel ordre.

— Je crois que c'est là où j'habite, mentit Paul. C'est bien au 42 rue Fontenay ? La peur qui le tenaillait le rendit parfaitement crédible.

L'agent souleva le ruban de sécurité et invita Paul à se faufiler dessous. Tout en désignant une silhouette au loin, il annonça,

— Vous voyez mon collègue là-bas, présentez-vous à lui avec une pièce d'identité. Il vous dira quoi faire. Le feu est maîtrisé mais je ne sais pas si vous aurez l'autorisation de rentrer chez vous.

À mesure qu'il s'approchait, ses doutes s'évanouirent quant à savoir si c'était bien chez Sophia que s'était produit le drame. Il leva la tête et constata que seul son appartement semblait avoir été touché.

Enjambant les tuyaux qui couraient au sol, il s'arrêta devant le porche. L'officier chargé de recueillir les témoignages des habitants de la résidence lui tournait le dos. Il tentait maladroitement de consoler une femme que Paul reconnut aussitôt comme étant la gardienne. Lors de ses visites à Sophia, il avait sympathisé avec elle et avait eu l'occasion d'échanger quelques banalités. Lorsqu'elle le vit, ses larmes redoublèrent et une plainte aiguë sortit de sa bouche tordue par la tristesse. Elle pressa d'une main son mouchoir sur son nez et de son bras libre enserra Paul qui, surpris, se raidit.

« La pauvre petite, elle est morte, elle est morte… » sanglota-t-elle.

Chapitre XIII
Série noire

Paul reçut l'information avec effarement. Il repoussa maladroitement la pauvre femme et recula d'un pas. Sentant ses jambes le trahir, il fit mine de vouloir s'accroupir, mais, emporté par son poids, bascula en arrière et finit par s'effondrer au milieu de la rue. L'enquêteur et la gardienne se précipitèrent à son secours, aussitôt imités par deux pompiers.

« Ça va aller, ça va aller, souffla-t-il alors qu'il rassemblait ses esprits. Il saisit le bras que le policier lui tendait afin de le remettre sur pied.

— Restez assis, intima un des pompiers. Je vais prendre votre tension.

— Non, je vous assure. C'est le choc, ça va déjà mieux, merci.

— Ok, comme vous voulez, si vous ne sentez pas bien venez nous voir. Bonne soirée et faites attention à vous.

— Merci, bon courage à vous. »

Paul faisait maintenant face au flic et à madame Damiani, la gardienne, qui ne cessait de pleurer. Il prit conscience pour la première fois de l'âcreté de l'air et de l'odeur entêtante qui régnait dans la rue. Un froid soudain le traversa. Derrière lui, une voiture de police entama une manœuvre et s'éloigna au pas, sirène silencieuse, gyrophare allumé. Il se mit à trembler légèrement et sentit la tristesse se répandre en lui, louvoyant, prenant possession de son ventre, pour se diffuser ensuite rapidement dans tout son corps.

« Vous connaissiez la victime ? s'enquit l'inspecteur.

— Elle me connaissait plus que je ne la connaissais… J'étais son patient, chuchota-t-il.

— Vous aviez rendez-vous avec elle ?

— Oui, à 19 heures. Vous savez ce qui s'est passé ? Sa voix était soudainement montée dans les aigus, trahissant son désarroi.

— Pas encore précisément, mais tout a été extrêmement violent et soudain. Selon les pompiers, c'est un miracle que l'incendie ne se soit pas plus propagé.

— Oui, c'est bien, susurra Paul, songeur. Et comment… Hésita-t-il… Sait-on de quoi Sophia est décédée ? Son regard virevolta de l'officier à la gardienne, toujours gémissante.

— Non pas encore. L'enquête nous le dira rapidement. D'ailleurs, il se peut que j'aie besoin de vous entendre prochainement. Je vais prendre vos coordonnées.

— Bien sûr, pas de souci. »

Sophia venait de refaire entièrement son cabinet. C'était pour elle un motif de fierté et ils en avaient parlé ensemble, plaisantant sur la difficulté de trouver des artisans un tant soit peu compétents.

Comment était-ce possible qu'un feu se déclare dans un appartement neuf ? Pourquoi Sophia ne s'était-elle pas enfuie ? Était-elle déjà morte lorsque les flammes ont ravagé les lieux ? Un cambriolage qui se serait mal déroulé ? Et si…

« Monsieur ? Monsieur Paul ? La gardienne le tira de ses réflexions.

— Excusez-moi, je suis un peu secoué… vous pouvez me raconter ?

— Ah mon dieu, mon dieu. C'est terrible. Pauvre petite… J'étais en train de sortir les poubelles quand j'ai vu la fumée.

C'était incroyable, on aurait dit un volcan, comme à la télé. Pauvre petite. J'ai tout de suite appelé les pompiers… Ils étaient là en cinq minutes.

— Et Sophia, pourquoi ne s'est-elle pas enfuie ?

— Je ne sais pas, je ne sais pas… Les pompiers pensent qu'elle a dû être asphyxiée… Elle faisait peut-être une sieste…

— Non, ce n'est pas possible, elle m'a dit que je serai son dernier client. Il devait y avoir quelqu'un avec elle ?

— Je ne sais pas, je ne sais pas. En tout cas, les pompiers n'ont trouvé qu'un corps.

— Et il n'y a eu que son cabinet qui a été touché ?

— Oui, les pompiers m'ont dit que le feu était quasiment éteint lorsqu'ils sont arrivés. Comme s'il s'était étouffé par manque d'air qu'ils ont dit…

— C'est dingue, je ne sais pas quoi vous dire…

— Vous voulez un petit café pour vous réchauffer ? proposa-t-elle les yeux rougis.

— Non… Merci… Je vais rentrer, c'est mieux… Tenez, voici ma carte. Si vous pouviez m'appeler lorsque vous aurez la date de l'enterrement… Je ne la connaissais pas bien, mais c'était quelqu'un d'important pour moi.

— Oui, vous pouvez compter sur moi. »

Paul s'éloigna à pas lourds, sans se retourner. Tout était confus en lui. Tout se bousculait, tourbillon incessant de pensées négatives. La colère cédait la place à l'abattement pour aussitôt s'effacer devant une lancinante angoisse. Partout où son esprit l'emmenait, ne régnaient qu'incertitude et inquiétude. En quelques jours, son ciel était passé du bleu le plus pur à un amoncellement grondant de cumulus noirs et menaçants.

Arrivé à sa moto, il ne put s'empêcher d'observer à nouveau la rue où Sophia vivait. La nuit avait commencé à poser ses ombres. Un à un, les véhicules de secours avaient quitté les lieux, emportant avec eux le vacarme de leurs interventions, laissant ainsi se réinstaller le silence bourgeois et la tranquillité provinciale de Versailles. Bientôt, il ne resterait plus trace du drame qui s'était noué il y a quelques heures. Bientôt, la vie reprendrait son cours, sans Sophia.

Que faire maintenant ? Les dernières vingt-quatre heures avaient été d'une violente intensité, passant d'un extrême à l'autre, bousculant sa raison, ébranlant sa logique. Et à l'instant, la disparition de sa coach dans cet événement surprenant rendait impossible la confirmation tant attendue de la justesse de son raisonnement. Peu importe, il le sentait au plus profond de lui-même, le contrecoup de ses excès sportifs et festifs avait altéré son discernement. En accordant trop d'importance à ses élucubrations, il s'était laissé débordé par ses émotions et ses chimères. La disparition de Sophia n'y changerait rien. Solide, il fera face, sans elle.

Peut-être faudra-t-il diminuer les sorties et son corollaire d'excès d'alcool et de drogues ? Reprendre l'entraînement et une vie saine plus tôt que prévu ? En tout cas, il se battra. Il ne sombrera pas dans un délire paranoïaque.

Un crachin s'invita afin de parfaire le glauque de la situation. Paul inspira profondément et ferma les yeux. Décidément, ce n'était pas un jour faste. S'il venait de renforcer sa conviction quant à l'étrangeté de ce qu'il vivait depuis plusieurs jours, il n'avait pas résolu la question qui l'avait cloué au pied de sa moto : que faire maintenant ?

Les morsures du froid et la pluie qui s'intensifiait accélèrent sa prise de décision. Il ne rentrerait pas chez lui. Il avait besoin de parler, de prendre l'air, et par-dessus tout, il appréhendait de se retrouver seul chez lui. Il sortit son téléphone et composa le numéro d'Olivier.

Il ne mit qu'une trentaine de minutes pour rejoindre le domicile de son fidèle complice, rue Lauriston dans le seizième arrondissement de Paris. Ce fut suffisant pour le transformer en éponge imbibée d'eau, la pluie fine s'étant transformée en déluge. Après avoir pris une revigorante douche chaude et s'être changé, Paul rejoignit son ami dans le salon. Autant son appartement pouvait figurer dans un magazine de décoration tant il était soigné et pensé, autant celui d'Olivier était l'addition de choix hasardeux et discordants en matière de mobilier. S'ajoutait à cela une aversion pour le rangement et le ménage, et cela faisait de son trois pièces une caricature de tanière de célibataire. Seule concession esthétique, sa collection de tableaux et sculptures contemporains qui avait été à l'origine de leur rapprochement, et qui habillait de façon aléatoire murs et commodes.

— Tiens, mon ami, je t'ai préparé un mojito bien tassé. Et j'ai commandé libanais. Ça te va ?

— C'est parfait, merci d'être là. J'avais vraiment pas envie d'être seul.

— Ça sert à ça les potes, non ? Allez, à la nôtre. Ils trinquèrent et Paul commença enfin à se détendre. Il était en territoire ami, au sec et au chaud, il devrait réussir à passer un moment agréable.

— Dis-moi, ce n'est pas aujourd'hui que tu devais voir ta coach ? Tu as pu lui parler de ton problème ? Ou au moins commencer à le résoudre ?

Spontanément, sans l'avoir prémédité, Paul se surprit à lui répondre.

— Oui, ça m'a fait du bien de la voir. C'était ce qu'il fallait faire, tu avais raison.

— Et alors, qu'est-ce qu'elle t'a dit ?

— Je lui ai décrit les mirages, mes visions, tout ce que je vous ai raconté l'autre soir… Et elle m'a rassuré. Elle m'a expliqué que cela se rapprochait d'un choc post-traumatique. La fatigue, l'absence de sommeil et le travail de sophrologie auraient eu l'effet d'un cocktail détonant… Elle m'a dit que cela avait dû libérer mes instincts créatifs.

— Tu lui as précisé que tu n'en avais pas besoin et que tu étais déjà le roi de l'imaginaire ? sourit Olivier.

— Oui, on en a ri tous les deux. Paul s'étonna lui-même de sa duplicité. Pourquoi mentir ? À quoi cela pouvait-il bien lui servir ? Son questionnement ne dura qu'une fraction de seconde et il reprit.

— Elle m'a dit que cela pourrait revenir encore durant quelques jours… Et puis cela va s'estomper, disparaître. D'ici à quinze jours, tout sera rentré dans l'ordre.

— Formidable, on va refaire la fête alors ! Tu n'as pas de course en vue à court terme j'espère ?

— Non, rien à l'horizon. Je vais récupérer, essayer de me reposer et de ne pas repartir comme l'autre jour, fit-il en soulevant son verre déjà à moitié vide, les yeux brillants de malice. C'est ce qu'elle m'a conseillé en tout cas.

— Tu commences demain ? interrogea Olivier goguenard en préparant un joint d'herbe.

— On dirait que oui…

Le lendemain matin à huit heures, la sonnerie du réveil tira Paul d'un sommeil agité. Durant un cauchemar mouvementé, Iris avait tenté de renouer avec lui. Entamant une folle cavalcade, il avait fui en hurlant sans jamais parvenir réellement à lui échapper.

Il se sentait épuisé, anéanti. Il s'habilla hâtivement avec ses vêtements à peine secs du déluge subit, salua son ami, et prit la direction de Boulogne. La pluie semblait ne pas avoir cessé, et un voile gris recouvrait Paris et sa banlieue. La circulation était ankylosée dans un embouteillage sans fin. Des sonneries de klaxon se répondaient de loin en loin, comme autant d'injures codées. Même à moto, il en aurait pour une bonne demi-heure.

Comme la veille, perfidement, l'eau commença à s'infiltrer sous sa combinaison. Il pesta contre le fabricant. Il faudra qu'il la change au plus vite, deux jours de suite, c'en était trop.

L'eau n'était pas la seule à s'avancer insidieusement : le remords et l'incompréhension prenaient possession du cerveau fatigué de Paul. Pourquoi donc avait-il menti à son seul vrai ami ? Pourquoi ne pas avoir fait machine arrière dans la soirée et lui avouer la vérité ? Que s'était-il donc passé dans sa tête pour nier avec autant d'aplomb la réalité ? De quoi avait-il peur ?

Il eut beau retourner toutes ces questions durant le trajet, aucune réponse ne lui apporta de satisfaction. Et s'il prenait quelques jours au vert, seul, sans tentation ? Histoire de se reposer et recharger les batteries ? Il se sentait faible, sans jus. Une cure de Vittel, de repos, de silence. Voilà ce qu'il lui fallait.

Il en était là de ses réflexions lorsqu'il voulut s'engager dans sa rue.

Une horrible sensation de déjà vu le happa. Les rubalises, la circulation bloquée, le balai des véhicules de secours, les sirènes, les badauds tenus à distance, les hommes en faction… Jusqu'au nuage qui s'échappait de son immeuble et qui semblait avoir la même consistance huileuse.

Le monde de Paul bascula. Il n'eut pas à descendre de son engin et s'approcher pour comprendre que cette fois-ci, c'était son domicile qui était la proie de flammes dévastatrices.

Chapitre XIV
Effondrement

Sans sommation, le cumul des récents événements et leur corollaire d'émotions assommèrent Paul. Son cerveau décida que cette fois-ci, c'en était trop, et se débrancha sèchement, laissant son corps vide d'énergie, s'avachir comme un pantin désarticulé. Sa tête, entraînée par le poids du casque, heurta violemment le tableau de bord, tandis que ses jambes flasques ne purent retenir la moto qui chavira lourdement sur le sol. Coincée sous l'engin, la cheville de Paul rencontra le pot d'échappement brûlant, le ramenant, durant un fugace instant, vers un niveau de conscience dont il se serait bien passé, celui d'une douleur insoutenable qui le fit hurler.

Perdu dans une torpeur ouatée, il tentait de reprendre le dessus mais une force maligne le maintenait allongé. Luttant pour ne pas sombrer, il entrevit le visage juvénile d'un pompier, penché au-dessus de lui. Alors qu'il tentait maladroitement de lui sourire, les traits d'Iris remplacèrent soudainement ceux du sauveteur, achevant de terrasser Paul.

À la dérive, il se sentit flotter et perçut qu'il venait d'être déposé sur une civière. Une confusion de sons graves et lointains murmura à ses oreilles d'incompréhensibles informations. Tout s'entrechoquait, rien ne se tenait, sa lucidité s'évapora à nouveau.

Son rêve le transporta à nouveau au cœur du Wadi Rum. La chaleur du soleil l'enveloppa aussitôt. Ses pas martelaient le sable avec un bruit d'étranges et lancinantes percussions. Les crêtes ciselées des collines de pierre l'entouraient d'un décor majestueux, sublimées par une lumière blanche phosphorescente. Partout où son regard se portait, il découvrait une beauté sauvage.

Au loin, un peloton de coureurs semblait flotter au-dessus du sol, vraisemblablement portés par un brouillard de chaleur. Tous les souvenirs de la course l'envahirent et ses sens s'enflammèrent. Il entendait le sable crisser sous son poids, et son souffle régulier y faire écho. Une goutte de sueur s'immisça dans sa bouche, paradoxale explosion de fraîcheur salée sur sa langue.

Sortant du néant, la voix de Sophia résonna dans le calme du désert. Il l'entendit clairement lui parler, l'encourager, le soutenir par des mots choisis et réconfortants. Ces paroles eurent l'effet d'un électrochoc, et un nouvel élan le galvanisa. Ses foulées se firent plus légères, leur rythme s'accéléra, simultanément à une euphorie montante.

Et puis, comme une radio mal réglée, des crachotements s'invitèrent, brouillant le débit de sa coach, jusqu'à la rendre inaudible. Alors qu'il se rapprochait du groupe, il eut le sentiment que Sophia restait en arrière, s'éloignant même, comme gênée par un obstacle inconnu. Combattant les grésillements, Paul penchait la tête de droite à gauche à la recherche d'une hypothétique meilleure réception. En vain. Alors qu'il croyait avoir perdu Sophia, il fut saisi par le hurlement de terreur qu'elle éructa. Il stoppa net.

Tous les parasites avaient disparu. La vocifération s'amplifia et son intensité grimpa à un niveau proche de l'insoutenable. Il se prit la tête entre les mains et tenta inutilement de réduire la souffrance en se bouchant les oreilles.

D'un coup, plus rien. Un silence abyssal fit écho au vacarme terrifiant qui venait de s'achever. Un noir d'encre l'enveloppa et il sentit son corps disparaître, se fondre dans l'espace. Il ne ressentait plus aucune sensation physique, juste la prémonition que quelque chose se rapprochait, que quelqu'un arrivait, qu'il n'était plus seul.

Confirmant ses craintes, la voix chaude et sensuelle d'Iris, d'une limpidité cristalline, l'invita : « Cela ne sert à rien de résister, Paul. Ne fuis pas la réalité, cesse de lutter et accepte-moi. ». Comme lors de leur première « rencontre », une profonde béatitude commença à envahir Paul.

Mais, refusant l'expérience et révulsé par cette apparition, tout se déconnecta à nouveau, le plongeant dans un sommeil cauchemardesque où une fuite éperdue tentait de mettre à distance le fantôme.

Après plusieurs heures, Paul ouvrit les yeux. Un silence vide d'humanité habitait la pièce dans laquelle il se trouvait. Il faisait nuit. Un faible rayonnement vert, géniteur d'énigmatiques ombres, surgissait du témoin lumineux d'un moniteur. Il examina l'endroit. Jaillissant de l'appareil, des fils venaient se perdre en méandres dans son lit, pour réapparaître sur ce qu'il estima, au toucher, être des électrodes. Il voulut se relever mais, vidé et incapable de soulever sa carcasse, il ne put qu'émettre un râle de résignation. La tentative avortée de mouvement provoqua une gêne dans son bras gauche. Il tourna la tête et découvrit avec dégoût un cathéter introduit dans son bras, vomissant un liquide nourricier à son corps avachi.

Le constat de son état l'accabla.

Dehors, une sirène de police acheva de le ramener à la réalité.

Comme lors d'un lendemain de fête trop arrosée, ses pensées se remettaient péniblement en place. D'abord la disparition de Sophia lors de ce terrible et inexplicable accident, suivi, il y a quelques heures par l'incendie de son propre appartement. Hélas, pensa-t-il, la succession de sordides calamités n'était pas un cauchemar mais une sombre flagrance. Que restait-il de son logement qu'il appréciait tant ? Comment allait-il le retrouver ? Comment allait-il s'organiser dans les prochains mois ? De quelle manière allait-il continuer à travailler alors qu'il se sentait au bout du rouleau ? D'ailleurs, qu'avait-il qui pouvait bien justifier de tels soins ? Sans aucune logique intellectuelle, il sautait d'un sujet à l'autre, ébauchant un début de réponse pour repartir à l'assaut d'une nouvelle interrogation.

Pendant tout ce temps, comme un requin attiré par une proie affaiblie, le vrai sujet de son malaise et de son inquiétude, les apparitions de la fantomatique Iris, tournait autour de lui en cercles concentriques qui ne cessaient de se rapprocher dangereusement. À chaque passage, voulant farouchement ignorer le danger, il faisait mine de ne pas voir le monstre et regardait ailleurs. Paul s'était convaincu que le mépris et le dédain finiraient par l'emporter et que lassées de ne pas avoir de prise sur lui, ses sinistres hallucinations finiraient par disparaître.

Mais rien ne repousse un squale attiré par le sang. Les coups de boutoir portés par ses souvenirs et les images limpides de leur déroulé eurent raison de ses dénégations. Au lever du jour, toujours éveillé, mais embrumé par une terrassante fatigue, Paul eut une révélation, une fulgurance : il perdait la boule. D'abord, l'apparition de cette femme, le soi-disant pacte qui l'aurait fait courir plus vite, une nouvelle visite donnant lieu à une discussion irréelle, le mirage du tas de sable sur son bar, le délire paranoïaque lié à sa grippe, au décès de Sophia, son propre domicile détruit… Rien d'acceptable pour un esprit sensé. Peut-être n'était-ce pas de la démence au sens littéral du terme, mais il était manifeste que ses méninges fatiguées ne tournaient plus vraiment rond. Il devait se faire soigner. C'était évident, c'était la seule hypothèse qui tenait la route.

Il s'en ouvrira à la première infirmière qu'il verra et demandera à rencontrer un psychiatre. Faudra-t-il qu'il se fasse hospitaliser ? Un temps du moins serait plus raisonnable. Une parenthèse durant laquelle il s'extraira de son quotidien et de ses complexités, de ses bizarreries. La cure de repos et d'eau pure qu'il avait imaginée sur la route qui le conduisait chez lui ne serait pas exactement ce à quoi il avait pensé, mais qu'importe si c'était le prix à payer pour retrouver le contrôle de sa vie.

Un étouffant sentiment de solitude acheva le travail de sape du moral de Paul. Vers qui se retourner, sur qui s'appuyer ? Personne ne l'attendait à la maison, ses amours se limitant au partage, intense mais éphémère, de quelques soirées délurées. S'il était entouré d'une noria de jouisseurs noctambules, il savait ses rares amitiés fragiles, bâties sur des fondations trop récentes pour être parfaitement sûres. Certes, Olivier ou Nathalie seront là au premier appel mais, en ce terrible instant, constater qu'il ne pouvait réellement compter que sur deux personnes le crucifia de douleur.

Le fugace souvenir du sourire de sa mère brisa la dernière digue, faisant jaillir un torrent incontrôlable de larmes. Secoué de sanglots, Paul se sentait sombrer et s'effrayait lui-même de la violence de sa plongée. La cicatrice du décès accidentel de ses parents ne s'était jamais refermée, et, en ce matin désespéré, elle était à vif. Alors qu'il avait treize ans, ils n'étaient jamais revenus d'un dîner partagé chez des cousins. En traversant le bois de Boulogne, alors qu'ils attendaient sagement qu'un feu de signalisation passe au vert, un camion avait percuté l'arrière de leur voiture, la projetant au milieu du carrefour, à l'instant où un véhicule s'y engageait à vive allure. Le choc fut violent et définitif.

Pour Paul, fils unique, choyé et idolâtré, le drame le fit passer du stade d'enfant insouciant et surprotégé, à celui d'adolescent rebelle et tourmenté. Désormais élevé par sa grand-mère paternelle, il n'eut de cesse que d'essayer tout ce qui lui permettait de s'abrutir afin d'avancer le moins douloureusement possible dans la vie. La pauvre aïeule, qui n'avait déjà rien compris à l'adolescence du père de Paul, fut totalement dépassée par les événements. Elle tenta de faire de son mieux, mais ne pût pas grand-chose. Paul traversa cette époque dans un état permanent de révolte, en conflit avec la terre entière, très souvent ivre de chanvre ou d'alcool.

Était-ce par instinct de survie ou une certaine forme de pragmatisme, toujours est-il qu'il ne rompit jamais totalement les ponts avec ses études. Se débrouillant toujours pour avoir la moyenne, il obtint facilement son bac et s'orienta vers une école de commerce de second ordre. Il estima qu'il y serait plus aisé d'y obtenir des résultats tout en maintenant sa vie de noceur impénitent. Diplôme en main, il décrocha sans difficulté son premier job, commercial pour un promoteur immobilier. Sa grand-mère, avec laquelle il n'avait toujours pas réussi à pacifier les relations, s'éteignit dans son sommeil, le jour où Paul signa son contrat d'embauche. Comme si, le travail accompli et Paul entré dans la vie active, elle pouvait tirer sa révérence.

Désormais seul au monde ou presque, Paul décida de récupérer l'appartement de ses parents, jusque-là mis en location. Il entama d'importants travaux de rénovation qu'il paya rubis sur l'ongle en piochant dans le conséquent portefeuille d'assurance vie dont il avait hérité. Ainsi, au cœur de cet ancien cocon familial, Paul pouvait endosser son costume d'adulte d'un pas plus assuré. Il sentait que ses parents veillaient sur lui.

Il ne sût estimer combien de temps il avait pleuré. Il s'était calmé mais restait abattu, affligé d'une insondable tristesse. Le jour se levait. Les ombres fuyaient le soleil qui, en conquérant, prenait possession de la chambre.

Des bruits de pas se rapprochèrent de la pièce dans laquelle il se trouvait. Sans aucune explication, son pouls s'accéléra, et sa bouche devint subitement sèche. Il tourna la tête au moment où un infirmier entrait avec autorité dans la chambre, poussant un chariot couvert d'ustensiles.

« Bonjour Monsieur Dubois. Comment vous sentez-vous ce matin ?

— J'ai connu mieux… Où est-ce que je suis ?

— Vous êtes à l'hôpital Foch de Suresnes. En unité psychiatrique. »

Chapitre XV
Démasqué

Attendant l'appel de Nathalie Saul, Claude Sordes faisait les cent pas dans son bureau. Elle animait une formation pour un client dans le sud de la France, et aurait dû recevoir tôt ce matin la décision au sujet d'un important concours. Depuis cinq semaines, il co-pilotait en mode « task-force » la réponse à un appel d'offres pour EDF. Il s'agissait de réaliser l'ingénierie pédagogique et le déploiement d'une formation au « management de la qualité de vie au travail » pour mille cadres. La solution proposée, un dispositif de blended-learning, mélange de formation présentielle et d'e-learning, avait nécessité de longues et studieuses séances de brainstorming, les enjeux pour Insights étant conséquents. Outre le budget de neuf cent mille euros, c'était l'opportunité de remettre dans la course le cabinet qui n'avait pas gagné d'important marché depuis trop longtemps : si l'offre était retenue, cela enverrait un signal fort de vitalité et de prestige, et par conséquent, alimenterait sa stratégie de reconquête entamée il y a trois mois.

Enfin, et ce n'était pas le moindre sujet d'attention pour lui, le gain de ce contrat attacherait Saul pour a minima un semestre, les commissions qu'elle empocherait sur cette action étant particulièrement généreuses. Claude s'y était engagé et avait notifié à l'équipe projet un barème de primes alléchantes. Elle resterait ainsi une pièce maîtresse dans sa stratégie d'isolement de Paul Dubois. Son stratagème de l'avoir positionnée « team leader » était en passe de fonctionner.

Encore fallait-il gagner, car malgré le très haut niveau de qualité de la réponse produite, la présence en finale de deux mastodontes du marché rendait l'issue incertaine.

Il était presque treize heures. Consultant en permanence l'écran de son smartphone, Claude angoissait. Alors qu'il se servait le cinquième café de la matinée, son téléphone sonna. C'était elle.

« Bonjour, Claude, comment allez-vous ?

— Cela va dépendre de ce que vous allez me dire…

— C'est bon, vous pouvez préparer le champagne, on a gagné. Et avec les félicitations du jury. On a marqué les esprits, et il m'a déjà parlé d'un autre sujet sur lequel il aimerait nous interroger. »

Une joie intense, brute, prit possession de Claude. L'horizon se dégageait enfin et ses efforts commençaient à payer.

« Formidable… C'est une excellente nouvelle… souffla-t-il. Et nous n'avions pas n'importe qui face à nous… C'est d'autant plus méritoire. Vous avez piloté ce dossier d'une main de maître… Je mets une bouteille au frais. On fêtera cela quand vous serez de retour. »

Ne restait plus pour Claude qu'à valider la mise en œuvre opérationnelle. Sur ce type de programme, gagner n'était pas la seule marche à gravir. Encore fallait-il que le planning soit tenu. Au cours de sa longue carrière, il avait eu l'occasion de subir de multiples ajournements de projets gagnés, et dans certains cas, une annulation pure et simple de l'action imaginée. Problème de budget, changement de direction, de stratégie… Les risques étaient nombreux.

« Il vous a communiqué des informations sur le démarrage ?

— Oui, la date du pilote est maintenue pour septembre. Cela nous laisse trois mois pour nous préparer. On est bien. On pourra comme prévu facturer sur l'année une bonne partie. J'ai rendez-vous avec eux la semaine prochaine pour lancer l'opération.

— Excellent ! C'est parfait pour nous… Cela va nous permettre de terminer l'exercice en beauté. Et c'est une très bonne chose pour vous bien sûr… Vous allez pouvoir changer de voiture, taquina Claude.

— Oui, répondit-elle, gênée… Bon, je dois vous laisser pour rejoindre les stagiaires à déjeuner. Je peux vous rappeler ce soir ?

— Oui, pas de souci, allez-y. Je serai disponible après 18 h 30… Et encore bravo Nathalie. »

Claude jubilait. Il sentait la tempête s'éloigner et de nombreux indices lui indiquer qu'il reprenait les choses en main. La vague de démissions semblait s'être tarie et après avoir rencontré l'ensemble des consultants au cours des dernières semaines, il n'avait identifié aucun nouveau prétendant au départ : ses nombreuses actions de « calinothérapie » semblaient avoir éteint les ressentiments. Certes, il sentait bien que c'était une adhésion de raison et non de cœur, mais il n'était pas devenu entrepreneur à son âge pour se faire des amis avec qui partir en vacances. L'entreprise fonctionnait, était rentable et des perspectives s'ouvraient grâce au gain de cet important marché. Il en était convaincu, le dossier EDF aurait un joli retentissement dans le monde de la formation, et les quelques pistes de nouveaux recrutements qu'il avait initiés devraient se concrétiser plus rapidement qu'imaginé. La constitution d'un collectif à son image, plus enclin à le reconnaître comme leader, était le dernier maillon de sa stratégie de légitimation : un collaborateur est toujours plus fidèle et reconnaissant envers celui qui l'a choisi. Avec le retour de la croissance, l'avenir s'annonçait plus dégagé pour Claude.

Plusieurs coups frappés à la porte le tirèrent de ses réflexions.

« Entrez, entrez, proposa-t-il d'une voix aimable.

— Bonjour, Claude, répondit d'un ton neutre Olivier, en entrant dans le bureau. »

Son apparition fit l'effet d'un électrochoc à Claude. Le bilan de la situation qu'il venait de produire capitalisait sur l'afflux de bonnes nouvelles, occultant le conflit en cours avec Lacour. Pourtant essentiel à la stabilité générale, ce sujet était tout bonnement passé à la trappe. Prémonition d'une résolution en douceur ou acte manqué ? Il ne tarderait pas à le savoir, la présence d'Olivier ayant de fortes chances d'être liée à la mission qu'il lui avait récemment confiée.

« Je peux vous parler quelques minutes ? » Il semblait renfrogné et de mauvaise humeur.

« Pourvu que la négociation n'ait pas échoué », songea Claude en une fraction de seconde.

« On peut même faire mieux que cela Olivier, si vous êtes disponible, allons déjeuner. Vous serez le premier informé, souria Claude.

— EDF ?

— Oui, c'est gagné et le planning est maintenu. On démarre dans trois mois.

— Excellente nouvelle, concéda Olivier. Merci pour le déjeuner mais j'ai rendez-vous à quatorze heures avec Marty de BNP.

— Ok pas de souci. On peut rester là si vous voulez.

— Merci. J'ai rencontré Laurence, glissa Olivier d'une voix énigmatique.

— Je me disais bien que vous aviez quelque chose à me dire… Meubla Claude d'un air léger. Asseyez-vous, je vous écoute. »

Claude fit le tour de son bureau et reprit possession de sa place, se calant confortablement le dos au fond de son large fauteuil, bras posés sur les accoudoirs, jambes croisées. Son plateau, parfaitement ordonné, le séparait d'Olivier mais Claude se fit l'étrange réflexion que si ce dernier décidait de lui sauter à la gorge, la distance ne serait pas suffisante pour qu'il ait le temps de réagir…

Olivier entama la discussion avec agressivité.

« Pourquoi ne pas m'avoir dit que vous aviez une relation avec elle ? Vous pensiez sérieusement qu'elle n'allait pas l'évoquer ? On aurait gagné du temps et je ne serai pas passé pour un con… »

Durant un instant, Claude sembla désarçonné, comme gêné, étonné que son secret ait été percé.

« Je suis désolé que vous le preniez ainsi. Je ne vous l'ai pas dit car je pensais sincèrement qu'elle garderait cette histoire secrète. Et je ne voulais pas vous polluer avec…

— Me polluer ? coupa Olivier avec autorité. Mais c'est le cœur du sujet ! Un prud'homme pour harcèlement alors qu'elle était votre maîtresse… C'est évident que ça n'ira pas au bout, que le dossier est vide. J'aurais abordé l'échange d'une autre façon… Là, j'ai découvert votre romance après une heure d'entretien. Ça m'a complètement ridiculisé.

— Encore une fois, je suis désolé… Olivier l'interrompit d'un geste de la main.

— J'ai un autre point à aborder avec vous. Lorsque vous avez rompu… Avez-vous évoqué, de près ou de loin, la situation ou les conséquences qu'aurait pu avoir votre liaison sur votre femme ? »

Un silence s'installa entre eux. Assumant parfaitement son rôle de procureur, Olivier observait son dirigeant, imperturbable.

« Je ne vois pas où vous voulez en venir…

— Votre femme est-elle souffrante, Claude ?

— Qu'est-ce que Lacour a bien pu vous raconter ? s'énerva Claude. Ma femme n'a rien à voir là-dedans. Elle n'est au courant de rien et j'entends bien tout faire pour que cela continue… »

Sans quitter des yeux son interlocuteur, Olivier se recula sur son siège. De nouveau, une courte réflexion, interrompue par Claude.

« Écoutez, je ne sais pas ce qu'elle a bien pu encore inventer, mais vous avez pu vous faire une idée du personnage… Vous comprenez maintenant que ses allégations ne tiennent pas debout. Oui, j'ai commis l'erreur d'avoir fait maîtresse une collaboratrice. J'ai depuis rompu. Elle a décidé de se venger en me faisant chanter. Voilà les faits. Vous en doutez toujours ? Et si vous me disiez plutôt comment s'est terminé votre deal ? » Son débit s'était accéléré, témoin de son agacement et de son impatience.

Hésitant sur la démarche à suivre, Olivier soupesait les différentes options qui s'offraient à lui. Lui révéler l'intégralité de ce qu'avait dit Laurence et continuer d'essayer de voir si Claude mentait… Ou laisser tomber et clore cette sinistre farce. Il opta pour la seconde solution.

« Elle est très ennuyée, même si elle vous en veut terriblement. Elle semble regretter son action, qui n'était qu'une mauvaise vengeance liée à votre rupture. Elle est prête à retirer la procédure et va nous quitter au plus vite, elle me l'a encore confirmé ce matin. Elle n'a qu'une demande. » Olivier s'interrompit, attendant une réaction de son président. Stoïque, ce dernier l'invita à poursuivre.

« Je vous écoute.

— Elle veut partir dans les meilleurs termes. Avec ses collègues, ses clients. Comme si rien ne s'était passé. En contrepartie, elle vous demande d'organiser un pot de départ dans lequel vous prendrez la parole. Si vous êtes d'accord avec cela, elle arrêtera le prud'homme.

— Et c'est tout ? interrogea Claude incrédule.

— Oui. Elle semble très attachée à son image, à sa réputation. Elle veut partir la tête haute. Si vous voulez mon avis, on ne pouvait pas rêver mieux. »

Claude ne mit pas longtemps à prendre sa décision. Pour beaucoup, elle était en partance et l'annonce de son départ ne devrait pas perturber plus que cela les esprits. Mais surtout, elle retirait sa procédure. Si Paris valait bien une messe, sa tranquillité supporterait un pot d'adieu, même s'il lui serait difficile de prononcer un discours flatteur. Mais chaque chose en son temps, on verra bien le moment venu.

« Évidemment que j'accepte, décida Claude. En revanche, je veux une lettre de désistement de sa part. Je vous laisse organiser cela au plus vite avec elle, mon cher directeur général. »

Satisfait de la saillie, c'était maintenant Claude qui observait les réactions de son collaborateur.

« La lettre ne devrait pas poser de problème. Mais j'arrête les frais. Débrouillez-vous avec votre assistante pour organiser le pot, ce n'est pas mon job. Et je ne suis pas intéressé par le poste de DG. On en restera donc là. Je file à mon rendez-vous maintenant… »

Tout en se levant pour quitter le bureau, Olivier se surprit quant à la virulence de sa réponse. Il ne portait pas Claude en grande estime mais jamais il ne se serait cru capable de tels propos. Il n'avait rien pu faire, les mots étaient sortis spontanément, comme par réflexe. Ces derniers jours, il avait pourtant longuement soupesé son offre. Relever le défi était une formidable opportunité qui ne se représenterait pas tous les jours. Les consultants l'appréciaient, la société était saine, jouissant d'une belle image et d'une forte notoriété. Le challenge était tentant. Les propos de Laurence, lors du déjeuner, l'avaient par ailleurs touché et avaient failli faire pencher la balance du côté de Claude. Mais l'amitié qui le liait à Paul lui interdisait d'emprunter cette voie. Même s'il ne se sentait pas complètement à l'aise avec le principe de création de cabinet concurrent, ils étaient à deux doigts de se lancer et il ne se voyait pas l'abandonner à ce stade.

Alors qu'il allait ouvrir la porte, Claude reprit l'offensive :

« Je connais votre secret Olivier. »

L'information le stoppa net. Il se retourna.

« De quoi parlez-vous ? » demanda-t-il sans assurance. Il arborait maintenant un simulacre de contenance mais il sentait bien qu'il avait perdu de sa superbe.

« Celui de me trahir avec Dubois et Saul. D'embarquer vos comptes et de mettre à genoux la structure, vos camarades. Vous êtes fier de cette idée, vous vous sentez à l'aise avec ça ? » Claude tapait là où cela faisait mal. Il le connaissait bien et savait son attachement à l'entreprise et sa conception d'une certaine éthique des affaires.

Olivier était sidéré et sentait son aplomb le quitter définitivement. Comment avait-il eu vent de leur projet ? Ils avaient veillé à ne jamais communiquer sur leur boîte mail professionnelle et ne jamais laisser leur ordinateur portable au bureau. À moins que, dans le feu de l'action, ne serait-ce qu'une fois… Peu importait. Il savait qu'il devait réagir, contre-attaquer, ou a minima apporter une réponse crédible. Claude ne lui en laissa pas le temps et acheva son offensive.

« Je ne vous laisserai pas faire. Jamais. » Sa voix était posée, calme et ses mots n'en prenaient que plus de force. Il s'était levé et s'approchait d'Olivier.

« J'ai commencé à prendre des rendez-vous avec les interlocuteurs concernés, officiellement pour tisser ou solidifier des liens avec eux. De dirigeant à dirigeant. Et si cela ne suffit pas à les rendre fidèles, j'activerai les clauses de non-concurrence. Je suis prêt à injecter du cash. J'ai la trésorerie pour faire face à votre départ. J'ai tout anticipé Olivier. Si vous partez, vous partirez sans client. Et faites-moi confiance pour vous savonner la planche. Dans un an, vous serez morts et vous repartirez à zéro. Il vous faudra tout reconstruire. Avec une réputation qui vous aura précédé. »

Claude savourait son effet. Il sentait qu'il avait marqué des points et qu'il n'était pas loin de gagner la partie. Même s'il n'acceptait pas la promotion offerte, le dessein de quitter Insights pour le concurrencer venait de prendre un sérieux coup dans l'aile. Confirmant son ressenti, Olivier restait face à lui, sans réaction, cherchant une ligne de défense ou des arguments qui apparemment ne venaient pas. Claude reprit d'un ton cette fois conciliant, presque amical.

« Il est normal qu'un homme de votre qualité ait des ambitions. En restant chez nous, vous pourrez les assouvir, en sécurité, dans un environnement que vous appréciez. En partant, vous prendriez un risque insensé. Je sais que vous êtes intègre et que votre cœur est fidèle. Restez. Mon offre est toujours d'actualité. Directeur général. Avec les coudées franches. Et le salaire qui va avec. Ne me répondez pas maintenant, prenez encore un peu de temps. Reparlons-en dans quelques jours. »

L'entretien touchait à sa fin. Olivier sentait bien qu'il devait réagir, apporter une contradiction, dire quelque chose de sensé. Mais il avait perdu toute assurance et avait la désagréable sensation de ne plus rien maîtriser. Impuissant, indécis, humilié, il s'entendit répondre :

« Je ne sais pas, je vais réfléchir. »

Trop perturbé par ses conflits intérieurs, Olivier ne vit pas le sourire carnassier de Claude.

Chapitre XVI
Début de soupçon

Au sortir du bois de Fausses Reposes, profitant de la déclivité de l'avenue de Saint-Cloud qui le conduisait dans le centre de Versailles, Thierry Lerre s'amusa à accélérer la cadence. Il sentit avec délectation la machine répondre au quart de tour. Son cardiofréquencemètre grimpa jusqu'à cent soixante pulsations minute, sa zone cible. Il s'étonna de retrouver aussi vite de bonnes sensations. Voilà près de trois semaines qu'il n'avait pas couru, se refusant toute contrainte après sa terrible déroute subie durant la « Desert Cup ». Il était revenu brisé de cette course hors norme. À trente-huit ans, fort d'une longue pratique de compétitions sur route et de trails de plus en plus exigeants, il s'était dit qu'il était temps pour lui de se frotter à « l'ultra ». Grisé par l'ambiance, comme un débutant, il était parti un peu trop vite et l'avait payé cash vers le centième kilomètre, stoppé net par de terribles crampes. Pour couronner le tout, une multitude d'ampoules avaient transformé ses pieds en plaies sanguinolentes. La fin de l'épreuve, une éternité, avait été cauchemardesque. Il avait terminé dans les bas-fonds du classement, harassé, les pieds détruits, le corps meurtri, et le moral anéanti. Il s'était juré de ne plus jamais reproduire l'expérience.

La réaction de son organisme après cette séance de reprise l'enchanta donc.

Durant les quelques hectomètres qu'il lui restait à parcourir pour arriver à son bureau, il ralentit et fit redescendre son rythme cardiaque à cent trente battements. Rue de Paris, il arrêta le chronomètre et marcha doucement vers l'hôtel de police. Il salua l'agent en faction qui lui répondit par un timide sourire, et pénétra dans la cour intérieure. Deux ans après son arrivée au sein de l'unité de police judiciaire, il ne se lassait jamais d'admirer la noblesse du bâtiment du dix-huitième siècle. Flanquée de deux immenses colonnes, la porte monumentale était surplombée d'un décor sculpté, composé de trophées militaires, de guirlandes de fleurs, de palmes et coquilles, chef-d'œuvre reconnu de l'art rocaille. Tout en haut rayonnait la devise des gendarmes de la garde du roi : quo jubet iratus jupiter (où Jupiter furieux ordonne).

Après avoir pris sa douche, il s'installa derrière son ordinateur et entreprit de se plonger dans le dossier qui le tarabustait depuis une semaine, et ainsi préparer l'audition du dernier témoin.

En douze années de carrière, il n'avait été que très rarement confronté à une enquête ayant pour cadre un incendie, et celui-ci l'empêchait de dormir depuis qu'il en avait visité les vestiges. Les flammes avaient entièrement ravagé l'appartement mais semblaient s'être arrêtées de façon chirurgicale à son strict intérieur. Aucune d'entre elles ne s'était aventurée dans le couloir, et les fumées s'étaient toutes échappées par la fenêtre, comme aspirées par une invisible hotte. Ses conversations avec le capitaine des pompiers ne l'avaient pas plus éclairé : pas de présence d'accélérateur, de foyers multiples ni d'aucune source extérieure au départ du feu. D'ailleurs, il n'avait pas été possible de déterminer un lieu d'amorce. Comme si le trois pièces dans son intégralité s'était embrasé soudainement, puis, vidé de toute substance et refusant de s'alimenter en puisant son combustible sur l'extérieur, le monstre avait disparu aussi soudainement qu'il était apparu.

Tout cela rendait peu probable l'origine criminelle de l'embrasement.

Restait le mystère du décès de la victime. Âgée de trente-cinq ans, Sophia Lévy avait récemment réalisé d'importants travaux pour y développer son activité de sophrologie. Les patients auditionnés avaient tracé le portrait-robot d'une femme solide, bienveillante, équilibrée et appréciée de chacun. Ils avaient exclu a priori la thèse du suicide, ce qui venait d'être confirmé par l'autopsie qui indiquait qu'aucune trace de médicament ou somnifère n'avait été décelée. La mort avait été causée par intoxication aux gaz.

Mais quelque chose clochait et aiguisait ses sens de chasseur. Comment le feu avait-il pu démarrer et se répandre aussi vite alors que tout venait d'être rénové ? Pourquoi, malgré la soudaineté du brasier, n'avait-elle pas pu s'extraire du piège mortel ? Pour quelles raisons, alors qu'il était à son paroxysme, s'était-il soudainement éteint ?

Dubitatif, il était donc revenu sur place, mais, à son grand désarroi, ses incursions chez la gardienne et les voisins s'étaient révélées infructueuses. Travaillant pour la plupart à Paris ou à Saint-Quentin, ils n'avaient découvert la catastrophe qu'à leur retour, en fin de journée. Ceux qui étaient dans la résidence au moment fatidique n'avaient rien vu d'intéressant à signaler. Quant à la concierge, elle semblait avoir de bonnes relations avec Sophia Lévy, mais son témoignage était resté vide d'indices exploitables.

L'inspection des appartements mitoyens et du couloir de l'étage l'avait laissé pantois, aucune séquelle apparente ne témoignant du drame. Si la porte d'entrée du logement de la victime était carbonisée de l'intérieur, la face donnant sur le couloir semblait intacte, à peine gondolée par endroit. Seules quelques insignifiantes traces noires subsistaient aux pourtours du chambranle métallique. En revanche, l'intérieur témoignait de l'abomination subie. Des déchets informes étaient submergés par une marée noire de cendres et de suie. Tout semblait avoir disparu, avalé par l'appétit insatiable d'un vulcain indélicat.

Alors que, dépité, il allait quitter les lieux, il avait réussi à mettre la main sur une running à moitié calcinée, perdue sous un océan de débris, témoin silencieux ayant miraculeusement résisté à la fournaise. Ce dernier résidu d'une vie passée avait retenu toute son attention. De marque Hoka, le modèle trouvé était la « rolls » des chaussures de trail. Il était vraisemblable que sa propriétaire partageait la même passion que lui.

Il avait envoyé pour analyse ce maigre élément au laboratoire de police scientifique de Paris, ne sachant pas réellement ce qu'il pouvait en attendre. Il devrait ronger son frein, le retour d'expertise n'étant pas attendu avant deux à trois semaines, dans le meilleur des cas.

La plainte des pneus d'un véhicule pilant brusquement devant le commissariat le tira de ses rêveries. Il consulta sa montre et constata qu'il était resté près d'une heure à visionner en boucle le film de l'enquête. Sa rencontre avec l'ultime témoin identifié à ce jour était prévue d'ici une quarantaine de minutes. Il avait récupéré son numéro de portable au pied de son immeuble, le jour du sinistre, et se souvenait très bien de la réaction de cet inconnu, client de la victime, visiblement très affecté par l'annonce du décès de la sophrologue.

Thierry Lerre avait donc cherché à entrer rapidement en relation avec lui, ce qu'il n'avait pas réussi à faire, l'homme étant hospitalisé. Ce n'est qu'après plusieurs tentatives infructueuses qu'il avait enfin réussi à le joindre et à organiser la rencontre.

Il finit rapidement son thé, enfila son « perfecto » et se dirigea vers sa vieille Saab qui se réveilla à la première tentative de démarrage. Le commissariat n'était qu'à une vingtaine de minutes de la Clinique du Château, établissement psychiatrique huppé de la ville de Garches dans lequel séjournait le témoin.

Après s'être annoncé à l'interphone, l'imposante grille s'ouvrit sur une allée majestueuse bordée d'arbres séculaires, le laissant pénétrer dans un parc dont les limites ne lui étaient pas visibles. Au fond de l'allée, sur la droite et en léger surplomb, trônait une magnifique et imposante bâtisse du dix-huitième siècle. Ancienne demeure de la famille Saint Exupéry, le lieu avait été transformé en hôpital depuis 1930 et accueillait depuis lors de riches dépressifs ou d'aisés pensionnaires souffrant de troubles mentaux. Il gara son tacot entre une Porsche rutilante et une Range Rover dernier modèle, remarquant avec amusement qu'il faisait tache.

La rencontre se déroula dans la chambre de Paul Dubois.

Elle faisait plus penser à la suite d'un relais-château qu'à celle d'un hôpital. Un immense lit, impeccablement bordé, faisait face à une volée de trois doubles fenêtres donnant toutes sur le parc. Une apaisante lumière bucolique inondait la pièce. Douillettement positionné à proximité d'une cheminée d'époque se trouvait un bureau d'où l'on avait une vue plongeante sur les massifs de rosiers. Le parquet en chêne massif, patiné par le temps, craquait sous chaque pas, bousculant un silence qui devait se vouloir reposant. Face au lit, tournant le dos aux fenêtres, un immense canapé en L pouvait accueillir une bonne demi-douzaine de personnes. Avait-on envie de recevoir autant de personnes lorsqu'on était dépressif ou bipolaire, s'interrogea le lieutenant ?

D'environ un mètre quatre-vingt, affûté, à la limite de la maigreur, le témoin semblait fonctionner au ralenti, certainement assommé par un traitement chimique. De son visage émacié, émanait une insondable tristesse. Contrastant avec cette faiblesse apparente, un regard habité d'une grande intelligence venait contrebalancer cette première impression. Dès les premières secondes, l'intuition de l'avoir croisé ailleurs que le jour du décès de la victime s'empara de Thierry Lerre.

Après les politesses d'usage, l'inspecteur entra dans le vif du sujet tout en respectant les conseils du psychiatre qui avait autorisé l'entretien. C'est donc prudemment qu'il enchaîna les questions sur la situation de Paul. Ce dernier l'informa de l'incendie de son appartement, « lui aussi ? » songea-t-il, son métier, la nature des relations qu'il entretenait avec la victime. Alors que l'échange touchait à sa fin, la description du travail réalisé par la sophrologue agit comme un déclic dans l'esprit de Thierry Lerre.

« Excusez-moi mais depuis le début de notre discussion, j'ai le sentiment de vous avoir déjà vu. Je veux dire en dehors de la rue de Fontenay. Ce que vous êtes venu préparer avec Sophia, ce n'était pas la "Desert Cup" ? »

Le visage las de Dubois s'illumina et une esquisse de sourire s'ébaucha.

« Oui pourquoi ? Vous connaissez ?

— Oui, j'y étais, et je sais maintenant pourquoi votre tête me disait quelque chose. On s'est croisé vers la mi-course, j'étais à l'agonie, en train de me faire soigner les pieds. Vous m'avez encouragé et ça m'avait touché… "Pour pouvoir contempler un arc-en-ciel, il faut d'abord endurer la pluie". C'était bien vous ? »

Cette fois, Paul se dérida complètement et une expression de joie le transfigura. Les souvenirs d'une de ses plus intenses expériences de vie remontèrent instantanément à la surface, balayant les marécages de morosité dans lesquels il était englué depuis une dizaine de jours.

Comme deux anciens combattants partageant leurs terribles épopées, ils se livrèrent sans pudeur les émotions de ceux qui se sont un jour aventurés au-delà des frontières du supportable. Ragaillardi par cet échange, Paul semblait avoir retrouvé la forme qui lui faisait tant défaut.

L'entretien se termina sur un ton plus léger, presque amical.

Alors qu'il allait franchir la porte, l'enquêteur se retourna, saisit d'une fulgurance que n'aurait pas reniée Columbo.

« Vous pourriez me donner un conseil ?

— Si je peux vous être utile…

— Quelle marque de chaussures avez-vous l'habitude de porter sur ce genre d'ultra ?

Dubois ne parut pas surpris de la question et ne renvoya aucun signal pouvant prêter à interprétation.

— Des Hoka. De vrais chaussons. Le modèle "Mafate" est selon moi ce qu'il y a de mieux… »

Chapitre XVII
Reddition

« Vous avez sauté à la gorge du pompier qui tentait de vous venir en aide. Ça a été très violent, paraît-il. Vous teniez des propos incohérents, à propos d'une femme qui vous poursuivait, qui semblait vous terroriser. Voilà pourquoi on vous a amené ici. Vous ne vous souvenez de rien ? »

Tout en cherchant à n'omettre aucun fait, aussi sordide soit-il, le médecin posait ses mots avec soin, semblant chercher ceux qui bousculeraient le moins son interlocuteur.

« Non. De rien », répondit Paul affaissé sur son lit d'hôpital. L'information l'avait percuté avec une violence inouïe. Ses craintes se révélaient exactes, il devenait cinglé.

« C'est la première fois que vous êtes confronté à ce genre de… situation ?

— Oui.

— Avec tout ce que vous m'avez raconté, je ne suis pas étonné de ce qui vous arrive. On est face à une grosse baisse de pression en réaction avec ce que vous venez de vivre. Les quelques épisodes hallucinatoires sont plus à surveiller, mais selon moi, rien de grave, même si nous devons rester très prudents. Je vais vous prescrire deux ou trois médicaments pour vous aider, on va vous garder quelques jours en observation, et si tout va bien vous pourrez sortir rapidement. Si c'est ok pour vous, je repasse vous voir en fin de journée pour faire un point ?

— Écoutez... Je ne suis pas sûr de vouloir ressortir rapidement. Je crois que j'ai besoin de faire un break. »

La description de son état démentiel venait de le décider. Il fallait qu'il mette à exécution son plan visant à prendre du recul. Qu'il remette les compteurs à zéro et prenne soin de lui. Il avait donc demandé au docteur de lui conseiller un établissement qui saurait l'aider à remonter la pente.

C'est ainsi qu'il s'était fait admettre à la très chic Clinique du Château de Garches.

Dès sa décision prise, il téléphona à Olivier et l'informa de sa situation, omettant toutefois les épisodes les plus angoissants, les apparitions, hallucinations et autres actes de violence.

Il avait tellement honte, se sentait tellement minable.

Il était factuellement resté sur la description de la perte de son domicile, de son épuisement, de sa vraisemblable dépression et son souhait de couper les ponts avec son quotidien, y compris avec lui, ce que son ami avait mal pris au début. Sentant qu'il ne servait à rien d'insister, il s'était finalement incliné, non sans lui rappeler qu'il n'avait qu'un coup de fil à passer et qu'il pourrait venir s'installer chez lui à la sortie de son traitement.

L'entretien avec Sordes, son employeur, avait été factuel et froid. Il lui avait annoncé son absence pour un temps indéterminé et ils s'étaient entendus sur la gestion des priorités à traiter. Paul avait toutefois eu la fugace et désagréable impression que son congé maladie ne déplaisait finalement pas à son Président.

C'était les deux seules personnes qu'il lui semblait utile d'informer. Un ami et son manager. Seulement deux personnes, songea-t-il à nouveau avec abattement.

Il coupa ensuite son téléphone, ignorant les différents messages et invitations de ses fréquentations nocturnes qui s'étonnaient de ne pas avoir de nouvelles. Puis, il rentra dans sa bulle.

Et depuis dix semaines, plus rien. Le vide. Le grand plongeon. L'extrême solitude et le sentiment d'être hors jeu, hors du temps et de la vie. Des journées rythmées par la visite des infirmières, des psychiatres. La prise de médicaments. Trois fois par jour. Du Temesta pour calmer ses angoisses. De l'Effexor pour empêcher que son moral tombe plus bas. Et du Tercian pour l'aider à dormir, lui éviter ses cauchemars. Si les deux premiers soins semblaient efficaces, le dernier ne lui était d'aucune utilité.

Implacablement, chaque soir, sans aucune échappatoire, Iris le harcèle, cherche à lui parler, à faire accepter sa présence. Mais ne serait-ce pas accepter sa folie ? Alors il la fuit, se réveille en sueur, tremblant, angoissé de se rendormir.

Toutes les nuits se ressemblent et contribuent à son malheur.

Dès le matin et jusqu'à la fin du jour, une carcasse perpétuellement cotonneuse, au ralenti, la bouche sèche. Des repas pris dans sa chambre, seul, tristement, loin des conversations feutrées de la salle de restaurant. Les balades dans le parc comme un vieillard sénile, fatigué d'avoir marché quelques mètres. Et le retour à la case départ, assis derrière le bureau, mais en vérité ailleurs, empoissé dans un abyme de questions sans réponses, son cerveau malade se refusant à les lui fournir. Le temps qui passe, délité, au ralenti, ou en accéléré, impossible à dire.

Jusqu'à ce matin et cette visite inopinée. Comme en écho à ses réflexions intérieures, un violent rappel à la réalité. Celle de Sophia et de son inexplicable décès. La destruction de son appartement, son propre dénuement. De ses ambitions à l'arrêt. De sa soif de vivre disparue.

Les questions du flic, sous un air débonnaire, avaient été nombreuses et précises, se rapprochant plus de l'interrogatoire que de la simple rencontre d'un témoin. Comme s'il cherchait à établir un lien de causalité entre la relation amicale qu'il entretenait avec sa coach et le drame. Comme s'il était à la recherche d'une pièce manquant à son puzzle. Se pouvait-il qu'il le soupçonne ? Mais de quoi ? L'autopsie avait livré son verdict. C'était un accident. D'ailleurs, la fin de l'entretien avait été plaisante, sans rapport avec la tragédie. Le fait de partager sa passion avec quelqu'un qui vibrait à l'unisson lui avait redonné un peu de vitalité, entretenant la faible lueur qu'il commençait à percevoir dans la noirceur environnante.

Après l'échange avec l'inspecteur, Paul était sorti faire un tour dans le parc. Pour la première fois depuis son arrivée, il décela un changement. La perception d'être vivant et enfin porté par une revigorante perspective. Après plusieurs toussotements, le moteur de son existence semblait se remettre à ronronner à nouveau. Sans commune mesure avec ce qu'il ressentait en temps normal, mais enfin de retour, après une pénible absence. L'air frais qui emplissait ses poumons, le sol qui crissait sous ses pas, le pépiement d'un invisible oiseau, autant de plaisirs retrouvés qui ne trompaient pas.

Alors qu'il contemplait du fond du parc la majesté de la demeure, il comprit qu'il venait de donner l'impulsion censée le remonter vers la surface.

Son dîner pris, c'est donc le cœur un peu moins lourd qu'il se laissa emporter par le sommeil, convaincu qu'il était en passe de chasser ses démons.

Ce fut le moment que choisit Iris pour prendre le dessus.

Il y a quelques jours, entre deux mondes, somnolant dans une torpeur ouatée, elle s'était soudainement éveillée. Pas de ces lents et longs retours à la vie ou ses sens lui revenaient pas à pas, ou la sensation de ravissement s'épanouissait avec douceur, la transportant progressivement vers un état extatique. Non, ce fut un réveil brutal dont elle n'avait pas l'habitude.

Comme au sortir d'un cauchemar, elle s'était redressée, battant l'air de ses bras à la recherche d'une réalité qui lui échappait. Durant un court instant, elle se sentit vide de vie et en proie à une abominable peur, ce qu'elle n'avait pas ressentie depuis un temps immémorial mais qu'elle sût reconnaître instantanément. Intense, cette situation ne dura pas, mais elle reçut le message cinq sur cinq : le passage ne se déroulait pas comme prévu et était jugé comme incertain.

Le volume et la tension qu'elle avait impulsés aux entretiens avec son disciple réticent n'avaient pas permis d'avancer suffisamment.

Elle s'était fourvoyée, car si elle avait bien cerné la personnalité de Paul, elle avait sous-estimé son caractère trempé et sa capacité à repousser le processus. Toutes les nuits où elle avait tenté de reprendre langue avec lui, il avait fui, la confinant en des territoires inhabités de son crâne, rejetant la vérité, et cherchant des réponses là où il était impossible d'en trouver. Il s'était ensuite barricadé derrière de fausses certitudes, à mille lieues de penser devoir faire appel à elle.

Si elle n'avait pas de souvenir précis de ses autres expériences de passeur, elle sentait confusément que tout avait toujours été plus facile. Il avait donc rapidement fallu passer à la vitesse supérieure, mais même le tragique des événements subis par Paul n'avait pas encore permis d'établir un dialogue, seul facteur capable de faire avancer le mécanisme. Et les « petits cailloux blancs » laissés par elle chez Sophia et sur la boîte vocale de son smartphone n'avaient pas encore été exploités par la police, la privant ainsi d'un levier de pression supplémentaire.

Elle comprit qu'il fallait qu'elle soit plus intrusive et persuasive afin de faire basculer Paul vers la voie qui devait être la sienne.

Instinctivement, elle sut qu'elle n'aurait pas de second avertissement.

L'information intégrée, elle retrouva, soulagée, l'euphorie qui ne la quittait jamais. C'est dans cet état, et forte de ses nouvelles résolutions qu'elle s'installa sur le canapé, juste en face du lit de Paul. Il dormait à poings fermés d'un sommeil qu'elle savait calme et reposant. Il avait maigri mais ses traits restaient agréables et continuaient de renvoyer un sentiment de force. Un clair-obscur baignait d'une lumière fantasmagorique la chambre, prémices à l'apparition de l'aube. Elle décida qu'il était temps.

Paul émergea. Pour la première fois depuis longtemps, Iris n'avait pas cherché à entrer en relation avec lui. Était-ce un nouveau signe de l'amélioration ? Il se redressa, ajusta son oreiller et se cala, dos collé à la tête de lit pour observer le lever du jour. Lentement, il se sentit envahir par un irrépressible bien-être. Son corps était vide de toute tension, son esprit alerte, jouissant de chaque seconde, porté par une tranquille assurance. Il fit le lien avec ses nombreuses expériences d'utilisation de drogues de synthèse tout en se faisant la réflexion de la puissance incomparable de ce qu'il ressentait à cet instant. Il n'osait plus bouger de peur de rompre le fragile équilibre de cette parenthèse magique.

C'est alors qu'il comprit ce qu'il se passait, c'est à ce moment qu'elle entreprît de révéler sa présence.

Assise au coin de son lit, irradiée d'une lumière sensuelle, elle lui souriait. Elle lui sembla encore plus belle que lors de leurs précédentes rencontres. Vêtue d'une robe blanche d'été à dentelles, aérienne, elle aimanta son attention. Un très échancré décolleté mettait en valeur ses seins plantureux. Sa peau dorée semblait douce, il la devina sucrée. Un violent désir le submergea. Il s'en étonna, sans chercher à le combattre. Elle s'en amusa et décida d'amplifier la béatitude de Paul. C'était maintenant ou jamais, et elle n'avait pas envie d'échouer.

« Bonjour Paul. »

Une poussée bienveillante écrasa son corps, le rendant inerte mais vibrant de vie, traversé d'innombrables courants chauds. Toute considération logique avait disparu, tout semblait naturel. En cet instant, la peur de perdre la raison et l'invraisemblance de la situation ne semblaient pas l'inquiéter. C'est avec ravissement qu'il accepta d'entamer la discussion.

« Tu es toujours là », s'inquiéta-t-il toutefois… J'espérais être guéri. Paul fit cette remarque sans acrimonie ni arrière-pensée. Les mots lui vinrent déchargés de passion, comme ceux d'un clinicien décrivant une pathologie à son patient.

« Nous sommes désormais liés. C'est une réalité à laquelle tu dois te faire. Comment te sens-tu ? »

Sans qu'il puisse entrevoir le moindre mouvement de la part d'Iris, elle était désormais à ses côtés. Elle lui prit la main, provoquant une fulgurante montée délirante, aussi confuse que jouissive. Si le paradis existait, il venait d'y pénétrer.

— Comme à chaque fois… Quelque chose d'irréel. Sa voix était calme et posée.

— Agréable ?

Les yeux D'Iris étaient plantés dans ceux de Paul, exerçant une implacable mais délicieuse autorité.

Il hésita un instant, mais l'évidence de la réponse le décida à poursuivre.

— Au-delà de tout ce que je n'ai jamais connu…

— As-tu compris que cette situation pouvait devenir ton quotidien ?

— Tu n'existes pas. Tu n'es qu'un mirage, une création de mes neurones malade. Et je veux guérir, tenta-t-il sans assurance.

Tout en le couvant d'un regard plein de tendresse, presque maternel, elle exerça une légère pression de la main. Une nouvelle explosion de bonheur d'une impensable densité se diffusa aussitôt dans le corps de Paul, irradiant chaque parcelle de son être, désormais en proie à de légers et incontrôlables tremblements.

— Crois-tu sincèrement que je n'existe pas ? Que ce que tu vis est le produit de ton imagination ?

— Je suis vraiment en train de devenir taré… taré… Je me sens incroyablement bien mais je sais que c'est éphémère. Qu'après ton départ je vais à nouveau sombrer dans la dépression, la peur…

Malgré la noirceur de ses propos, il les exprima calmement et avec sobriété. La paradoxale félicité restait plus forte que tout. Et tout au fond de lui, il commençait à espérer que cela ne s'arrête jamais.

— Tu n'es pas fou Paul, je ne suis pas une illusion. Je suis là pour t'aider, te guider, t'offrir une autre vie. Si tu cesses de lutter, je pourrais te montrer la voie. Accepte-moi. Accepte ce que j'ai à t'offrir.

Ces derniers temps avaient été une abomination. Pour la première fois de sa vie, il avait perdu le contrôle et s'était égaré dans un dédale de calamités. Il aspirait à en sortir et ce qu'il ressentait en cet instant lui paraissait être une échappatoire inespérée.

Il tenta pourtant de résister.

— Tout ce qui se passe en ce moment… C'est toi ?

— Que veux-tu dire ?

— Sophia, mon spleen, mon appart…

— Te souviens-tu de notre discussion dans ta cuisine ?

— Oui, je crois…

— Que t'ai-je dit ?

Paul remarqua que la conversation durait et qu'il s'habituait à l'incongruité de la situation. Il hésita à répondre. Tous deux connaissaient parfaitement la teneur de l'entretien. Or, ce qui lui avait fait peur il y a quelques semaines lui semblait acceptable aujourd'hui. N'y avait-il pas un prix à payer pour tout dans la vie ? N'avait-il pas sacrifié tous ses plaisirs de fêtard pour participer à sa compétition extrême ? Ne se préparait-il pas à travailler au-delà du raisonnable pour monter son projet avec ses amis ? Il était toujours libre et indépendant mais sa rupture avec Isia, sa dernière et éphémère compagne, avait été un crève-cœur… Car tout avait un prix, admit-il.

Ses efforts de dénégation lui parurent soudainement vains. Il avait lutté courageusement, refusant l'inénarrable situation, mais il se savait maintenant vaincu, prêt à affronter son destin.

« Que dois-je faire ?

— Rien d'autre que ce que tu fais actuellement. Accepter. Plus le temps va passer, plus tu accéderas à cette condition de "passeur", celle-là même qui nous lie en ce moment. Es-tu prêt ? »

Il lui offrit un sourire en guise de réponse.

Elle lui tendit un verre de vodka, et tout en s'approchant, lui présenta plusieurs boîtes de médicaments. L'interrogeant d'un geste furtif, il s'entendit répondre.

« C'est la première étape, Paul. Celle de ta libération. »

Ça y est, se dit-il intérieurement, je suis barjo. Puis, il prit une première poignée de médicaments qu'il ingurgita sans faillir.

Chapitre XVIII
Déflagration

Un sourire gourmand illuminait son visage. Les mains posées sur le torse de son nouvel amant, Laurence impulsait à son bassin le rythme qui lui convenait et qui, doucement, l'éloignait de la réalité. Les doigts agiles de son homme couraient sur ses cuisses, enveloppaient ses seins, se perdaient sur ses fesses, l'électrisaient.

Elle l'avait découvert endurant et attentionné, elle en abusait avec délectation. Jamais depuis le début de leur liaison il n'avait pris son pied sans qu'elle n'y parvienne. Alors elle se concentrait sur ses sensations, sachant qu'il la suivrait aussitôt, heureux de l'avoir rendue heureuse. Elle se releva lentement, glissa sa main entre leurs sexes, et entrepris de se caresser afin d'accroître la puissance de son orgasme montant. Elle jouit avec abandon, exhalant un râle rieur qui se perdit dans l'affalement de son corps.

Somnolant d'un bonheur animal, les deux amants reprenaient leur souffle.

Englouti par un amour qu'il ne pensait plus vivre, Olivier la dévorait d'un regard incrédule, celui d'un enfant découvrant un cadeau qu'il ne pensait jamais recevoir. Il n'avait de cesse de s'étonner avec quelle facilité son célibat choisi depuis son traumatisant divorce venait récemment de voler en éclat. Tout comme son asexualité.

Tout avait été très vite après leur déjeuner de travail. Tombée sous le charme innocent d'Olivier, elle avait pris toutes les initiatives, sans forcer son talent, puisque de son côté, il n'avait opposé aucune résistance. Pour la seconde fois en quelques mois, elle avait rompu un pacte moral, celui d'avoir un amant dans son environnement professionnel. Mais son sixième sens l'avait guidée. Elle pressentait une vraie belle histoire, elle ne voulait pas la rater. Et puis, il ne lui restait qu'une poignée de jours avant de quitter Insights. Elle était convaincue d'avoir pris la bonne décision, ne regrettait rien.

« Il reste du champagne ? »

Olivier tendit le bras et remplit leurs deux coupes qu'ils firent ensuite tinter. Lovés comme deux adolescents, ils restèrent silencieux de longues minutes, savourant chaque moment, chacun se délectant de la magie de l'instant. Comme deux malades en rémission, ils prenaient tout ce que la vie semblait à nouveau vouloir leur offrir, ignorant la fragilité de leur jeune passion.

Rassasié et tranquilsé par la présence de sa maîtresse, Olivier avait mis fin à ses excès du jour au lendemain, sans le moindre effort. Lui qui depuis plusieurs années avait trouvé son équilibre précaire sur les béquilles des drogues et de l'alcool, consacrait désormais tout son temps libre à Laurence. L'arrêt brutal de ses virées nocturnes et de leurs corollaires artificiels ne donna lieu à aucun débat intérieur, aucun manque ne se fit sentir, tout coulait de source. L'absence de Paul, hospitalisé, l'aida en ne lui offrant aucune tentation.

Pour la première fois depuis des années, il était apaisé.

De son côté, Laurence, qui s'était réfugiée dans le travail afin de combler ses manques, avait oublié de vivre pendant une longue hibernation. Récemment, il y avait bien eu la parenthèse Claude, mais s'il s'était révélé bon amant, elle l'avait vite trouvé d'un conformisme aussi affligeant qu'ennuyeux. Tout le contraire d'Olivier. Elle le trouvait drôle, impertinent, attentionné et cultivé. Et que dire de leur entente sexuelle qui lui ouvrait un territoire immense qu'elle explorait avec avidité ?

Finalement, alors que rien ou presque dans leur vie ne semblait devoir les lier, tout s'était mis en place avec une facilité déconcertante.

Ce fut Laurence qui rompit le protecteur silence qui les enveloppait.

« Tu as pris ta décision ? »

Un long soupir accueillit sa question. Olivier s'écarta tout en posant son verre sur le chevet. Assis sur le bord du lit, il prit sa tête entre les mains. La question l'ennuyait, mais il savait qu'il devait y apporter une réponse.

Une bouffée de reconnaissance envers Laurence l'envahit. Sans jamais chercher à l'influencer, elle avait pris possession de sa vie, aucun sujet ne semblant devoir lui échapper. Leur intimité avait été complète et immédiate. Ils se livraient l'un à l'autre sans pudeur, chacun ayant trouvé le confident idéal, le partenaire à qui l'on peut tout raconter.

« J'ai l'impression que quoi que je décide, ce sera un mauvais plan. Refuser l'offre de Claude, c'est certainement passer à côté d'une des plus belles opportunités de ma vie. Mais si j'accepte sa proposition, je plante un poignard dans le dos de Paul.

— Et je sais combien tu te sens redevable…

— Je ne me sens pas redevable. Je le suis. Sans lui, je serai encore à m'occuper des finances d'une boîte dans laquelle je crevais d'ennui. À être coincé, incapable d'aller vers les autres. Et je ne serai jamais devenu ce que je suis aujourd'hui. Il a simplement changé ma vie. Il leva les mains au ciel pour appuyer son propos.

Souriante, Laurence s'approcha de lui et l'enserra tendrement de ses bras.

— C'est drôle mais je ne t'imagine pas timide et coincé...

— C'est ce que j'étais pourtant », répondit Olivier à voix basse.

Il devait voir Claude le lendemain afin de préparer un rendez-vous avec un important client. À mi-parcours d'un plan de formation qu'il supervisait, leur principal interlocuteur voulait faire un point. Mais il savait qu'il devrait lui donner sa décision. Claude avait été clair là-dessus. Il ne s'était pas montré pressant mais dix jours après leur dernière rencontre, il lui faudrait prendre position. Et il n'y parvenait pas.

Son téléphone bipa, indiquant la réception d'un message qu'il ne consulta pas, préférant éteindre son smartphone et profiter pleinement de sa maîtresse. Même si la tournure de la discussion ne lui était pas franchement agréable.

Il aurait préféré finir tranquillement sa coupe. Et refaire l'amour. Sa vigueur le fit sourire intérieurement.

Profitant de son mutisme, Laurence intervint à nouveau.

« Considères-tu Paul comme un véritable ami ? »

Olivier se raidit, blessé par la question.

— Je veux parler de quelqu'un à qui tu peux tout raconter. Quelqu'un qui t'aime pour ce que tu es et pas pour ce que tu lui apportes. Qui s'inquiète pour toi lorsque tu vas mal et qui se réjouit lorsque tu es bien ?

— Tu le sais bien.

Elle l'attira délicatement en arrière, l'invitant à s'allonger près d'elle. Blottie contre lui, elle enchaîna en susurrant.

« Alors il comprendra. Si vraiment c'est ton ami, il ne t'en voudra pas d'accepter une telle offre. Et puis les choses ont changé depuis votre plan initial. Claude est au courant, et le connaissant, il va vous pourrir l'existence si vous vous lancez. Je pense que votre rêve de monter un cabinet est mal engagé. Il ne pourra pas t'en vouloir. D'ailleurs, je crois que Nathalie l'a bien senti aussi… Elle ne me parait plus vraiment dans le coup… »

Depuis qu'elle avait remporté l'appel d'offres EDF, la troisième associée de leur hypothétique société s'était jetée corps et âme dans le projet, enchaînant les rendez-vous de préparation, animant les réunions de travail, pilotant l'ensemble. Les quelques fois où ils s'étaient retrouvés pour tenter de visiter Paul et prendre de ses nouvelles, Olivier avait bien tenté de la lancer sur le sujet, mais ses prises de position évasives revenaient toujours à s'appuyer sur l'absence de leur ami. Sans lui, il ne servait à rien d'avancer, répondait-elle systématiquement.

Mais après bientôt trois mois, Paul ne semblait pas pressé de réapparaître. Et la même réponse leur avait été donnée lors de leurs tentatives avortées de visite, « Monsieur Dubois ne voulait recevoir personne ». En désespoir de cause, ils avaient laissé leurs coordonnées à l'hôtesse à qui ils avaient demandé de le prévenir de leur visite.

Olivier reprit d'une voix traînante.

« Dire oui à Claude sans lui en parler avant, alors qu'il est malade, au trente-sixième dessous, ce serait dégueulasse…

— Tu ne sais pas comment il va. Il a délibérément choisi de couper les ponts. C'est son choix, pas le tien. Et qui sait lorsqu'il sortira s'il aura toujours envie de piloter ce projet de création. En aura-t-il seulement la capacité ?

— Tu veux que j'accepte l'offre de Claude ?

— Ce n'est pas la bonne question. Je veux juste que tu prennes la bonne décision. En toute connaissance de cause. Que tu ne rates pas une occasion en or pour de mauvaises raisons…

— La fidélité, le respect de la parole donnée, l'amitié, ce sont de mauvaises raisons ? s'agaça Olivier.

— Mon chéri, c'est mort. Nathalie n'est plus dedans, Paul est malade et Claude est prêt à vous envoyer une bombe nucléaire… Si c'est vraiment ton ami, il comprendra que tu ne le suives pas sur ce coup-là. »

Le cerveau d'Olivier tournait à plein régime, soupesant les options sans arriver à trancher, du moins sereinement. Et pourtant Laurence visait juste, il en était parfaitement conscient. Refuser serait la pire erreur de sa carrière. Mais le sentiment de trahison le tétanisait.

Elle sentit qu'il ne servait à rien de prolonger l'échange. Une fois de plus, elle avait mis tous les éléments dans la balance, sans passion, avec le maximum de neutralité. Elle avait tout fait pour qu'il ait l'ensemble des cartes en main. C'était désormais à lui de décider.

Souhaitant clôturer cette discussion, Laurence reprit avec langueur :

— Et si je t'aidais à te détendre, cela t'aidera à y voir plus clair ?

Dieu qu'il l'aimait.

Elle se laissa alors glisser le long du corps de son amant sans jamais le quitter du regard.

Le réveil sonna à huit heures. Après avoir pris sa douche, Olivier se rendit avec appétit dans la cuisine ou un prometteur fumet l'accueillit. Il ouvrit machinalement son téléphone et découvrit que Nathalie avait tenté de le joindre à une dizaine de reprises. Elle avait laissé trois messages. Un stress dont il sentit physiquement l'agression l'enveloppa aussitôt. Il appuya fébrilement sur la touche de composition automatique du numéro, sans ouvrir sa boîte vocale.

— Long ou court ? l'interrogea Laurence.

— Court, s'il te plaît.

Nathalie décrocha dès la première sonnerie et Olivier perçu immédiatement un malaise dans sa voix. L'échange fut bref, direct, d'une insoutenable violence.

Tout dans son corps dut refléter la douleur qui s'empara de lui car Laurence se figea, pressentant l'arrivée d'un séisme. Olivier, livide, raccrocha. Il posa son téléphone sur le plan de travail et s'effondra sur une chaise.

« Olivier, que se passe-t-il ? supplia Laurence.

— C'est Paul.

— Quoi, Paul ?

— Il s'est suicidé hier soir. »

Chapitre XIX
Suspect n° 1

C'était un rituel immuable auquel Thierry Lerre s'adonnait avec délectation, autant que ses horaires inconfortables de flic le lui permettaient. Lorsqu'il s'apprêtait à quitter son domicile, ses enfants de quatre et six ans, Mia et Arthur, se précipitaient vers lui en criant « au voleur ». Puis ils s'accrochaient à ses jambes, faisant mine de l'arrêter. S'ensuivait la séquence préférée de tous, celle où il tentait de s'enfuir aussi lourdement que maladroitement avec deux jeunes cerbères fermement agrippés à lui, générant une hilarité collective. Concluant le cérémonial, Patricia, sa femme, venait à sa rescousse en chatouillant les deux jeunes pandores pour leur faire lâcher prise.

— Tu comptes rentrer tard ?

— Non, je ne pense pas. Une convocation à une garde à vue, quelques trucs en cours, mais pas de boulot ce soir. Je serai là pour le dîner.

— La garde à vue, c'est ton coureur ?

Il sourit intérieurement de la perspicacité de sa femme. Il n'évoquait avec elle que l'écume de ses enquêtes, autant pour la protéger des infamies du monde que pour s'extirper de son quotidien anxiogène. Pour autant, elle lisait en lui comme dans un livre ouvert, et avait vite perçu son engagement sur l'affaire « de la chambre jaune », surnom trouvé par ses collègues pour l'incendie d'un appartement versaillais : un brasier sans origine expliquée, mourant aussi soudainement qu'il était apparu. Durant ce drame, une jeune femme avait perdu la vie. Outre le caractère insolite du dossier, elle lui avait fait part de son étonnement quand elle avait senti naître une proximité, presque de la sympathie, entre son mari et un témoin, alors qu'ils ne s'étaient vus qu'une fois. Sa remarque avait perturbé le jeune lieutenant, l'amenant à se confier plus que de coutume, et lui faire part dans un premier temps de ses doutes, puis, plus récemment, de ses soupçons appuyés.

« On ne peut rien vous cacher inspecteur Harry », sourit-il.

Les gloussements de la fratrie voulant un baiser d'au revoir le ramenèrent à une réalité plus douce. Tout en les collant l'un à l'autre, il les enserra fort et les souleva pour les câliner tendrement contre lui.

« À ce soir, papounet chéri.

— À tout à l'heure mes amours. Travaillez bien à l'école si vous voulez être policier comme papa.

— Non, tu sais bien que je veux être pilotesse d'avion !

— Et moi, m'occuper des animaux malades.

— Ça ne change rien, il faut être sage à l'école. À ce soir mes champions. »

Comme à chaque fois qu'il pénétrait dans son antédiluvienne Saab cabriolet, une joie puérile s'empara de lui, celle d'aimer de façon irraisonnée un jouet fragile, dépassé, cabossé, buriné, mais dont il n'arrivait pas à se séparer, un peu comme ses enfants avec leurs vieux doudous crasseux. Son entichement pour son auto donnait lieu à de nombreux sarcasmes de Patricia qui militait depuis longtemps pour l'achat d'une voiture familiale plus fiable et plus spacieuse.

« Un vieux tacot qui démarre au quart de tour, songea-t-il en manœuvrant pour sortir de chez lui, pas demain la veille que je te vende, ma titine ».

Alors qu'il allait allumer la radio, l'image de l'épisode de son naufrage durant la « Desert Cup » refit inopinément surface. S'il en gardait le souvenir positif d'avoir expérimenté quelque chose d'initiatique, hors du temps, il se demandait toujours comment avait-il pu s'effondrer de la sorte et autant souffrir ? Se transportant dans une très lointaine « terra incognita » de l'effort, il avait espéré y trouver du plaisir, de la fierté, une sorte de plénitude. C'était sans compter sur la fragilité des moments suspendus, l'impermanence des sensations. D'abord jouissives, elles s'étaient trop rapidement transformées, laissant place à un abîme de douleurs, une implacable impuissance, une abominable désintégration physique et morale.

Pourtant, sa préparation avait été minutieuse. Rien n'avait été laissé au hasard. Le volume de sorties avait été très conséquent, mais il y avait eu aussi les conseils de l'entraîneur du club auquel il appartenait depuis plusieurs années, l'alimentation spartiate et d'un équilibre scientifique, le choix du sac, des chaussures adaptées au terrain, testées et validées avant le départ, des chaussettes sans coutures afin d'éviter les ampoules, ces foutues ampoules qui avaient failli provoquer son abandon… Jusqu'à l'échange avec cet inconnu qui lui avait inexplicablement redonné envie et courage, comme un souffle vigoureux ravivant des braises endormies.

Et maintenant, il s'apprêtait à convoquer cet homme pour tenter de le confondre, lui qui l'avait sorti de l'ornière, l'avait aidé sans le savoir à terminer l'épreuve. Cet anonyme avait désormais un visage, un nom, une consistance. Or, il est de ces rencontres qui vous donnent l'étrange impression d'avoir une accointance immédiate avec votre interlocuteur. Convergence de vues, sensibilité, humour, passions, tout semble raccord. C'est ce qu'il avait ressenti en rencontrant Paul, ce partenaire, ce soutien d'un instant, ce champion vidé entrevu à l'hôpital, cet assassin présumé d'une jeune femme innocente.

Il sentait confusément que des liens auraient pu se tisser si l'évidence n'était rapidement venue s'imposer à lui lors de cette enquête hors norme.

La vie est parfois mal faite, songea-t-il. Elle vous offre un cadeau inattendu, une amitié possible, pour aussitôt se raviser et vous aiguiller vers une répugnante vérité.

Les restes de chaussure qu'il avait trouvés chez la victime avaient été le premier détonateur. L'analyse qu'il avait reçue du laboratoire était formelle, la recherche ADN ayant rendu son verdict : ces résidus appartenaient bel et bien à Paul Dubois. Pourtant, lors de sa rencontre à l'hôpital, le témoin, déjà presque suspect, avait été catégorique sur ses connexions avec la victime. Elle était sa coach, l'avait aidé à préparer la compétition, ni plus, ni moins. Mais alors que faisait cette chaussure chez la sophrologue ? Un trophée offert par son poulain ? Avait-elle été oubliée là lors d'une séance ? Et pourquoi la revoir plusieurs semaines après son séjour en Jordanie ? Et si, tout simplement, Dubois avait menti, ses relations avec Sophia étant d'une autre nature que celles annoncées ? Mais dans ce cas, pourquoi s'en cacher ?

Quelque chose clochait. L'instinct de flic de Thierry Lerre avait été mis en alerte, aiguisé par l'internement volontaire du témoin. Il avait donc décidé de saisir le procureur afin d'obtenir les moyens d'accès aux téléphones de Dubois et de la victime. Le rapport fourni par la PNIJ était implacablement accusateur envers son éphémère compagnon de course. L'appel émis quelques heures avant l'événement ne laissait aucun doute sur les rapports qu'entretenaient les deux protagonistes et étayait l'hypothèse d'une action violente délibérée à l'encontre de la jeune femme :

Transcription commentée de l'enregistrement S-34567-2021-PRV du 16 octobre 2021, Trois heures douze. Émetteur Paul Dubois/Récepteur Sophia Cohen.

— Sophia c'est moi... (voix mal assurée)

— Paul... il est quatre du matin... T'es défoncé ? (Voix engourdie par le sommeil/puis rapidement très agacée)

— J'ai besoin de toi... je suis mal... (voix sous emprise d'alcool et/ou stupéfiants/médicaments)

— Je ne veux plus que tu m'appelles, c'est fini. Je vais raccrocher. (voix empreinte d'agacement et de tristesse)

— Elle est encore venue... Elle en profite... Me lâche pas maintenant (voix sous emprise d'alcool et/ou stupéfiants/médicaments).

— Tu hallucines. Je t'ai dit d'aller voir un psy. Et vite. J'en ai ras le bol de ton jeu de pervers narcissique. (voix en colère)

— Putain de merde, me parle pas sur ce ton ! Tu ne sais pas de quoi je suis capable ! Me parle pas sur ce ton (hurlements menaçants)

— ... Appel terminé à Trois heures treize, à l'initiative de la réceptrice Sophia Lévy qui raccroche.

Tout semblait concorder pour faire de Dubois un potentiel meurtrier. Il avait eu une aventure avec sa coach. L'idylle s'était mal terminée, il s'était rendu une dernière fois chez elle, et là... Et là quoi ? Il aurait violenté sa coach puis provoqué un incendie ? Ça ne tenait pas. Le rapport du légiste était clair, le décès de Sophia était dû aux fumées toxiques, aucune trace de violence, coup, strangulation, ou empoisonnement n'avait été décelée. Rien qui ne l'accuse formellement. Et un conflit entre deux ex-amants, fût-il violent, ne dégénère pas systématiquement en assassinat. Pour autant, Dubois avait caché à l'inspecteur sa liaison. Et il s'était bien gardé de lui parler de ce coup de fil menaçant.

Décidément, cette enquête était paradoxale, livrant d'abord des faits accusateurs évidents mais ayant finalement la plus grande difficulté à être exploités. Un peu comme des pièces d'un puzzle semblant trouver leur place mais ayant finalement une infime différence, trop grandes, trop petites, pour s'imbriquer parfaitement les unes dans les autres.

Il était impatient d'entendre ce que Dubois aurait à fournir comme explications lors de sa prochaine garde à vue.

La traversée de Bois-d'Arcy et l'apparition d'un grand magasin de jouets réorientèrent le cheminement des réflexions de Thierry Lerrre.

Dans une semaine, Mia aurait cinq ans.

Patricia avait concocté un programme dont il savait à l'avance qu'il n'en sortirait pas indemne : recevoir dix gosses surexcités, vociférant, courant dans tous les sens et rapidement recouverts d'une épaisse couche sucrée issue des agapes, pouvait ébranler la santé mentale de tout adulte normalement constitué.

Il sourit de cette vision d'apocalypse organisée.

Ce soir, si, comme prévu, il ne rentrait pas trop tard, il s'arrêterait au Toy's r us pour acheter cette panoplie de princesse dont Mia rêvait tant. Sa petite fille, si fragile, si douce, si câline. Une immense bouffée d'amour le submergea.

Ce fut la dernière émotion qu'il ressentit.

Si son vieux tacot démarrait au quart de tour, il ne bénéficiait pas des protections passives des véhicules modernes. Le semi-remorque dont les freins venaient de lâcher de façon inexplicable (le véhicule sortait de révision, constatera plus tard l'expert) broya l'arrière de la voiture arrêtée au feu rouge, le tuant sur le coup. L'extrême violence du choc projeta la Saab au milieu de la RN 12, à l'instant où un livreur pressé poussait son camion à plus de quatre-vingt-dix kilomètres-heure. Se mêlant aux piaillements inutiles des freins, au fracas du verre brisé, au souffle léger d'une vie qui s'évapore, les tôles éventrées hurlèrent de douleur.

Ailleurs, loin de cette péripétie humaine, Iris perçut une intense chaleur pénétrer chaque pore de sa peau, provoquant un contentement brut et animal. Elle comprit instantanément que son sort avait fonctionné, l'inspecteur ne se mettrait pas en travers de sa route. Sa mission prenait une nouvelle tournure. L'élu, son protégé, pourrait poursuivre le processus.

Chapitre XX
Changement de vie

Hébétée, Nathalie Saul n'arrivait pas à refaire surface. Les timides rayons d'un soleil levant tentaient en vain d'attirer son regard en dessinant sur la table du salon d'improbables arabesques dansantes. Comme en renfort, assourdis, les bruits de la ville qui s'éveillait l'invitèrent à se joindre à la communauté humaine en voulant capter son attention.

Ailleurs, perdue, tentant sans succès de comprendre le geste de Paul, de lui trouver une raison, une justification, elle pleurait. Elle le savait fragile, ballotté par de nombreux courants contraires, souvent en proie à des accès de mélancolie, mais qui pouvait se prévaloir d'une humeur égale, sans baisse de tension ?

Elle se sentait coupable. Comment était-il possible qu'elle n'ait rien vu, rien senti ? Bien sûr, l'enfermement volontaire de Paul l'avait inquiétée, mais elle le connaissait excessif en tout ce qu'il vivait ou entreprenait, et sa décision de prendre le taureau par les cornes en s'infligeant une retraite coupée de tout lien avec l'extérieur lui avait semblé finalement conforme à l'image qu'elle avait de lui. La prolongation de son internement avait bien réveillé ses craintes, mais de là à l'amener à imaginer le pire…

Et si finalement elle n'avait pas voulu voir ? Pas voulu se rendre à l'évidence de la profonde et réelle souffrance qui le minait. Luttant avec ses propres démons, par souci d'autoprotection, ne se serait-elle pas égoïstement voilé la face, minimisant les faits à défaut de les refuser ?

Aussi, depuis le coup de fil matinal de la clinique, comme un catalyseur, l'annonce du suicide de Paul avait concomitamment à sa peine, réouvert des plaies qu'elle croyait solidement cicatrisées. Elle comprit assez vite que les larmes qu'elle versait provenaient également de sa propre source que, naïvement, elle pensait tarie.

Le souvenir renaissant de son éphémère passade avec Paul ne cessait de lui rappeler à quel point elle souffrait du vide affectif qui la minait depuis presque trois ans.

Ils avaient collaboré sur un important dossier que Paul avait remporté, et de réunions tardives en pots partagés entre collègues, elle s'était laissé séduire par l'enthousiasme communicatif de ce brillant consultant. Tout en lui l'électrisait. Son charisme naturel, son dynamisme hors norme, son humour noir, souvent acide, toujours juste, cette capacité à alterner des épisodes de vie d'un sportif de haut niveau et ceux d'un noceur impénitent l'avait fascinée. Mais elle avait aussi rapidement compris que sa capacité à s'engager sur des projets professionnels ou sportifs était diamétralement opposée à sa frivolité sentimentale.

Dès le départ, Paul avait été clair, leur flirt serait sans avenir, juste une parenthèse festive et torride entre deux adultes consentants. Elle avait pourtant espéré, aiguillonnée par la fréquence et l'intensité de leurs ébats. Comment deux corps pouvaient-ils jouir autant l'un de l'autre sans que les âmes aient leur mot à dire ? C'était impossible, et un jour, elle en était persuadée, il changerait, un jour, il l'aimerait. Forte de cette conviction, elle s'était adonnée avec délectation au tempo de vie de son amant. Il lui fit découvrir ébahie, puis rapidement complice, un nouveau monde où tout était excessif : la fête, la baise, l'alcool, la coke et l'électro composaient un cocktail détonant qu'ils consommaient ensemble plusieurs nuits par semaine. Alors qu'elle était plutôt de nature couche-tôt, elle s'était étonnée de sa résistance, galvanisée par la frénésie de sa nouvelle vie, subjuguée par la vitalité de son nouveau réseau.

Quelque temps après le début de leur histoire, Paul l'avait invitée à un week-end à La Baule. Ils devaient rejoindre un groupe d'amis dont l'un d'eux avait une maison de famille en plein cœur du quartier Saint-Benoît, à deux pas de la plage. Ils pourraient ainsi écumer les bars et restaurants du quartier du casino. Pas encore un moment en amoureux, se fit-elle la réflexion, mais elle faisait désormais partie de ses plans.

Ils firent la route comme un vieux couple, elle, dormant à poings fermés, profitant d'un sommeil récupérateur, lui, absorbant les tristes nouvelles du monde distillées par la radio. Ils arrivèrent sur les lieux en fin d'après-midi. Patrick, le propriétaire, les accueillit chaleureusement. Quadra ventripotent, il était affublé d'une brune siliconée qui aurait eu toute sa place dans l'émission « Les Marseillais contre le reste du monde ». Les premières bribes de conversation ne rassurèrent pas Nathalie sur le déroulé à venir du séjour, d'autant que le troisième couple, longtemps bloqué dans les bouchons parisiens, ne les rejoindrait au restaurant qu'en fin de soirée. Il allait donc falloir composer avec Aldo Maccione et Loana durant tout le repas.

Comme à son habitude, ce fût Paul qui anima le dîner, aidé en cela par deux bouteilles de « Côte Rôtie » et les blagues plutôt drôles, si ce n'est fines, de son ami. Se contentant de pouffer à chaque saillie de son riche amant, Vanessa n'illumina pas outre mesure les débats, si ce n'est par la très bouillante tenue sexy qu'elle portait. Ces deux-là s'étaient rencontrés il y a un peu plus d'un an, à l'occasion d'un enterrement d'une de leurs connaissances communes, décédée d'un accident de VTT. Patrick avait eu un véritable coup de foudre pour cette brune incendiaire, esthéticienne et confidente occasionnelle de la sœur du défunt. Il s'était aussitôt lancé dans une drague à la hussarde qui n'avait pas laissé insensible l'amie éplorée. Dès la première nuit, ils se découvrirent de très nombreux points de convergence, et formaient depuis lors un couple disparate, mais somme toute assez solide.

L'ambiance décolla réellement avec l'arrivée d'Antoine et de Cassandre. Fourbus par l'exténuante sortie embouteillée de Paris, puis par un voyage effectué sous une pluie battante, ils n'aspiraient qu'à « rattraper leur retard » et faire la fête. Leur fougue fit du bien à tout le monde. La cinquantaine sportive, le teint hâlé et les cheveux triomphants, Antoine dirigeait une petite agence de communication, spécialisée dans l'acquisition de leads commerciaux. Il travaillait pour Insights depuis les années Laurent Dostes et s'était lié avec Paul lors d'un événement client qu'il avait organisé. Cassandre, son amie, officiait comme traductrice dans l'édition. Fille de diplomates, elle avait enchaîné les déménagements sur tous les continents, à des âges où l'on apprend aussi facilement à parler une langue qu'à s'approprier la règle d'un nouveau jeu. Ses cheveux courts, noir corbeau, mettaient en valeur un visage équilibré que venait illuminer un regard plein de malice. Nathalie n'avait pas spécialement fait attention à sa silhouette, mais il exhalait spontanément de cette femme, une sexualité brute.

On commanda de nouvelles bouteilles, deux salades sommaires car, « désolé – le – chef – est – parti – il – est – déjà – vingt-trois-heures », et la bonne humeur s'installa dans la conversation qui, et c'est généralement bon signe, n'aborda pas le « et toi tu fais quoi dans la vie ? ». On parla restaurant à ne pas rater, kite, musique, souvenirs de soirée, du dernier livre de

Nicolas Mathieu, du prochain film de Gilles Lelouche, et, « vous ne devinerez jamais la dernière », la voisine de Patrick, au look de Versaillaise coincée qui avait tenté de l'embrasser alors qu'il était venu lui apporter un colis livré chez lui par erreur. Tout le monde s'était étonné qu'il ne profite pas de l'occasion, Patrick ayant, semble-t-il, la réputation d'un jeune lapin.

« Vous délirez, elle a presque soixante-dix ans !

— Non, tu déconnes ?

— Cela étant, elle a encore du charme…

— Et tu as réagi comment ?

— Oui, tu lui as dit quoi à cette pauvre femme ? Tu te rends compte de l'affront subi ? Du désir inassouvi, du fantasme de l'amant que l'on saute occasionnellement, à l'occasion de la fête du village ou de la nouvelle année. Cassandre avait vite "rattrapé" son retard et semblait particulièrement en forme et à l'aise sur ce type de sujet.

— Qu'est-ce que tu voulais que je lui dise, j'étais super gêné, je sais plus trop, je lui ai parlé de toi, que j'étais amoureux… dit-il dans un large sourire commercial à destination de sa muse.

— Ouuuuuuuuh comme c'est mignon. La tablée s'esbaudit bruyamment, tapant sur les assiettes ou faisant tintamarrer leurs verres. Espiègle, Vanessa se pencha sur la table et entama un énorme patin à Patrick sous les ovations de la clique désormais à l'unisson d'une joyeuse ivresse.

— Bon et si on y allait maintenant proposa Cassandre ? Juste le temps de me changer et on se retrouve là-bas ? »

Nathalie, en vain, tenta d'interroger Paul qui en parfait chef d'orchestre semblait gérer la situation. Apparemment, tout le monde sauf elle était au courant de la suite du programme.

« C'est parti ! On prend chacun nos voitures pour être autonomes ?

— Oui, c'est plus prudent, confirma un Patrick rougeoyant. »

Paul roulait paisiblement sur le remblai déserté de voitures. La lune venait de se lever et jetait sur la mer ses éclats dorés. Il faisait bon et un air iodé s'immisçait par les fenêtres entrouvertes, marquant l'instant de son empreinte salée. Il semblait heureux.

« Où va-t-on ?

— Tu me fais confiance ? s'amusa Paul.

— Pas sur tout, tempéra Nathalie.

— On va faire la fête avec de vrais gentils. On va danser, chalouper, boire, se prendre un peu de md, rire, dire et faire des conneries, sans le stress d'avoir à se lever demain matin… On va vivre un beau moment de liberté, tout simplement… On va vivre… ON VA VIVRE ! » exulta-t-il. Une gaieté enfantine semblait l'habiter, et le regard qu'il posa sur elle suffit à l'emplir d'une douce euphorie.

Ils volaient maintenant à 60 mètres au-dessus de l'estuaire de la Loire. L'asphalte du pont de Saint-Nazaire produisait un roulement ronronnant et rassurant. Même le balisage lumineux semblait prendre part aux festivités en offrant à leur vue de chatoyants reflets, qui, tels des poteaux colorés, se perdaient dans l'eau noire du fleuve royal.

La bonne humeur et l'insouciance de Paul s'emparèrent de Nathalie. C'est lui qui a raison, se dit-elle, lâche-toi un peu et profite de cette nuit.

Pourtant, malgré ses bonnes résolutions, elle se cabra lorsqu'ils arrivèrent à destination.

« Le "liberty station" ? C'est quoi cette connerie ? Rassure-moi là… »

L'œil rieur de Paul ne laissa aucune ambiguïté quant à la réponse à venir.

« Tu m'emmènes dans une boîte échangiste sans me demander mon avis ? »

Hésitant entre colère et amusement, Nathalie n'avait pas encore pris sa décision quant à l'attitude à tenir. Elle râla par principe, attendant de voir la réaction de Paul pour faire pencher la balance d'un côté ou de l'autre.

« Pourquoi tu ne m'en as pas parlé avant ? Tout le monde est au courant sauf moi…

— Eux sont des habitués. Je voulais te faire une surprise, je suis sûr que tu vas adorer. Maintenant si tu veux rentrer à la maison, pas de problème. »

Le conflit intérieur de Nathalie dura peu de temps, sa curiosité prenant rapidement le dessus.

« C'est quoi le programme ? Tout le monde baise tout le monde ?

— Disons que c'est un peu plus subtil que cela. Le territoire de jeu est assez large mais tu ne feras que ce que tu as décidé de faire. Tu verras, les gens sont très respectueux. Un simple regard suffit à dire non… Et on peut se fixer des règles si tu veux.

— Genre ?

— C'est toi qui guides la soirée par exemple… Tu décides du programme pour nous deux.

— Toi t'es un vrai gros malin, s'esclaffa Nathalie avant de l'embrasser. »

La première chose qu'elle remarqua fut l'odeur, un mélange appuyé de menthe poivrée et de gingembre qui l'enveloppa dès qu'elle eut franchi le seuil. Était-ce du marketing sensoriel ou bien la volonté de masquer les effluves des corps dansants ou emmêlés, toujours est-il que cela eut pour mérite d'aussitôt la détendre.

A priori, rien ne semblait distinguer le lieu d'une boîte traditionnelle. Un long bar capitonné flanqué de fauteuils rococo faisait face à la piste de danse. Des lumières bleutées éclatées en mille faisceaux par d'inévitables boules à facettes inondaient le plafond. Au fond, quelques banquettes et des tables basses accueillaient dans une ambiance plus cosy plusieurs couples engagés dans d'apparentes sages discussions.

Ils s'installèrent à l'écart et commandèrent deux gin-tonics en attendant les autres.

« À quoi trinquons-nous, questionna Nathalie ?

— À la vie !

— À la vie qui nous offre cette belle soirée ! » reprit-elle gourmande.

Il était bientôt une heure du matin, la bande était au complet depuis longtemps, et à sa grande désillusion, rien de scandaleux ne s'était encore produit. Il y avait bien quelques couples qui se frottaient sur la piste, d'autres se pelotant allégrement sur des canapés, les mains disparaissant dans d'accueillants entre-jambes, mais jusque-là, rien de bien exceptionnel.

Le parachute de md qu'ils s'étaient partagés commençait à faire effet et tout semblait tourner au ralenti. La musique, assez insipide jusque-là, semblait devenir vivante, amenant chacun à chalouper. Les paroles s'espaçaient, les sourires s'élargissaient, les yeux se fermaient pour mieux profiter de l'instant.

Cassandre la tira de sa rêverie.

« Ça te dirait de visiter ?

— Visiter quoi ?

— Viens. »

Leur départ ne provoqua aucune réaction, tout juste une moue amusée de Paul. Main dans la main, elles traversèrent la piste et empruntèrent un escalier pour se rendre à l'étage. Un couloir aux murs carmin et couverts d'estampes explicites les escorta jusqu'à la mezzanine d'où la musique semblait assourdie, les notes étant accueillies au sein d'épaisses tentures de velours. Cassandre, à voix basse, lui expliqua en minaudant que c'était une soirée

« sans », pas assez de monde et une alchimie qui ne prenait pas entre les personnes présentes.

Elle dirigea la visite comme une maîtresse de maison, expliquant avec moult détails l'utilité des accessoires, le choix du positionnement des fauteuils, sofas ou lits, ses propos émaillés d'anecdotes vécues faisant grimper Nathalie en température. En pleine montée, agréablement déchirées, elles marchaient maintenant côte à côte, se tenant par la taille, les sens aux aguets, à l'affût du moindre gémissement ou mouvement de bouche, de corps entrelacés. Hélas pour elles, tous les espaces censés accueillir ce qu'elles brûlaient de découvrir étaient vides comme autant de scènes dépourvues d'acteurs. Il n'y aurait pas de spectacle ce soir.

« Tu veux découvrir mon endroit préféré ?

— Allez… »

Toutes deux savaient maintenant ce qui allait se passer et s'en réjouissait à l'avance, chacune à sa manière. Cassandre heureuse d'initier cette belle Parisienne aux plaisirs saphiques, Nathalie s'amusant de jouer un tour à Paul en décidant du programme, comme il le lui avait gentiment proposé.

Ce fut doux, facile, naturel. Et extraordinairement jouissif.

Elles s'étaient revues dès leur retour à Paris, et ce que Nathalie avait pensé n'être qu'une plaisante expérience sans lendemain s'était avéré au contraire comme la naissance d'une brève mais intense liaison. Ce fut pour elle la découverte d'un nouveau territoire du possible, et désormais, elle savait qu'elle pouvait également aimer une femme.

Cela coupa net la relation de « fuck buddy » avec Paul, comme si la révélation de sa bisexualité l'avait rendue plus forte, plus exigeante aussi quant à la qualité des histoires qu'elle souhaitait entretenir.

Nathalie s'était toutefois longtemps demandé comment aurait évolué l'aventure et quel en eut été l'épilogue, si Paul avait été dans une période de préparation sportive. Sans soirée, sans sortie, sans alcool. Juste elle et lui. Est-ce qu'elle aurait su se faire aimer, l'attirer dans sa toile amoureuse ? Peut-être n'aurait-elle pas eu sa place, sacrifiée sur l'autel de la performance à tout prix ou simplement de son effroyable égocentrisme ?

Toujours est-il qu'ils restèrent proches et complices, s'épaulant professionnellement le jour et enchaînant les fêtes la nuit, excepté ses périodes d'entraînement, c'est-à-dire au moins quatre mois par an. Étant désormais parfaitement intégrée au gang de noceurs, elle continuait sans lui, le laissant alors se métamorphoser en champion provisoire.

C'est dans ce continuum d'excès et d'abandon qu'elle passa ces dernières années, enchaînant les passades, multipliant les tocades, tentant de combler ses vides par des plaisirs aussi furtifs que superficiels. L'impression d'un coloré mouvement permanent, sans racine ni fondation, d'avoir perdu toute forme de sens.

Et cette intuition soudaine qu'il fallait y mettre un terme.

La sonnerie du téléphone stoppa net les divagations de son esprit affligé. C'était Olivier. Elle avait tenté de le joindre à de nombreuses reprises et lui avait laissé plusieurs messages bien qu'elle eut compris très vite qu'il serait injoignable, trop occupé à vivre pleinement son nouvel amour. Elle sourit timidement en l'imaginant, ce nounours rustre, folâtrer avec l'élégante Laurence, lui qui s'était juré à jamais de vivre une abstinence sexuelle. Des trois comparses, c'était bien le dernier qu'ils auraient imaginé vivre une passion aussi intense.

Elle décrocha et lui annonça sans fard ni ménagement la tentative de suicide de Paul, son coma, l'absence d'information précise des médecins. Elle perçut physiquement la douleur qui sembla s'emparer d'Olivier lorsqu'elle eut terminé son annonce, mais n'eut pas la force de le consoler ni de le rassurer. C'était déjà difficile pour elle de ne pas perdre pied qu'elle conclut aussitôt l'entretien en promettant de revenir vers lui dès qu'elle aurait une information à partager.

Elle reprit sa position sur le canapé, ses bras enserrant ses genoux, comme un coussin protecteur. Dehors, le temps semblait doux. Une brise faisait tournoyer les feuilles du peuplier qui faisait face à sa terrasse. La pluie avait cessé avec l'arrivée du jour, laissant place à un soleil réparateur. Un claquement de porte l'informa du départ à l'école de son jeune voisin. Dans quelques minutes, il serait suivi de son père qui dévalerait quatre à quatre les étages qui le séparaient de son parking.

« The show must go on », avec ou sans Paul. Avec ou sans moi, se fit-elle la réflexion.

Elle se leva pour se préparer un thé. Elle s'était suffisamment apitoyée sur elle-même. Il ne fallait plus s'attendrir et tenter de reprendre le dessus. Reprendre le cours de sa vie qu'elle avait laissé filer depuis trop longtemps. Hors de question qu'elle finisse comme Paul.

La certitude qu'il fallait réinventer son quotidien s'imposa à elle soudainement. Cesser de se perdre et de se brûler les ailes aux lumières de la nuit. Vivre plus sainement et chercher un nouvel équilibre. Peut-être, se remettre au sport ? Manger plus équilibré ? Arrêter de fumer ? De boire ? De se poudrer le nez à longueur de fêtes ? À mesure qu'elle avançait dans sa quête de solutions pour sortir de cette vie qui l'effrayait soudainement, l'idée qui avait récemment germé dans ses pensées s'imposa comme évidente et essentielle, quoique radicale. Il fallait qu'elle coupe les ponts. Changer de vie nécessitait de changer de fréquentations.

Elle prit sa décision son thé à peine terminé. Voilà bientôt trois mois que Paul était hors circuit et elle ne s'en portait pas si mal finalement. Ses prochaines années se feraient donc loin de lui.

Et pour commencer, elle ne se lancerait pas à ses côtés dans son projet de création de société.

Chapitre XXI
Renaissance

Un rictus d'incompréhension animait le visage joufflu du docteur. Encadré par d'épaisses lunettes rondes d'un rouge clinquant, son air dubitatif témoignait des doutes qui semblaient l'habiter. Il prit la parole.

— À la fac, j'avais un prof qui avait coutume de dire qu'il ne fallait pas chercher une explication rationnelle à tout. Que la vie avait sa part de mystère et qu'il fallait parfois savoir dire « je ne sais pas ». Il devait certainement faire référence à des cas comme le vôtre.

Confortablement installé dans son lit d'hôpital, le dos calé par un épais oreiller, Paul l'observait avec acuité, habité d'une impatiente vitalité. L'urgentiste enchaîna.

« Le cocktail de médicaments et d'alcool que vous avez pris aurait pu tuer un bœuf. Je ne comprends pas que vous soyez toujours en vie. Surtout dans cette forme apparente. Mais je ne vois pas comment je pourrais décemment vous laisser sortir aujourd'hui. Ce serait trop dangereux. »

Paul accrocha le regard du neuropsychiatre.

« Je comprends vos hésitations. Je suis comme vous, je ne m'explique pas cette situation, mentit Paul. Mais toujours est-il qu'elle a agi comme un détonateur. Je me sens bien. Mieux que cela, je me sens neuf. J'ai le sentiment que tout cela m'a permis de remettre les compteurs à zéro. Pour tout vous dire, je crois que je ne me suis jamais senti aussi vivant. »

La voix de Paul était claire, posée, d'une autorité naturelle. Il reprit son argumentaire, goûtant avec délectation la nouvelle puissance qui l'habitait.

« Vous m'avez dit que mes examens étaient excellents, que j'étais au top. Alors ? sourit-il. Si besoin, je vous signerai une décharge. »

Il ne tint pas compte de la moue désapprobatrice du médecin et rayonnant, compléta,

« Je suis guéri. Vraiment guéri. C'est fini, croyez-moi. »

Paul avait été retrouvé au petit matin par l'infirmière venue lui servir son petit déjeuner, inconscient, agonisant sur le sol de sa confortable chambre de la clinique du château, gisant dans une mare de vomi, ses draps souillés d'excréments et d'urine. Une bouteille vide de vodka et trois boîtes de Tercian avaient été retrouvées sur la table de chevet.

En bientôt trente ans d'exercice, le docteur Clairet n'avait jamais rencontré de pareille situation. Si les cocktails médicaments/alcool étaient rarement mortels, les suicidaires ne présentaient pas un tel bilan physiologique quelques heures après leur geste. Surtout s'il avait généré comme dans le cas présent, détresse respiratoire et coma.

La façon dont le miraculé s'exprimait, le regardait, la sensation diffuse d'être manipulé, tout dans cette histoire le mettait mal à l'aise. Quelque chose clochait chez lui, mais il était incapable de dire quoi. Il décida d'interrompre la conversation et de se donner un temps de réflexion.

« Laissez-moi un moment pour réfléchir. On en reparle après le déjeuner. Pour l'instant, reposez-vous, vous en avez besoin, même si vous pensez le contraire. »

Olivier Clairet venait de décider d'appeler le spécialiste en charge de Paul à la Clinique du Château. Il voulait en savoir plus sur la résilience inouïe de ce type hors norme et tenter d'obtenir des informations visant à étayer sa décision de tenter de le garder en observation ou bien de le laisser sortir. D'un point de vue purement physique, rien n'était alarmant, tout semblait être rentré dans l'ordre, comme si rien ne s'était passé. Lorsqu'il avait reçu les résultats du bilan sanguin, il avait même appelé les experts du laboratoire pour vérifier s'ils ne s'étaient pas trompés tant les données lui avaient semblé hallucinantes. Le taux de ses gamma gt et de ses transaminases était celui d'un sportif accompli, pas d'un suicidaire qui venait d'avaler ce qui aurait dû le terrasser ou, à tout le moins, laisser de profondes empreintes sur son organisme.

Compléter ce surprenant bilan par des informations sur la santé mentale de Dubois l'aiderait certainement à se forger une opinion.

Il fut agréablement surpris par l'accueil et la prise en charge de son appel, et très rapidement, entra en conversation avec son confrère Éric Bernard.

« Bonjour, je suis Olivier Clairet, de l'hôpital Foch à Suresnes. C'est moi qui ai récupéré votre patient suicidaire, Paul Dubois.

— Ah oui, Paul Dubois, répondit le psychiatre d'un ton énigmatique… Comment va-t-il ?

— Bien. Il va étonnamment bien. Comme s'il avait eu une nuit agitée par de mauvais rêves. Sans plus. Et il me demande de sortir. C'est pour cela que je vous appelle, j'aimerais savoir s'il représente un danger pour lui, ou éventuellement pour autrui… » Clairet perçut comme une hésitation dans la réponse de son confrère, une gêne, que vint renforcer un profond soupir. Il enchaîna :

« Il y a un problème dont vous voudriez me parler ?

— L'insaisissable Paul Dubois, reprit son médecin sur un ton embarrassé. C'est le surnom dont il a été rapidement affublé par les infirmières. Voilà bientôt trois mois qu'il était chez nous, et pour être franc, je n'ai jamais réussi à poser un diagnostic certain sur sa pathologie. »

« Foutue clinique privée », pensa Clairet. « Tu ne sais pas ce qu'à ton client, mais tu le gardes trois mois. Remarque, au prix où doivent être les chambres… » Il connaissait la clinique de réputation et savait que seuls de riches malades pouvaient y être accueillis. Tout cela était loin de la conception de la médecine qu'avait Olivier Clairet, mais il se garda bien de faire la moindre réflexion et resta sur une ligne purement professionnelle.

« Pour quelles raisons était-il chez vous ?

— C'est lui qui a décidé de se faire interner après avoir fait un premier malaise. Il a subi de nombreux chocs émotionnels en peu de temps, et tout cela combiné à une intense fatigue physique a déclenché son mal être.

— Alors pourquoi cette difficulté à poser un diagnostic clair ?

— D'abord, sa dépression n'était pas très profonde. Je dirai dans la moyenne de ce que je peux observer. Sur son origine, je vous ai parlé de ses traumatismes, mais vu le caractère du bonhomme, je dirai que ce n'était pas suffisant pour le faire basculer.

— Un manipulateur ? interrogea Clairet avec étonnement.

— Pas impossible… Il y avait aussi ces voix qu'il disait entendre et les apparitions dont il se plaignait fréquemment… Une femme qui le harcelait et qui voulait prendre le contrôle de son existence…

— De la paranoïa ?

— Oui, d'une certaine façon, mais très diffuse, très légère. Suffisant pour justifier un traitement, mais de là à se faire interner… Et puis l'idée qu'il forçait le trait ou se complaisait dans cet état. Il semblait littéralement abattu et en grande détresse mais lorsque j'échangeai avec lui je me trouvai face à quelqu'un de posé, en réel décalage avec l'image qu'il se composait. Et je vais vous faire sourire, pour un peu, je me serai laissé berner.

— C'est-à-dire ?

— Paul Dubois a une capacité de conviction hors norme. Tout cela, combiné à une sincérité désarmante, aurait pu me convaincre de la véracité de ses élucubrations. Et puis il y a eu la visite d'un flic qui voulait l'interroger au sujet du décès de sa coach. À ce moment-là, c'est moi qui me suis fait un film, pensant qu'il se jouait de nous et que son isolement volontaire n'était qu'un artifice pour se faire oublier de la police… Jusqu'à hier matin et sa tentative de suicide.

— Le policier a pu vous éclairer ?

— Non, il ne nous a rien dit. Avant de rencontrer Dubois, il m'a à peu près posé les mêmes questions que vous, dit malicieusement le médecin traitant.

— Oh, désolé si je vais trop loin…

— Non du tout, je comprends qu'il vous étonne et que vous cherchiez à prendre la bonne décision. »

Un court silence s'immisça, chaque praticien cherchant à trouver une conclusion satisfaisante à l'appel. Ce fut Olivier Clairet qui reprit la parole.

« Donc vous ne savez pas si votre hypothèse d'éloignement volontaire tient la route ?

— Non mais je n'ai pas reçu d'instruction de la part de la police. Il est probable qu'il ait été interrogé comme simple témoin, et pas comme prévenu… Je ne sais pas. Tout cela rajoute un peu de confusion. Et vous me dites qu'il est en pleine possession de ses moyens ?

— Oui, tous ses bilans sanguins sont excellents et il pète le feu. Il insiste pour sortir.

— On ne peut pas lui interdire, mais il me semble que quelques jours en observation et le maintien de son traitement seraient plus prudents. Et si dans quarante-huit heures tous les signaux sont au vert… Après ce ne sera plus de notre ressort. Qu'en pensez-vous ? »

Le docteur Clairet avait mis fin à l'entretien sans obtenir ce pour quoi il avait appelé. Son confrère, loin de lui fournir des réponses claires, semblait flotter dans le même halo d'incertitudes que lui. Rien dans leurs échanges n'avait pu le convaincre de la justesse de l'un ou l'autre jugement qu'il avait à rendre.

Il enchaîna ses consultations, l'esprit occupé par « l'insaisissable » Paul Dubois. À quinze heures, profitant d'une accalmie dans son service, il décida de lui rendre visite afin de lui faire prendre conscience des risques qu'il prenait s'il sortait aussi vite. Il voulait lui proposer une nouvelle batterie d'examens tant les résultats des premiers lui semblaient extraordinaires. Ensuite, il aviserait, mais comme l'avait dit son confrère, s'il voulait partir, rien ne pourrait l'en empêcher.

Il emprunta un ascenseur fatigué et les couloirs aux peintures défraîchies achevèrent de le renfrogner. C'est agacé qu'il pénétra dans la chambre de Paul.

Il n'était plus là.

Une femme de ménage s'affairait à refaire le lit, tandis qu'une autre briquait le lavabo de la minuscule salle de bain, veillant toutes deux au confort du prochain occupant. Un chariot de service trônait au milieu de la pièce, témoin silencieux du départ impromptu de son miraculé locataire.

Quelle connerie, pensa Clairet en reprenant le chemin de son bureau.

Souriant, Paul marchait d'un pas vif dans les couloirs du métro. Les sens en éveil, il se délectait d'une inédite perception de son environnement. Le sifflement des rames qui se croisaient, les couinements aigus du freinage, même l'air saturé d'effluves gras et lourds le ravissait. Après trois mois d'isolement, retrouver ses semblables et le théâtre du monde lui semblait jouissif, et c'est avec empressement qu'il se dirigeait vers son appartement.

Il avait reçu le rapport d'expertise il y a quelques jours et il savait son logement inhabitable, ravagé par la conflagration qui avait déclenché son internement volontaire, mais il ressentait en ce moment particulier de sa vie, le besoin de retrouver ce lieu si essentiel à son équilibre. Le simple fait de constater les dégâts par lui-même lui permettrait de faire face à la réalité et de finir son deuil de cet écrin qui l'avait si chaleureusement accompagné ces dernières années. Il pourrait ainsi évaluer les travaux à mener et, peut-être, déciderait-il tout simplement de se trouver un nouvel endroit pour vivre, afin d'écrire un nouveau chapitre de son existence. Instinctivement, il savait que, quelle que soit sa décision, son choix serait le bon et l'assurerait de rebondir. Une confiance retrouvée en l'avenir le guidait. Il ne se sentait plus seul.

L'annonce de la station « Boulogne Jean Jaurès » le tira de sa rêverie.

Un ciel d'un azur immaculé l'accueillit au sortir du métro. La rue était calme, presque silencieuse, tranchant avec le ballet agité et tintamarresque des hordes de voyageurs. Assis en terrasse, un client profitait de son café en lisant son journal. Une vieille dame, le dos courbé, tirait en boitillant son chariot en direction du Monoprix voisin. Un père pressé trottinait en tenant la main de son enfant, couvé du regard par une automobiliste arrêtée au feu.

Tout dans ce moment ordinaire semblait conforter Paul dans le choix radical et abracadabrantesque qu'il se souvenait avoir effectué.

Se souvenait, ou rêvait d'avoir effectué ?

Depuis son réveil à l'hôpital, Paul alternait en courtes boucles, doute, incrédulité, et acceptation. Son cerveau fonctionnait à plein régime, à la recherche d'une preuve qui lui échappait, mais il n'arrivait pas à apporter des réponses claires à ses interrogations. Avait-il imaginé l'épisode d'Iris et de son suicide accompagné ? Comment se faisait-il qu'il soit encore en vie et en si bonne forme après avoir absorbé ce que le docteur Clairet avait qualifié de mortel ? Et surtout d'où venait cette parfaite sérénité qui l'habitait ? Et cette impression d'invulnérabilité ? Cette clairvoyance ? Lui qui il y a encore quelques jours était au fond du trou, en proie à une sérieuse dépression. Alors venait le temps de l'acceptation. Après tout, n'était-il pas agréable de se sentir autant vivant ? Et si la folie était le prix à payer pour accéder à cela, alors il était prêt à y consentir.

Les yeux clos, il inspira longuement et reprit son périple en direction de son ancienne adresse.

Pourtant, malgré la paisible ambiance de son quartier, à nouveau, le cycle infernal de ses pensées reprit le dessus. En un instant, sa tranquillité disparut et la démarche de Paul se fit plus indéterminée. L'assurance qui était sienne il y a encore quelques instants se mua en une sourde inquiétude, et c'est assailli par le doute qu'il arriva sur son palier.

Pourquoi vouloir découvrir ce qui restait de son appartement alors que l'expert avait parlé d'une destruction quasi totale ? Et si la découverte des ruines de son passé le plongeait à nouveau dans les affres de la mélancolie ? Ne serait-il pas plus simple de complètement déléguer la remise en état à un architecte ? Après tout, il savait à quoi s'attendre, à quoi lui servait de s'imposer cette épreuve ?

Paul, immobile, faisait face à sa porte d'entrée. Un silence sépulcral régnait dans l'immeuble vidé de ses occupants partis vaquer à leurs occupations quotidiennes. Clés en main, il resta ainsi un long moment, tiraillé par ses contradictions.

Le souvenir du doux murmure de la voix d'Iris le tira de sa rêverie.

Il se décida enfin à ouvrir la porte.

Le choc qu'il encaissa fut au-delà de tout ce qu'il avait imaginé.

Chapitre XXII
Rage

Interdit, Paul inspectait de loin son logement, n'osant y pénétrer plus avant, de peur d'y rencontrer les ombres qui avaient œuvré en son absence.

Tout semblait avoir été refait à neuf, et plus aucun stigmate n'était visible.

D'un pas hésitant, il franchit le seuil et entreprit la découverte de l'invraisemblable rénovation qui s'offrait à lui.

Les meubles, différents de ceux qui avaient alimenté le brasier, correspondaient en tous points à ses goûts et les quelques modifications de disposition qui avaient été réalisées optimisaient l'espace. Les peintures qu'il aimait tant avaient été remplacées par d'autres œuvres, inconnues de lui pour la plupart, mais là aussi, correspondant à ses choix affirmés. Le dressing avait été alimenté, et il comprit que toutes les pièces avaient été refaites à neuf, exactement dans le style qu'il affectionnait. Il ne prit pas la peine de vérifier les mensurations des vêtements, pressentant qu'elles lui conviendraient.

Tout ce qu'il découvrit avait été choisi et mis en place par quelqu'un qui le connaissait intimement, au-delà même de toute proximité. Quelqu'un qui maîtrisait parfaitement la disposition ancienne d'avant l'accident, et qui, en parfait architecte d'intérieur, avait piloté le chantier pour se rapprocher au plus près du plan initial, ajoutant de-ci de-là une touche de décoration personnelle, toujours en parfaite harmonie avec l'ensemble.

Pas un bibelot, objet, ou luminaire qui ne lui déplaise et, passée la surprise, il se sentît envahit d'une profonde reconnaissance envers ce Saint Thomas providentiel. Pourtant, la raison aurait dû lui intimer de s'alarmer de la situation… Mais la raison n'avait-elle pas fait preuve d'une étonnante élasticité ces derniers temps ?

Comment des travaux d'une telle ampleur avaient pu être réalisés en si peu de temps ? Qui en avait pris l'initiative ? Qui avait financé ? Enfin, comment l'instigateur avait-il une si parfaite connaissance de ses préférences ? Autant de questions qui l'auraient fait paniquer il y a encore peu de temps, parce qu'il n'aurait pas été capable d'apporter de réponse crédible.

Mais il était maintenant convaincu d'avoir les explications, la découverte de la rénovation en étant l'ultime signe concordant. Son physique, sa renaissance, son appartement, tout coïncidait, se complétait, s'éclairait, tout devenait limpide, cohérent.

Iris existait, et ce qu'il vivait depuis plusieurs mois était certes inexplicable, mais pour autant, inexplicable ne signifie pas inexistant.

Il n'était pas dérangé. C'était acquis. Définitivement.

Qui était-elle réellement, son dessein, ses motivations, tout cela n'avait plus d'importance. Les faits convergeaient, le puzzle venait de se reconstituer, évacuant ses derniers doutes, balayant son incrédulité.

Le bruit étouffé et lointain de l'ascenseur le tira de ses réflexions.

Il embrassa d'un regard satisfait l'ensemble de son salon, sublimé par un soleil éclatant qui inondait la pièce.

Se postant devant la porte-fenêtre, Paul retrouva la vue dégagée dont il raffolait tant. À quelques encablures, l'hippodrome de Longchamp trônait majestueusement en bordure du bois de Boulogne. Des pelotons colorés de cyclistes en faisaient inlassablement le tour, loin de toute circulation. Des joggeurs et plusieurs promeneurs entourés de chiens batifolant au gré de leurs envies complétaient l'animation du paysage.

Le silence avait repris possession du lieu, à peine troublé par le ronronnement lointain de l'autoroute A13, et Paul se sentit de nouveau apaisé.

Il perçut sa présence avant d'entendre sa voix.

Comme à chaque rencontre, il sentit monter par toutes ses extrémités un courant d'énergie qui l'envahit en un instant. Il ne fut ni surpris ni apeuré. Il se doutait qu'il la reverrait bientôt.

« Est-ce que cela te plaît ? ».

Paul se retourna. Debout, près du bar, elle l'invita à la rejoindre. Elle portait un élégant smoking bleu marine à même la peau.

« Est-ce que cela te plaît ? » insista-t-elle en lui désignant l'étendue des changements.

Même s'il venait d'admettre son existence, Paul hésita de longues secondes avant de lui répondre :

« Tu doutes encore ? le relança-t-elle. Elle renvoyait une image de toute-puissance qu'il n'avait jamais remarquée.

— Non, c'est justement ça qui est difficile à accepter… Il cherchait ses mots de peur de la froisser.

— Ce qui s'est passé ici ? Ce que tu as vécu depuis quelques semaines ? Ta crainte de perdre la tête ? Moi ? Qu'est-ce que tu as du mal à accepter, Paul ? ». Le ton employé était sans malice, Iris cherchant vraiment à comprendre ce qui gênait son protégé. Une étape décisive venait d'être franchie dans sa mission et il fallait qu'elle s'assure qu'aucun obstacle ne subsiste. Or, malgré les apparences, elle sentait en son nouveau disciple une bouillonnante colère pas encore disparue avec la progression du processus, prête à exploser à la moindre occasion. Elle se devait d'être prudente afin d'éviter qu'au dernier moment, il se refuse à nouveau à elle.

« Je ne suis pas fou, souffla-t-il. Même si je n'ai aucune explication à tout ceci (il fit un geste large pour évoquer les récents travaux), je sais que je ne suis pas fou, insista-t-il calmement.

— Non Paul, tu es bien en pleine possession de tes moyens. Les anciens, et les nouveaux, sourit-elle. As-tu commencé à les percevoir ?

— Cette impression de sérénité ?

— Ce n'est pas qu'une impression Paul… Et cette vie nouvelle qui t'habite… Il acquiesça mollement d'un mouvement de tête. Ceci n'est que le début. Il te faut maintenant aller de l'avant, lâcher prise.

— Mais qu'est-ce que ça veut dire aller de l'avant ? souffla Paul avec agacement, les derniers vestiges de sa rationalité semblant tenter un baroud d'honneur. Iris le sentit et enchaîna sans répondre directement à sa question.

— Le monde abrite différentes réalités et celle-ci est désormais tienne. Il faudra t'y faire. Tu es encore loin de t'imaginer l'étendue de ce que passeur signifie. C'est pourquoi je vais te guider et t'apprendre à canaliser tes pouvoirs, puis à les faire grandir. Et crois-moi, ce n'est pas aisé de les maîtriser pleinement. »

Les yeux dans le vague, Paul semblait perdu, en proie à d'intenses conflits internes. Elle enchaîna,

« Tu as été choisi, et ce n'est jamais par hasard. »

Un lourd silence plomba l'échange. Accepter l'indicible n'est pas chose aisée, a fortiori pour un esprit aussi cartésien que celui de Paul. Comme dans un mauvais trip, son état artificiel était pollué de questions, de doutes. S'il n'était plus tenté de s'enfuir et de nier les faits qui venaient de le submerger, il sentait avoir besoin d'explications et d'un semblant de rationalité pour avancer. De son côté, Iris tentait de jauger Paul et d'anticiper sa réaction, et si elle percevait bien le flottement de son poulain, elle n'arrivait pas clairement à identifier la marche à suivre. Ce fut Paul qui reprit l'initiative d'un ton agacé.

« Écoute, d'abord il faut que tu m'aides, je ne peux pas continuer sans comprendre un tant soit peu ce qui se passe… J'ai besoin de savoir ce qui se trame… Pourquoi moi, ce que tu attends de moi… Et passeur… Qu'est-ce que ça signifie ? Tu comprends que je puisse être totalement largué ?

— Oui, je crois comprendre. Moi aussi j'ai dû découvrir la même chose au début… Mais tout cela n'a plus d'importance aujourd'hui. Je vis pleinement ce que je suis, avec une telle intensité que seule ma mission compte.

— Oui, sourit-il tristement, je crois me souvenir, tu n'as pas de passé et pas d'avenir… Mais moi j'en ai un… J'y compte bien… »

Avec grâce, Iris se plaça en face de Paul et lui prit les deux mains afin de renforcer le lien qui les unissait et qu'elle sentait s'évaporer de façon alarmante. En cet instant si particulier, Paul ne put s'empêcher d'un coup d'œil concupiscent tant Iris lui sembla plus désirable que jamais. Tout en elle exprimait une sensualité torride et pour un peu, si la situation s'y était prêtée, il aurait tenté sa chance.

« Je me suis réveillée dans ta chambre il y a de cela quelques mois…

— Réveillée dans ma chambre ?

— Ne m'interromps pas, je vais essayer de te donner les réponses aux questions que tu te poses. Était-ce un réveil, une renaissance, une résurrection… Je ne saurai te dire, mais j'ai vite reconnu ce que j'avais déjà ressenti un certain nombre de fois.

J'ai ensuite découvert ce corps qui ne m'appartient pas vraiment mais qui est à chaque fois pensé pour être agréable aux yeux de l'élu. Sur ce point, je crois que le stratagème a fonctionné, s'amusa-t-elle. Comme un collégien pris sur le fait, Paul baissa la tête et ne put réfréner un sourire. Il en profita pour reprendre la parole :

— Es-tu la seule… Il allait continuer, "de ton genre" mais se retint au dernier moment.

— Non, je ne crois pas. Mais je te l'ai déjà dit, je n'ai de vécu et de connaissances qu'en rapport avec ma mission.

— Et tu me dis être la plus heureuse des femmes ?

— À quoi sert la mémoire, quelle est l'utilité de la conscience si ce n'est à ressasser de vieilles rengaines mortifères ? Es-tu satisfait de ta vie ? Te sens-tu détaché, léger ? Ta réalité te satisfait-elle ou aspires-tu à une autre existence ? Je ne me souviens plus qui je suis vraiment et quel est l'ordre qui me gouverne mais est-ce vraiment l'essentiel ? Je sais quelle est ma place en ce moment, pourquoi je suis là, et cela me suffit amplement. »

Comme pour appuyer ses dires, son visage exprimait paix et tranquillité, illuminé par un regard rayonnant de bonheur. Tout en elle semblait en parfaite congruence avec ses propos.

Pour autant, la magie des premières rencontres semblait moins forte pour Paul. Certes, il ressentait d'incroyables poussées et avait bien retrouvé cet état hypnotique, mélange détonant et surpuissant d'endorphines et de dopamine, mais il n'arrivait pas complètement à se départir ni à expliquer une gêne diffuse mâtinée de rejet.

— Et tu es là pour moi, pour me guider reprit-il d'un ton narquois.

— Oui et cela commence par te faire accepter la situation. Cette opportunité de réinventer ta vie, de lui donner une nouvelle dimension. Et d'accéder de façon permanente à cette plénitude que tu connais désormais.

— C'est toi qui es à l'origine de tout ce qui s'est déroulé récemment ?

— Pas de tout, mais j'ai fait ce qui était nécessaire pour ton bien admit elle.

Avec un léger mouvement de recul, Paul retira ses mains de celles d'Iris, rompant ainsi le fil censé les rendre fusionnels.

— Il faut que tu m'expliques…

— Mon rôle est de t'aider à faire face aux événements qui doivent te faire basculer. Te soutenir et t'aider à décider… Devenir passeur implique de briser certaines attaches qui pourraient te freiner dans ton cheminement… D'accepter de perdre son équilibre pour mieux le retrouver.

— Sophia… Souffla tristement Paul pour qui le charme continuait de s'amoindrir.

— Elle t'aurait apporté des explications qui se seraient révélées néfastes pour toi…

— Néfastes ? Et c'est pour cela que tu l'as tuée ?

— Je n'y suis pour rien, c'était écrit avant même que nous soyons connectés.

— Alors quoi ? Toi, qu'est-ce que toi tu as fait ? s'emporta Paul.

— Le feu, chez toi. Il fallait te faire perdre pied, mais cela n'a pas été suffisant.

— Et alors ?

— Je t'ai donné à la police, puis je t'ai sorti de ses griffes.

— Qu'est-ce que tu racontes ?

— Tu te souviens de l'enquêteur qui est venu te voir à la clinique ?

— Oui, ça a été la seule personne en dehors des soignants avec laquelle j'ai échangé durant mon séjour. Le souvenir d'un type partageant la même passion que lui remonta à la surface, de même que la désagréable intuition qu'il était venu interroger un suspect.

— Tu as longtemps résisté au processus et je ne parvenais plus à entrer en relation avec toi. Tu me fuyais, niant même jusqu'à mon existence. Je devais faire quelque chose de plus déstabilisant. Attendant une réaction qui ne vint pas, tant Paul semblait terrassé, elle reprit.

— J'ai pensé que si la police t'arrêtait, si tu étais inculpé d'assassinat, tu ferais de nouveau appel à moi afin que je t'aide.

— Inculpé de quoi ? Tu délires, s'indigna Paul.

— Un passeur possède beaucoup de dons, sourit Iris. Disons que j'ai construit et disséminé suffisamment d'indices crédibles pour que tu sois arrêté.

— C'est n'importe quoi ! T'es complètement malade. Ignorant sa résistance, Iris enchaîna.

— Mais j'ai pu finalement réussir à renouer le dialogue alors que je ne m'y attendais plus. Et tu as accepté de me suivre, rendant inutile mon stratagème.

— Qu'est-ce qui s'est passé ensuite ?

— L'inspecteur n'est plus un problème et la police va t'oublier durant quelques semaines. Ce devrait être suffisant…

— Attends, qu'est-ce que ça veut dire ? l'inspecteur ne t'embêtera plus ? cria Paul. De puissants acouphènes tambourinaient dans ses oreilles. Son cœur tonnait, frappé à chaque battement par un invisible maillet. Tout son corps lui faisait mal, torturé par de lancinantes banderilles de dégoût.

Un froid paradoxal le pénétra de la tête au pied, le ramenant à une réalité qui lui répugnait. Sentant Paul la quitter, Iris tenta en vain de le ramener à elle.

« Putain qu'est-ce que ça veut dire ? hurla Paul, tu l'as tué lui aussi espèce de sorcière ? »

Sans attendre sa réponse et emporté par une rage incontrôlable, Paul s'empara du lourd cendrier à cigare qui trônait sur le bar et frappa Iris à la tête. Elle ne chercha pas à esquiver le coup comme elle aurait pu le faire. Paul venait de prendre une décision. Pas celle qu'elle aurait voulue, mais elle se devait de la respecter. C'était ainsi. Il devrait désormais affronter seul les prochaines étapes.

La violence du choc la projeta de côté et elle s'affaissa sur le sol, sans un bruit, presque avec élégance. Alors qu'un filet noirâtre commençait à perler de son crâne défoncé, Iris se prépara pour un nouveau sommeil qu'elle pressentait perturbé.

Faisant lentement le tour du bar, Paul, atterré, contemplait le corps inerte. Ce qui n'était que quelques larmes de sang se transforma rapidement en un flot qui, semblable à un torrent de lave, s'étalait grassement sur le sol. Une soudaine nausée s'empara de Paul qui se précipita aux toilettes.

Il se vida durant de longues minutes, en proie à d'inquiétants spasmes. Ruisselant de sueur, il s'imaginait que sa vie se perdait en cette multitude de miasmes visqueux qui s'échappaient de lui.

Quand enfin il se sentit mieux, il se rinça longuement la bouche et s'aspergea le visage d'eau. Perdu, glacé à l'idée de ce qui allait maintenant se passer, il se dirigea vers le salon pour appeler la police. C'était la seule chose censée à faire.

Arrivé dans la pièce, il se figea, les yeux rivés sur son parquet immaculé.

Iris avait disparu.

Chapitre XXIII
Surprise

« Je suis sorti. Je vais bien. Il faut que l'on se voie. » Le texto reçu tôt ce matin aurait dû soulager Olivier. Il n'en fut rien, et ce court et impersonnel message le laissa au contraire perplexe.

Cette façon de faire ne ressemblait pas à Paul qui détestait les « intermédiaires » comme il se plaisait à désigner les mails et boîtes vocales. Il leur préférait le contact direct, fût-ce par téléphone. Rien ne remplace un silence évocateur, une intonation chargée de trémolo s'amusait-il à répéter. La voix permet d'identifier la sincérité ou le mensonge, complétait-il en souriant.

S'il était réellement guéri, il n'aurait pas utilisé la messagerie et aurait tenté de le joindre, encore et encore, avec cette obstination qui le caractérisait si bien et qui était une de ses qualités. Surtout après une absence aussi longue, surtout après ce qu'il avait dû endurer. Et puis Olivier n'était-il pas son plus proche ami ? Quelque chose clochait, Paul ne devait pas aller aussi bien qu'il le prétendait.

Pour autant, Olivier ne se décidait pas à rappeler, chahuté par sa conscience et tiraillé par un inconfortable conflit de valeurs.

La réalité est qu'il s'était habitué à l'absence de son ami, à la disparition de leurs frasques nocturnes, de leurs excès en tous genres. Et cela lui convenait très bien. Il les avait remplacés par d'autres rituels, plus en phase avec ses attentes profondes et surtout, il avait retrouvé goût à l'amour.

Tout cela faisait que Paul était finalement totalement sorti de ses pensées. Et voilà qu'il ressurgissait d'un coup, avec autorité, comme si la vie des autres s'était arrêtée en son absence.

Toutefois, la vraie raison de son incapacité à répondre à l'appel de Paul s'imposa très vite sous les traits désagréables d'une culpabilité dévorante.

Olivier avait accepté la proposition de Claude. Par confort, par ambition, et, il le sentait confusément, par soif de revanche et de volonté d'enfin s'émanciper. Ne plus être ce consultant apprécié de tous, mais toujours en retrait, à la remorque de Paul. Ce bon nounours serviable comme le lui avait fait remarquer Laurence. Cet éternel second.

Cette opportunité était l'aboutissement d'une mue qu'il avait entamée depuis plusieurs années et, aiguillonné par son nouvel amour et conforté en cela par le retrait de Nathalie, il avait franchi le Rubicon de ses principes, de sa fidélité à son ami.

Mais comment pourrait-il lui annoncer la nouvelle et le regarder en face désormais ? Quelle allait être sa réaction ? Pourrait-il seulement travailler de nouveau avec lui ? Rester proches ?

La honte le submergea. Il resta prostré sur son fauteuil, en proie au doute, ruminant sa rancœur envers lui-même durant de longues minutes.

Ce fut Nathalie qui le tira de sa morosité en ouvrant brusquement la porte de son bureau.

« Si Monsieur le Directeur général veut bien se donner la peine, babilla-t-elle… tout le monde est là et Claude va démarrer. C'est lui qui m'envoie. »

Il avait tenu ses engagements. D'abord avec Olivier, mais aussi avec Laurence qui avait mis comme préalable à son retrait prud'homal l'organisation d'un pot de départ où il se ferait le thuriféraire de sa « regrettée collaboratrice ». Une vengeance qui n'avait plus la même saveur pour Laurence depuis qu'elle s'était emmourachée d'Olivier. Qu'importe, le dispositif avait été lancé et Claude, comme l'ensemble des collaborateurs d'Insights, à l'exception de Nathalie, ne connaissait pas la relation qu'elle entretenait avec leur nouveau Directeur général.

« J'arrive, répondit Olivier en s'étirant. Puis, se dirigeant d'un pas lent vers elle, il enchaîna,

— Paul m'a envoyé un texto. Il est sorti.

— Oui, je sais. J'en ai reçu un aussi, genre "Je suis là. Je vais bien. Voyons-nous." Un peu sec et pas vraiment lui, mais ça reste une bonne nouvelle non ? T'as pas l'air dans ton assiette ? »

Sans s'être concertés, ils avaient pris une décision qui avait pour conséquence la mort d'un projet auquel Paul tenait beaucoup. Et probablement la fin d'une amitié. Avec lui, ils avaient pourtant investi de longues soirées à construire leur ambition, enchaînant les business plans, du plus farfelu au plus conservateur. Ils avaient imaginé des lendemains qui chantent, convaincus de la justesse de leurs vues, étourdis par leur frénésie créatrice, galvanisés par la ferveur de Paul.

Mais aucun tableau Excel ne résiste aux coups de boutoir de la vie. L'absence prolongée et inexpliquée de Paul avait sapé les fondations de leur complicité et érodé leur engagement. Ils avaient donc eu à faire un choix cornélien, écartelés par leurs contradictions. Et ils se faisaient face maintenant, se demandant ce qu'il allait se passer, mal à l'aise avec l'option qu'ils avaient retenue. L'une habitée par une culpabilité sentimentale, l'autre rongé par l'acide de la trahison.

Chacun avait donné le change jusqu'à maintenant, mais ils savaient qu'avec le retour de Paul, un avis de temps fort se préparait. Or, aucun des deux n'avait envie de l'affronter. S'ils assumaient leur choix et ne le regrettaient pas encore, ils se sentaient sales, couverts d'une suie infamante.

« Pas vraiment, sourit tristement Olivier. C'est un peu salaud ce qu'on lui a fait non ? Abandonner le navire à la première risée…

— Trois mois, Olivier ! trois mois sans donner signe de vie. Sans qu'il accepte de nous voir, de nous parler. Que l'on prenne le problème par le prisme affectif ou professionnel, on ne pouvait pas continuer ainsi. Et on avait tous les deux une bonne raison de le faire.

— Et pourtant tu semblais la plus motivée. Tu te sens à l'aise avec ton choix ?

— Pas complètement, mais je ne le sentais plus. C'est comme ça. »

Un silence conspirateur s'installa entre eux, chacun cherchant la martingale qui lui permettrait de retrouver la paix.

Ce fut Olivier qui reprit l'initiative,

« Écoute, appelons-le ensemble après la réunion et proposons-lui de nous retrouver ce soir chez moi. À deux, ce sera plus facile,

Puis, après une courte hésitation,

— J'espère qu'il comprendra.

— Bonne idée, concéda mollement Nathalie. Allons-y maintenant, ils vont commencer à s'impatienter en bas… »

La fréquence avec laquelle s'étaient enchaînés les pots depuis l'arrivée de Claude n'avait pas entamé la motivation des formateurs qui y participaient toujours avec le même engouement. Fêter le gain d'un client, l'intégration d'une nouvelle recrue, la reconduction d'un contrat, ou même l'arrivée d'un nouveau photocopieur avait donné lieu à des agapes savamment organisées. N'arrivant pas à s'imposer naturellement comme le digne successeur du fondateur décédé, Claude s'était lancé à la conquête des cœurs en s'alliant avec Ruinart et consorts.

Et cela avait plutôt bien fonctionné.

Les consultants aimaient tous leur job qui consistait, notamment, à insuffler un peu d'humanité dans les process managériaux. Ils tentaient de convaincre un auditoire de managers pas toujours réceptifs de combiner « création de liens et fixation d'exigences » auprès de leurs employés. Les meilleurs, dont faisaient partie Olivier et Nathalie, parvenaient parfois à rajouter une couche d'empathie dans les messages retenus. Ils ressortaient systématiquement rincés de leurs journées d'animation et enchaînaient les nuits dans des hôtels aseptisés et impersonnels aux quatre coins de la France.

Aussi, quand ils revenaient « au port » comme était surnommé le siège, ils étaient ravis de faire un peu retomber la pression lors de ces parenthèses alcoolisées.

Pour cet événement un peu particulier qu'était le départ d'une des figures les plus fortes du cabinet, Claude avait mis les petits plats dans les grands. Contraint mais étonné de s'en sortir à si bon compte, il avait joué le jeu à fond et avait supervisé personnellement le choix du buffet, subtil mélange de canapés chics, de verrines fraîcheur ou de woks, sans oublier les incontournables macarons « plein fruit ». Et comme il savait Laurence sensible au sujet, il avait choisi un traiteur bio et « éco responsable », pourtant loin de ses préoccupations personnelles.

Paris valait bien une messe…

Se frayant un passage parmi les grappes de formateurs qu'il prenait soin de saluer un à un, Olivier parvint, après un temps qui lui parut interminable, à rejoindre Claude.

« Ah, vous voilà enfin. On va démarrer. Et achever cette mascarade, pensa-t-il en son for intérieur,

— Ok, à vous de jouer. N'en faites pas trop quand même, se risqua Olivier. »

Claude avait refusé son aide pour la préparation de son discours et cela n'avait pas contribué à mettre son nouveau bras droit à l'aise. Il le savait suffisamment retors pour être capable de dynamiter le processus de départ à l'amiable de Laurence sur un coup de tête de dernière minute. Et pour rien au monde, Olivier n'avait envie de gérer le malaise que cela provoquerait tant en interne qu'auprès de sa maîtresse. Insights et ses équipes semblaient stabilisés et il avait envie que cela dure.

Il huma l'ambiance qui se dégageait de l'événement. Les conversations allaient bon train, les armures commençaient à se fendre avec les premières coupes de champagne, et Laurence de son côté, semblait joyeuse lorsqu'il l'avait innocemment saluée. Entourée de ses collègues et engagée dans un échange animé, elle ne donnait pas l'impression d'être sur le départ pour un concurrent direct.

Advienne que pourra, pensa-t-il.

Alors que Claude s'apprêtait à prendre la parole, un éclat de voix empreint de surprise se répercuta de groupe en groupe et se mua en clameur l'espace d'un court instant, électrisant les lieux et les corps. Toute l'attention s'était détournée vers un nouvel arrivant qui, tel un politique en campagne, serrait les mains qui se tendaient vers lui et distribuait des sourires enjôleurs.

Claude se tourna vers Olivier pour l'interroger mais ce dernier s'était déjà précipité pour accueillir son ami.

« Paul, enfin, souffla-t-il dans un murmure ! Ils s'étreignirent chaleureusement un long moment, Olivier ayant du mal à contenir son émotion.

Les rejoignant, Claude salua à son tour ce collaborateur qu'il ne portait pas dans son cœur.

— Vous auriez dû prévenir, on vous aurait préparé un accueil digne de ce nom, minauda-t-il.

— Ce n'est pas pour moi tout cela ? taquina Paul en pointant du doigt le généreux buffet. Je suis sorti hier et comme personne ne répondait à mes messages je me suis dit qu'il valait mieux que je vienne. »

Ça va être difficile, pensa Olivier en encaissant cette première saillie.

Il était loin de se douter à quel point.

Chapitre XXIV
Retour à la normale ?

Éreinté, Paul se dirigea d'un pas mal assuré vers sa salle de bains.

Depuis bientôt six mois qu'il était sorti de l'hôpital, comme chaque nuit, son sommeil avait été peuplé d'épouvantables cauchemars qui, à trois reprises, l'avaient réveillé paniqué et en sueur. Il avait pourtant encore retardé l'échéance de l'endormissement et tenter de fuir ses démons, mais, impassibles car certains de l'inéluctable venue de leur proie, ils l'avaient attendu patiemment. Paul avait tout tenté pour retrouver la tranquillité : des séances de sport épuisantes où il poussait son cardio à fond, aux virées nocturnes qu'il avait reprises à un volume insensé, d'où il rentrait à peine conscient, abruti d'alcool et de drogues de synthèse. Aucune fatigue ne lui permettait d'échapper à ses hantises, et il se réveillait toujours plus épuisé.

Il observa avec minutie le reflet de son image dans le miroir, cherchant à retrouver ses anciens traits, s'étonnant toujours de faire face à un visage qu'il ne reconnaissait pas complètement. Non pas que sa plastique ait considérablement évolué, ou que l'équilibre en eut été modifié. C'était plus subtil que cela. Lorsqu'il sondait son regard dans la glace, il avait la désagréable sensation qu'il ne lui appartenait plus. Quel que fût son état d'esprit, ses yeux brillaient toujours d'une égale intense et rayonnante énergie. Et sans qu'il parvienne à le brider réellement, un sourire se voulant rassurant et séducteur s'imposait.

Ce moment, bien que troublant, était apprécié de Paul car vécu comme une apaisante parenthèse quotidienne. S'il n'était pas complètement à l'aise avec son image, durant quelques minutes (il avait toutefois récemment constaté que ce créneau tendait à diminuer de jour en jour), il se sentait paradoxalement lui-même, celui d'avant la rencontre avec Iris. Cet homme imparfait, habité de passions contradictoires, de doutes et de croyances qui cimentaient une personnalité ambiguë mais somme toute équilibrée.

Sa vraie personnalité.

Pas celle d'après « l'abandon », comme il définissait pudiquement ce que les médecins avaient qualifié plus prosaïquement de suicide. Ce nouveau Paul, submergé par d'incessantes et épuisantes montagnes russes émotionnelles, cocktails imprévisibles et non maîtrisés, de profonde sérénité, de rages subites, d'allégresse, d'extases, mais aussi, de terreurs nocturnes de plus en plus violentes.

Chaque matin, il tentait donc de prolonger cet instant suspendu, soulagé de se sentir encore capable, même un court instant, d'être en pleine possession de ses moyens, fussent-ils pollués par le malaise de voir sa vie lui échapper. Il traînait donc dans sa salle de bains, prolongeant son séjour sous la douche, fignolant son rasage, s'attardant sur une mèche rebelle, mettant un temps exagéré à choisir son costume… tout était bon pour prolonger la trêve.

Car, sitôt pleinement éveillé, ou s'imposant à lui s'il se refusait trop longtemps à son nouveau personnage (ce qui arrivait désormais quasi quotidiennement), la bascule commençait. D'abord, comme un trip de LSD, il sentait monter cette excitation reconnaissable entre mille, celle qu'il avait expérimentée avec délectation aux côtés d'Iris, une jouissive explosion qui, tel un junkie, le terrassait et le laissait hagard de longues minutes. Puis, lentement, cette perception refluait sans jamais complètement disparaître afin de lui permettre de vaquer à ses occupations, heureux et paisible. Se mettait alors en place la seconde vague comme il l'avait secrètement nommée.

Celle des « plus ».

Outre cette nouvelle et permanente tranquillité, tous ses traits de caractère étaient désormais décuplés. Sa capacité de persuasion, de séduction, son flair, sa facilité à résoudre les problèmes posés… Tous les atouts semblaient être en sa possession afin de lui rendre la vie plus facile.

Mais elle ne l'était pas complètement.

Ses défauts avaient eux aussi été impactés par l'improbable mécanisme, le faisant passer parfois d'un extrême à l'autre, d'une parfaite écoute empathique à une soudaine colère noire, d'une négociation posée à une impatience hurlée, d'une saine ambition à une avidité dévorante. D'abord occasionnelles, ses sautes d'humeur avaient tendance à se multiplier ces derniers temps, pénalisant son quotidien et l'emprise qu'il avait sur son environnement.

Cette ambivalence malmenait Paul qui, maladroitement et sans mode d'emploi, tentait au prix de substantiels efforts de dompter le cours des événements. Parfois, il espérait une approche d'Iris, l'appelant mentalement ou braillant son nom lors de délires éthyliques. Peine perdue, car jamais il n'avait reçu de réponse. S'ensuivait un profond sentiment d'abandon qui le laissait pantois et désabusé un long moment. Comment aurait-il évolué si elle avait été à ses côtés afin de l'aider à maîtriser sa condition, comme elle le lui avait promis ?

Mais il l'avait… tuée ? fait disparaître ? réduite au silence ? renvoyée ? Ne doutant plus de son existence et ayant balayé l'hypothèse de sa propre démence depuis l'épisode de la réfection de son appartement et son terrible épilogue, Paul avait compris que le charme était rompu et avait écourté prématurément ce qu'Iris avait coutume d'appeler « le processus », le laissant seul face à une situation dont la finalité lui échappait.

Il avait également très vite intégré qu'il lui serait difficile de retrouver ses relations d'avant avec ses propres amis, s'étant aperçu de l'abîme qui le séparait d'eux et, d'une façon plus globale, de ses congénères. Son contentement permanent, sa sérénité, et sa compréhension aiguisée des hommes, des situations, sa capacité à percer à jour les desseins de chacun, à comprendre, rassurer ou convaincre, voire défaire, s'il le fallait, toutes ses nouvelles capacités le plaçaient désormais très au-dessus de la mêlée. Aussi, quand Nathalie lui avait fait part de son choix de rester en poste et d'abandonner leur projet commun, il accusa réception sans être affecté au-delà du raisonnable.

Après tout, il avait disparu de la circulation sans fournir aucune explication durant de longues semaines.

L'annonce de la nomination d'Olivier avait été plus difficile à accepter mais finalement, est-ce que les renoncements de ses proches ne témoignaient pas de la fin d'un cycle ?

Et quand bien même il aurait voulu reprocher leur désertion, sa capacité à prendre de la hauteur et sa prédisposition à voir « le verre à moitié plein » l'en auraient dissuadé. Il avait bien craint durant leurs échanges l'arrivée d'une de ses irrépressibles colères, mais cela ne s'était pas produit et tout s'était déroulé de façon paisible, au grand soulagement, semble-t-il, d'Olivier.

Il leur avait donc pardonné et prenait toujours autant de plaisir en leur compagnie, même si leur présence à ses côtés, en dehors d'Insights, était de moins en moins assidue.

Alors, seul, jour après jour, il faisait face, et tentait de vivre le plus normalement possible cette extravagante situation. Comme un adolescent surdoué de douze ans capable de réussir une prépa HEC, il découvrait ses semblables se démener dans des problèmes qui leur semblaient insolubles mais qu'il était désormais capable de résoudre en un claquement de doigts, ce qu'il faisait avec humilité et simplicité, forçant l'admiration de tous.

Et il en profitait.

Professionnellement, il avait fait un bond quantique. Après une courte période probatoire de reprise et capitalisant sur son nouveau charisme, il avait proposé à Claude et Olivier, de lui confier l'activité « conventions et séminaires ». Ainsi il n'intervenait plus sur de simples formations dispensées en groupes restreints, mais devant des parterres de dizaines de managers conquis par le leadership inspirant de cet envoûtant orateur. Multipliant les succès commerciaux, subjuguant les clients et engrangeant les contrats, il avait en six mois réalisé le chiffre d'affaires de l'année dernière et les perspectives semblaient exponentielles.

Et fi de ses emportements, ses coups de gueule, et son caractère changeant, toutes ses réussites et l'attention qu'il portait à chacun lui conféraient un nouveau statut au sein du cabinet. Désormais adulé par beaucoup, jalousé par quelques-uns, il se murmurait qu'il avait pour idée de créer sa propre structure, et nombreux furent ceux qui vinrent spontanément à lui afin de prendre la température, et, pour les plus audacieux, prendre date. D'autres chuchotaient qu'il aurait fait un bien meilleur DG qu'Olivier.

Si ces témoignages le touchaient et flattaient son ego (qui lui aussi avait pris une autre dimension…), il restait dubitatif quant à la décision à prendre. Pourquoi quitter Insights pour monter une boîte concurrente, seul de surcroît, puisque ses amis avaient emprunté une autre voie ? Pourquoi prendre un risque alors que sa nouvelle condition lui apportait son lot quotidien de satisfaction (mis à part ses colères éruptives et ses nuits mouvementées, à propos desquelles il était convaincu de trouver la solution…) ? de quoi avait-il réellement envie ?

Complétant son lot de questionnements, il s'étonnait parfois que son seul centre d'intérêt, son unique questionnement, tourne autour de l'entreprise et de ses opportunités. Dès qu'il tentait de se projeter sur une utilisation plus humaniste, moins autocentrée de ses facultés, le flux de ses pensées le ramenait à son point de départ, comme aimanté par une force étrangère. Ses objectifs de vie, ses ambitions, ses défis, ses désirs, tout n'était désormais centré que sur le business. Incapable d'élargir le périmètre de ses réflexions, il était alors pris de vertige devant sa propre vacuité.

Mais ce matin-là, venant d'achever son examen devant le miroir, rien de négatif dans ce que ressentait Paul. Alors qu'il étirait ce moment « entre deux » en tentant comme il le faisait quotidiennement de retarder ce qu'il savait pourtant inéluctable, il s'étonna de se sentir pour la première fois aussi léger et serein au réveil. Mieux encore, il en était presque au point d'envier l'arrivée de sa dose de « drogue naturelle » et d'attaquer la journée. Si ses cauchemars étaient de plus en plus forts et déstabilisants, le mettant dans un état de faiblesse insensé, il savait finalement que sa forme serait retrouvée dès qu'il serait en société. À l'instar de ses colères qu'il n'arrivait toujours pas à circonscrire, il avait le pressentiment que tout ceci s'arrangerait s'il cessait de lutter et de refuser sa situation. Avec le temps, tout se mettrait en place, il en était persuadé.

Alors qu'il se dirigeait vers sa chambre pour s'habiller, un vertige le stoppa, le forçant à s'appuyer à la cloison du couloir afin de retrouver son équilibre. Sa tête se mit à bourdonner un instant, et aussi rapidement qu'il était arrivé, son malaise s'estompa, le laissant soudainement clairvoyant.

Paul venait de comprendre que tout ceci avait un sens, que rien de ce qu'il vivait n'était le fruit du hasard, mais faisait partie d'un plan censé le guider, comme un parcours initiatique. S'il n'avait pas réussi à en identifier la direction et encore moins la destination finale, il savait avoir été choisi, lui, Paul Dubois. Iris avait été claire à ce sujet. Par qui, pourquoi, là n'était pas encore le sujet, il le découvrirait bien assez tôt. Par ailleurs, il comprit que quelque chose se tramait ou, à tout le moins, était en gestation, un événement ou une rencontre. Il sentait la machinerie en mouvement, renforçant la vision positive de cet instant et de ce qu'il lui était advenu, ce qui était nouveau pour lui.

Il allait donc lâcher prise et faire confiance à son instinct, au fameux processus cher à sa sirène, accepter sans plus chercher à maîtriser l'étrangeté de la situation, cette combinaison d'émotions, qui, tout compte fait, n'était pas si désagréables et lui ouvrait un large champ des possibles.

Et, conclusion de ses spéculations matinales, c'est avec une évidence nouvelle qu'il prit une décision lourde de conséquences. Lui non plus ne quitterait pas Insights.

Il allait en prendre le contrôle.

Chapitre XXV
Un sur deux

En route pour son rendez-vous, Nathalie ruminait. Qu'est-ce que Paul allait bien pouvoir leur annoncer ? Ils les avaient invités à déjeuner, elle et Olivier, dans un bistro chic de la porte d'Auteuil, afin, leur avaient-ils dit d'un ton mystérieux, de leur faire une offre qu'ils ne pourraient refuser. Elle avait bien tenté de lui annoncer la décision qu'elle venait de prendre, mais il avait su, de son ton doucereux et envoûtant, la rassurer sur ses intentions, et ainsi balayer toute réticence à accepter le déjeuner. Une fois l'appel terminé, elle s'était interrogée comme de nombreuses fois depuis le retour de son ex-amant, sur l'étonnante faculté dont il semblait jouir. Paul avait toujours été un grand séducteur et doué d'une solide capacité de conviction, mais cette dernière semblait désormais sans limite et avait donné lieu, notamment, à une cascade de contrats pour Insights. Le connaissant, elle s'était imaginée un court instant, et avec une furtive pointe de jalousie, l'utilisation qu'il devait en faire lors de ses virées nocturnes. Elle s'était également demandé comment elle aurait réagi s'il avait tenté de renouer avec elle, ce qu'il ne semblait pas vouloir faire, leurs rapports s'étant distendus et cantonnés quasi exclusivement à de simples contacts professionnels, toujours conviviaux, mais loin de leurs chaleurs d'antan. Au début, cela l'avait attristée et désarçonnée, mais elle s'était finalement fait une raison et lui en avait même été secrètement reconnaissante, lui évitant ainsi d'avoir à lutter pour tenir ses engagements de changer de vie.

À quelques rues de là, Olivier gara sa nouvelle BMW de fonction, cadeau d'un Claude inquiet des conséquences du retour de Paul. Tout comme Nathalie, il était en proie à une intense réflexion. Le changement de comportement de Paul à son égard l'affectait et le mettait mal à l'aise. Inséparables avant sa disparition soudaine liée à son burn-out, ils ne partageaient désormais que des discussions d'affaires. Leur proximité lui manquait. Fini les joyeuses fêtes, les dîners sans fin, les levers de soleil alcoolisés. Jamais il ne l'avait sollicité pour sortir, comme si leur amitié n'existait plus. Il avait bien tenté d'en parler avec lui, mais Paul avait agi de façon hypnotique, usant d'arguments et d'artifices dont il était incapable de se souvenir, mais qui l'avaient provisoirement rassuré et laissé serein. Paul n'avait pas seulement repris sa cadence effrénée de noceur, il s'était également jeté à corps perdu dans le travail, obtenant des résultats exceptionnels. Aucun client, aucun projet, aucun appel d'offres ne semblait lui résister. Tout ce qu'il touchait se transformait en or. En outre, il semblait s'accommoder sans le moindre ombrage du statut de son ancien protégé, paraissant même heureux de la situation. Olivier lui laissait donc les coudées franches, n'usant jamais de son positionnement hiérarchique afin de maintenir ce fragile équilibre qui l'aidait à sécuriser l'avenir de l'entreprise, et indirectement, le sien. Alors pourquoi ce déjeuner ? Il se prit un instant à espérer qu'il ferait amende honorable et s'excuserait d'avoir ainsi mis à mal leur complicité. Peut-être leur proposerait-il de renouer avec leur passé ? L'image de Laurence s'imposa alors à son esprit tourmenté, et l'amour qu'il lui portait tempéra ses espoirs. Peut-être, l'évolution de la relation avec Paul était finalement une bonne chose ?

Attablé depuis quelques minutes, Paul les attendait. Il sirotait un martini-gin et savourait chaque gorgée. Après des mois d'errances et d'hésitations à tenter de gérer au mieux ses facultés et leurs lots de conséquences plus ou moins néfastes, il était maintenant convaincu d'avoir la clé qui lui permettrait de retrouver le contrôle de la situation. Depuis son malaise et la prise de conscience qui avait suivi, il s'était laissé porter, sans plus chercher à comprendre ou maîtriser les événements. Comme en écho à cette décision, ses cauchemars avaient quasiment disparu, lui permettant de recouvrer un sommeil réparateur. Son humeur encore récemment instable et imprévisible s'était régulée tout comme le déroulé de ses journées qui s'écoulaient de façon plus équilibrées, loin des soubresauts d'il y a peu. Toutes ses capacités semblaient avoir été impactées par sa nouvelle attitude et c'est en conquérant qu'il était allé rencontrer son banquier. Usant de son déroutant pouvoir, il avait obtenu sans difficulté une très substantielle ligne de crédit pour le rachat d'Insights, très au-dessus de ce qu'un financier normalement constitué lui aurait attribué. Tous les voyants étant désormais au vert, il ne lui restait plus qu'à obtenir l'assentiment des deux pièces manquantes. Iris devait être fière de lui, pensa-t-il naïvement.

Sur la défensive, Olivier embraya :

« Et nous dans tout ça ?

— On ne change pas une équipe qui gagne ! Vous êtes les piliers, vous êtes appréciés et respectés par tous. J'ai besoin de vous et j'aimerais que vous restiez. Vous gardez l'autonomie qui est la vôtre. Et je vais avoir besoin d'un bon DG pour piloter la croissance, conclut Paul en gratifiant son ancien binôme d'un sourire de connivence.

— Et tu crois que Claude va accepter de vendre ? le relança amèrement Olivier qui n'avait pas entendu les mots d'amitié qu'il espérait.

— Oui, parce que je ne vais pas lui laisser le choix, cingla Paul »

La violence de sa réponse les mit mal à l'aise. Conscient de son erreur, Paul tempéra,

« La boîte va mieux, elle est de nouveau sur les rails, mais il est fatigué, usé. Ma proposition arrive au meilleur moment pour lui. Il est conscient que la situation est fragile et qu'un retournement est toujours possible. Et l'offre financière que je vais lui faire devrait supprimer toutes ses réticences », mentit Paul.

Il se garda également d'évoquer les autres leviers qu'il comptait utiliser pour faire basculer Claude. Ils ne comprendraient pas.

— Comment vas-tu financer l'achat, à trois on était déjà juste et là tu vas faire tout seul ? relança Nathalie,

La sonnerie du téléphone de Paul interrompit la conversation.

« Vous m'excusez, je crois que c'est la BNP. J'attends leur décision. »

La Direction des services informatiques de la banque était polluée par des conflits de petits coqs et un marché pour un dispositif de diagnostic managérial touchant près de deux cents cadres avait été récemment lancé par la DRH.

Les premiers mots et le brusque changement de comportement de Paul indiquèrent à Nathalie et Olivier que ce n'était pas l'appel attendu. Spectateurs médusés, ils se sentirent contaminés par l'étrangeté de la situation, et eurent l'impression qu'une bulle les enveloppa, les coupant de la réalité. Comme pour mieux se concentrer sur la discussion, il ferma les yeux et devint immobile. Effet d'optique ou fruit de leur imagination, il leur sembla que le corps de Paul exhalait des rayons dansants, comme ceux des brumes de chaleur observés sur la route en été. Le débit de sa voix ralentit, et le ton se fit plus onctueux, chaque mot semblant enveloppé d'une pellicule emmiellée destinée à amadouer son interlocuteur.

« Et pour quelles raisons voudriez-vous me voir inspecteur ? »

Ils devinèrent un agacement ou une vaine tentative de négociation à l'autre bout du fil, mais Paul paraissait avoir réponse à tout. L'entretien semblait à sens unique, comme avec un enfant qui quémanderait à sa mère un bonbon avant d'aller dormir et s'entendrait répondre non sur tous les tons à ses suppliques. Il serait déçu, mais au final, il s'endormirait et aurait tout oublié en se réveillant le lendemain matin.

« Je comprends, mais il m'est impossible de me libérer », conclut Paul, mettant ainsi un terme à leur échange.

Il reposa son smartphone en souriant. Le tintement des couverts, le balai empressé des serveurs et le chuintement du percolateur rompirent le charme et permirent à la tablée de reprendre pied avec le réel. L'événement sembla se dissoudre dans la conscience d'Olivier et Nathalie, comme le fait un rêve au réveil, s'étiolant au fil des secondes pour ne laisser qu'un très vague souvenir aux contours incertains. Plus tard, lorsqu'ils en reparleraient ensemble, ils conviendraient avoir assisté à un curieux événement mais ni le sujet ni les détails ne leur reviendraient, et ils finiraient par conclure, sous forme de boutade, qu'ils étaient désormais liés à un magicien de la négociation.

Décontenancés sans en comprendre réellement les raisons, Nathalie et Olivier peinaient à se remettre dans la discussion. Ce fut Paul qui reprit l'initiative :

— Un gros coup en bourse…

— Tu me demandais comment j'allais financer le rachat. Considère que j'ai fait un gros coup et que j'en réinvestis la plus grosse partie dans Insights.

Les deux convives ne lui connaissaient pas de passion pour les marchés financiers mais ne jugèrent pas bon de relever. Paul relança d'un ton ferme et décidé,

« En résumé, vous restez, vous êtes autonomes, on a plus l'autre guignol sur le dos et on continue l'aventure ensemble. Avec le plan de développement que je vous ai présenté. Vous en pensez quoi ? »

Souhaitant une adhésion totale des deux plus gros contributeurs de l'entreprise à son plan et pas encore totalement déconnecté de leur attachement « d'avant », Paul n'avait pas jugé bon de faire usage de ses capacités. Il observa attentivement leur réaction, impatient d'entendre leurs réponses. Stoïque, Nathalie soutint son regard. Comme il s'y attendait, ce fut Olivier qui prit position le premier. Il était des deux affectivement le plus proche, et surtout, étant donné son nouveau statut, il serait le plus concerné.

« D'abord merci pour ta proposition. Je t'avoue qu'après t'avoir annoncé que j'avais accepté l'offre de Claude j'ai pensé que tu te barrerais, que tu te sentirais trahi, et…

— C'était un peu le cas, non ? le coupa Paul, moqueur.

— Écoute…

— Non je te charrie, on en a déjà parlé, c'est ok pour moi. »

Jouant sur le côté « fleur bleue » de son directeur général, Paul renchérit,

« Toi et moi à la tête d'Insights, ça a de la gueule non ? »

Gêné jusqu'alors, Olivier sembla se détendre. Il hésita un instant, cherchant la bonne formule, puis annonça clairement,

« Ok, tu peux compter sur moi. »

Et d'un jubila Paul. Il porta son attention sur son ancienne maîtresse, convaincu que cette décision entraînerait la suivante,

« Et toi Nathalie ? »

Elle gratifia Olivier d'un sourire triste et lança sans ambages ce que les deux autres allaient recevoir comme un uppercut,

« Je t'ai déjà dit ce que j'en pensais. Associée ou pas, je souhaite prendre le large, changer de vie. En fait, j'ai déjà accepté une offre. Je pars vivre en Guadeloupe.

— En Guadeloupe ? Mais tu ne m'en as pas parlé, s'offusqua Olivier.

— C'est tout récent, lui rétorqua Nathalie plutôt sèchement. »

Le silence s'invita à table, chacun vivant l'instant de manière inégale. Nathalie soulagée de ne pas s'être détournée de son chemin, Olivier attristé de voir le trio amical se déliter, et Paul littéralement asphyxié par la nouvelle. Pour la première fois depuis son retour de l'hôpital, il essuyait un refus. Il avait oublié jusqu'à la sonorité du mot non, et la frustration d'être éconduit, professionnellement ou à titre privé, ne faisait plus partie de ses scénarii. Aussi, cette fin de non-recevoir provoqua-t-elle en lui un tsunami émotionnel qui le laissa d'apparence imperturbable, mais en réalité en proie à une agitation volcanique où se succédaient des idées et images d'une noirceur sadique et meurtrière. La découverte de cette nouvelle facette de sa personnalité l'amusa.

Chapitre XXVI
Convocation

— Regarde parrain, c'est la même voiture que papa.

L'inspecteur Franck Briandon saisit la miniature que lui tendait Mia, sa filleule de cinq ans. Thierry Lerre la lui avait offerte le jour où il avait acheté le modèle original, une Saab 900 fatiguée de cent dix mille kilomètres.

« Comme ça, on aura la même, lui avait-il glissé avec tendresse. »

Elle venait de fêter son anniversaire, quelques jours seulement après le décès de son père dans un tragique accident de la route qui avait coûté la vie à deux autres personnes, des livreurs qui avaient percuté de front sa voiture.

« Tu as raison, ma chérie, c'est presque la même. » Il avait insisté sur le mot « presque » en usant d'un ton mystérieux qu'une œillade complice avec l'enfant avait renforcé. La petite fille l'observait intensément, cherchant à comprendre la subtilité. Manifestement, elle n'y parvenait pas.

« La voiture de ton papa était magique… elle attrapait les voleurs et les méchants… »

Le visage de Mia s'illumina devant l'évidence.

« Mon papa c'était le plus fort et tu sais quoi parrain ?

— Dis-moi petite chérie ?

— C'est pas vrai qu'il est pour toujours dans le ciel. Il est parti en mission et il va revenir. »

L'arrivée de Patricia, sa maman, et de son frère aîné Arthur lui évita l'embarras de répondre.

« Laissez-moi aider, laissez-moi aider. » Mia se précipita en courant pour s'emparer du plateau sur lequel étaient disposés du thé fumé et une assiette de douceurs anglaises, des shortbreads, les préférées des enfants.

« Mia attention, s'inquiéta sa mère en se détournant pour protéger son chargement. Laisse-moi faire, tu serviras les gâteaux. »

Sitôt posés sur la table du salon, ils se jetèrent sur les biscuits comme s'ils n'avaient rien avalé depuis plusieurs jours.

— Mollo, mollo les loulous, tempéra Franck. Laissez-nous-en quelques-uns.

— Prenez en trois chacun et ouste, allez jouer dans votre chambre, on doit discuter de choses de grands avec parrain.

Sans se faire prier, la fratrie s'envola en piaillant vers leur univers, cajolée du regard par deux adultes profondément tristes. Un pesant silence envahit la pièce, laissant les deux amis un instant face à leur propre accablement. Franck se décida enfin à parler :

— Comment tu t'en sors ?

— Ça va, je tiens le choc. Je reprends le boulot la semaine prochaine. Et la vie continue… c'est ce qu'on dit non ? Un sourire las éclaira un instant le visage de Patricia.

— Et les enfants ?

Perplexe, elle cherchait les bons mots, ceux qui décriraient le plus précisément ce qu'elle vivait comme l'abomination d'un vide abyssal, sans toutefois trop inquiéter Franck.

« Mia est dans le déni. Elle semble convaincue que son père va revenir, mais le psy est rassurant, encore quelques séances et ça devrait aller selon lui. Tu sais, c'est encore un bébé. »

Repoussant un torrent de larmes qu'elle sentait poindre, elle souffla sur son thé brûlant, l'esprit égaré dans un monde disparu. Elle reprit.

« Arthur m'inquiète un peu plus, il n'extériorise rien et il ne veut pas entendre parler du psy. Il joue au dur, mais il est totalement dévasté, il était tellement proche de Thierry. Je suis plus inquiète pour lui. Il va bien falloir que ça explose un jour… »

Impuissant, Franck ne savait comment réagir ni quoi dire. Se dandinant d'une fesse sur l'autre, il se contentait mollement d'acquiescer entre deux gorgées de thé, détournant les yeux pour ne pas sombrer lui aussi. Patricia l'aida en le ramenant dans l'action et un quotidien plus concret.

« Tu peux toujours les prendre ce week-end ?

— Oui, je leur ai concocté un programme de rêve, piscine, McDo, ciné. Tu pourras souffler un peu.

— Génial. Et toi comment ça se passe au bureau ? »

Franck et Thierry s'étaient rencontrés à l'ENSP et avaient immédiatement sympathisé jusqu'à devenir inséparables. Les deux partageaient le même sens aigu du devoir et étaient entrés dans la police avec la volonté d'être au plus près du terrain. Sortis parmi les premiers de leur promotion, ils avaient eu la chance de pouvoir choisir le même commissariat, et au gré des mutations, avaient toujours travaillé ensemble.

« On fait aller. Tu sais comment il était apprécié, le choc a été violent pour tous. Le patron a réparti les différents dossiers qu'il suivait. Il nous a fait un discours nous demandant de finir le boulot en souvenir de Thierry. J'ai récupéré la “chambre jaune”.

— Ah, c'est bien que ce soit toi, affirma-t-elle spontanément. Tu sais, il ne me parlait jamais de ses journées, il disait qu'il voulait me protéger. Mais il s'est passé quelque chose de particulier, un truc bizarre, et c'est une des seules fois où il s'est livré sur son job.

— Tu sais que le mec avait fait la « Desert Cup » et qu'ils s'étaient rencontrés là-bas ?

— Oui, et je crois que c'est ce qui a tout compliqué. Thierry a interrogé le type et quand il est revenu, un lien étrange s'était tissé. Comme s'il le connaissait depuis des années. Du coup, quand les preuves sont tombées, il a eu du mal à admettre la vérité.

— Tu crois que Thierry s'est fait manipuler ?

— Pas manipulé, je dirais qu'il est plutôt tombé sous le charme. Tu penses qu'il a tué cette fille ?

— En tout cas, il va falloir qu'il soit sacrément convaincant, les indices sont accablants. Ils concordent tous : l'ADN d'abord, les écoutes téléphoniques. Même son internement volontaire à l'hôpital plaide contre lui… il manque juste le mobile. Mais je vais trouver. J'ai demandé une saisie du dossier médical et j'attends de le consulter. Mais il y a déjà trop d'éléments contre lui, je vais relancer la garde vue de Dubois.

— C'est en allant lui signifier que Thierry a eu son accident, glissa-t-elle, blême. »

Franck ne le savait que trop et regretta aussitôt d'être rentré aussi précisément dans le détail de son enquête. Immobile, Patricia avait été rattrapée par la douleur que la visite du parrain de ses enfants avait un temps tenu à distance. Ce fut au tour de Franck de sortir son amie de l'ornière.

« Samedi matin, je pensais venir vers 9 heures avec les croissants ? »

Coincé dans les embouteillages, Franck tirait nerveusement sur sa cigarette. La pluie tambourinait sur la carrosserie et le mouvement hypnotique des balais d'essuie-glaces contribuaient à l'effacement du brouhaha de la circulation. Il tenta une station de radio, enchaîna mollement sur une seconde et leur préféra très vite le martèlement des gouttes d'eau. Chaque visite à ses filleuls l'épuisait nerveusement. S'il était touché par leur peine, la douleur que ressentait Patricia l'accablait. Il l'avait rencontrée il y a une dizaine d'années, un dimanche pluvieux de novembre, sur le semi-marathon de Paris. Nouvelle venue à leur club de runners, lui et Thierry Lerre l'avaient accueillie avec chaleur et s'étaient engagés à faire les premiers kilomètres à ses côtés. Amusée et aiguillonnée par ce machisme aussi charmant que déplacé, elle s'amusa à les déposer au dixième kilomètre, les laissant bluffés, sans voix, mais admiratifs. Penauds, ils franchirent la ligne d'arrivée avec plus de trois minutes de retard. Le coup de foudre entre Thierry Lerre et Patricia fut immédiat, ne laissant aucune chance aux timides sentiments naissants de Franck. Il s'en était accommodé durant toutes ces années mais le tragique de la nouvelle situation avait ravivé une flamme qu'il avait cru éteinte. Culpabilisant de son amour, il faisait tout pour le réprimer et ne s'autorisait des gestes de tendresse qu'envers les enfants. Que Patricia puisse penser qu'il profite de sa détresse psychologique lui répugnait. Peut-être en serait-il autrement d'ici quelques mois ?

La sonnerie du téléphone le tira de sa rêverie. L'accent du sud-ouest d'Éric Douste, son adjoint, envahit l'habitacle.

« Bon, j'ai eu ton gars au téléphone. D'habitude pleine d'entrain, la voix du major semblait en retrait,

— Super, je le vois quand ?

Un soupir de désarroi précéda la réponse,

— En fait, je n'ai pas réussi à fixer une date…

— Quoi ? Tu déconnes là ?

— Non, je sais pas ce qui s'est passé. Je crois qu'il m'a embobiné. Il m'a demandé pourquoi je le convoquais et comme j'ai refusé de le lui dire, il m'a sorti une tirade comme quoi il était très occupé, qu'il ne pouvait se déplacer sans raison…

— Et alors ?

— Et alors je n'ai pas su quoi lui répondre… comme si j'avais perdu mes moyens…

— Un suspect rouge écarlate te dit qu'il ne veut pas venir à une convocation de la police et toi tu laisses faire ! Bien sûr, monsieur Dubois, rappelez-nous quand vous serez disponible. T'es con ou quoi ? Franck fulminait.

— Écoute, je te l'ai dit, il m'a embobiné. Littéralement. Il a une intonation bizarre, comme s'il cherchait à m'hypnotiser.

— Il a réussi apparemment !

— Je suis désolé. Tu me connais, merde ! »

Le major Eric Douste était un de ces flics à l'ancienne, entré dans la police à seize ans et ayant gravi tous les échelons possibles grâce à un cocktail de concours, d'ancienneté antédiluvienne et de bons et loyaux services. À deux ans de la retraite, il était apprécié et respecté par tous ses collègues et supérieurs, y compris Franck, ce qui l'amena à tempérer ses propos.

« Bon, y a pas mort d'homme. Je vais le rappeler et lui expliquer qu'il n'a pas le choix. En espérant qu'il se barre pas…

— Je suis sincèrement désolé, Franck, je ne sais pas…

— C'est bon, on ne va pas y passer Noël. Affaire classée. Tu me paieras une bière et on sera quitte. »

Comme en écho à la situation, la pluie avait redoublé d'intensité et un épais voile d'eau couvrait le pare-brise que les efforts frénétiques des essuie-glaces ne parvenaient pas à complètement dissiper. La circulation était désormais à l'arrêt. Furieux, Franck composa le numéro de Dubois. Après les tonalités d'usage, il tomba sur sa messagerie.

« Lieutenant Briandon à l'appareil, le supérieur du major Douste que vous venez d'avoir au téléphone. Vous êtes convoqué jeudi à 14 heures au commissariat de Versailles. Je dis bien convoqué. Vous me demanderez à l'accueil. Je vous expliquerai tout ce que vous voulez jeudi, mais je vous invite très fortement à être présent. J'espère avoir été assez clair ! À jeudi et bonne journée. »

Il raccrocha avec autorité et alluma une cigarette. Décidément, ce qui se passait autour de « la chambre jaune » ne lui plaisait pas.

Chapitre XXVII
Éviction

Au quotidien, Paul avait pris l'habitude d'utiliser ses pouvoirs à la manière d'un séducteur attentionné. Il cherchait à amadouer, rassurer, à convaincre par la douceur, et cette suavité qu'il diffusait à ses interlocuteurs les mettaient dans une disposition si favorable qu'il obtenait à tous les coups ce qu'il voulait. Parfois, avec une cible plus récalcitrante, il devait forcer un peu sur l'influx partagé, alors la personne en sortait un peu groggy, cotonneuse, avec la vague impression d'avoir été comme anesthésiée, mais toujours sans subir de séquelle ni effectuer aucun reproche. D'ailleurs, dans les deux cas, aucune des personnes tombées sous l'influence de Paul ne se souvenait des détails précis de l'échange. Ils en gardaient un agréable souvenir et si on leur avait demandé de justifier leur décision, ils l'auraient fait avec une sincère conviction.

Mais le récent refus de Nathalie avait fait sauter en Paul d'autres digues. Il s'était senti submergé par une vigueur nouvelle, plus noire, plus implacable et bouillonnante d'impatience d'être utilisée. La distance polie qu'il avait prise avec son réseau, basée sur l'idée qu'il était désormais au-dessus du lot, s'était soudainement muée en une inépuisable colère froide, mâtinée de détestation, de dégoût, de mépris.

Et ce matin, dans le bureau de son président, Paul laissait libre cours à ses pulsions avec une intense jouissance. Il pilonnait Claude depuis maintenant dix bonnes minutes et s'apprêtait à porter l'estocade finale,

« Savez-vous comment on vous surnomme ? »

Blême, recroquevillé, Claude Sordes semblait paralysé par la violence des attaques qu'il venait de subir.

« Oui-oui… vous savez ce pantin de bois qui a un ressort à la place du cou et qui hoche la tête en parlant. La réalité, c'est que personne ne vous respecte. Personne ne vous aime. Vous n'êtes pas un mauvais bougre, mais vous n'avez rien apporté. Pas de clientèle, pas de réel savoir-faire, pas d'énergie. Et vous savez comment sont les consultants… Ils ont tous la grosse tête… ils ont besoin d'un vrai leader, quelqu'un qui leur en bouche un coin, qui leur en mette plein la vue… Vous n'aviez aucune chance… Il faut dire que vous partiez de loin, passer après Laurent Dostes… »

La voix était froide, coupante. Les mots claquaient comme autant de coups de fouet lacérant l'amour propre de leur victime. Sous le joug de Paul, le président d'Insights était incapable de fournir la moindre résistance. Dès les premiers échanges il avait senti sa lucidité disparaître et son corps le lâcher, vivant un long basculement de malaise vagal. Scotché derrière son bureau, il avait alors encaissé les coups sans parvenir à en rendre aucun. Comme un boxeur acculé dans les cordes, il espérait que l'arbitre mette fin au combat, mais ils étaient seuls, et Paul ne semblait pas prêt de vouloir arrêter le matraquage. Il reprit,

« Vous n'avez jamais réussi à vous imposer, et au moindre coup de vent, tout le monde quittera le navire. Et vous le savez, la météo peut très vite changer… Vous vous retrouverez alors seul aux commandes d'une coquille vide. Vous aurez tout perdu. »

Travaillant son effet, Paul se dirigea lentement vers son Président qui sentait maintenant la panique le gagner. Il s'assit sur le coin de la table, tout près de sa victime dont il fit doucement pivoter le siège afin qu'elle découvre, au contact de son regard hostile, la noirceur de son âme. Claude sentit son cœur s'emballer, prêt à exploser. C'était donc ça, il voulait le faire crever d'une crise cardiaque ? se demanda-t-il affolé.

Sentant sa proie s'effondrer, le fauve relâcha son étreinte. Juste ce qu'il faut de nécessaire pour faire germer une lueur d'espoir,

« J'ai une solution à vous proposer. J'ai préparé tout ce qu'il faut pour vous racheter vos parts et vous permettre de sortir dignement de ce merdier. Par le haut, avec panache. Vous nous quitterez dans trois mois, ce qui nous permettra de raconter une belle histoire aux salariés et aux clients et ainsi donner le change. Comme ça, personne ne sera perturbé. Évidemment, tout ce que nous nous sommes dit aujourd'hui restera entre nous. Qu'en dites-vous ? » s'intéressa faussement Paul.

Livide, Claude semblait figé par la stupeur, seuls ses yeux virevoltants témoignant de l'intensité de son angoisse. Progressivement, il desserra l'étreinte que ses doigts blanchis aux jointures avaient fait subir à ses accoudoirs. Il se massa les mains et détourna le regard pour échapper à celui de son diabolique bourreau. Aucun bruit ne parvenait de l'extérieur, comme si tout s'était arrêté en attendant l'issue de la mise à mort. Même ce silence lui semblait hostile. Que devait-il faire ? Que pouvait-il faire ? Il était anéanti par la virulence de l'agression qu'il était en train de subir. Pour ne rien arranger, au fond de lui, il savait que parmi toutes les horreurs qui venaient d'être proférées, il y avait une part de vérité. Cette imposture dont l'avait accusé Dubois, il la ressentait depuis longtemps. Il avait pourtant eu son heure de gloire, il y a quelques années, en sortant son premier et unique livre. On en était alors au début de la mode du bien-être au travail et son corollaire d'évidentes banalités : être à l'écoute de ses collaborateurs, développer son empathie, sa bienveillance. Autant de portes ouvertes qui vous donnaient une aura de visionnaire humaniste mais qui en revanche, pour la majorité des firmes et de leurs systèmes de management, restaient la plupart du temps lettre morte. Quelques journalistes avaient flairé le bon client et l'avaient utilisé pour vendre leurs articles et crédibiliser leur analyse d'un monde qu'ils ne connaissaient que de loin, observateurs inactifs d'un système qu'ils avaient du mal à appréhender. Il avait bien essayé d'écrire une suite mais sans jamais y parvenir, comme si, touché par la grâce lors de l'écriture de son ouvrage, il avait donné tout ce qu'il pouvait, une fois et une seule. Les invitations médias s'étaient naturellement faites de moins en moins fréquentes et il était peu à peu retombé dans l'anonymat du monde de l'autoentreprise. D'un point de vue business, il avait toutefois su faire fructifier habilement cette période de notoriété, comme le font les marques affichant sur leurs produits « vu à la télé », et avait pu vivre confortablement sans jamais toutefois retrouver le lustre et l'aura d'auteur à succès. Alors il se rassurait avec ses conférences au Rotary où depuis maintenant des années, il rabâchait inlassablement les mêmes platitudes qu'il savait pourtant écoutées d'une oreille distraite et polie par de poussiéreux notables de province. Quant au rachat d'Insights, c'était Mireille, son épouse, qui l'avait poussé à franchir le pas. S'il n'y avait eu que lui, il se serait bien gardé d'y aller. Trop gros. Trop risqué. Trop ambitieux. En somme, il n'aurait jamais dû essayer de changer de division. Car il y avait un gouffre entre facturer seul quelques comptes fidèles, sans personne à manager, sans stratégie à élaborer, sans marketing à imaginer, et piloter un paquebot de cinquante consultants, ingérables par définition. Finalement, la proposition de Paul était peut-être la bonne solution ? À l'approche de la soixantaine, il pourrait tranquillement attendre la retraite en conservant une activité restreinte auprès de quelques clients choisis. Et en finir avec ce poids permanent qu'il supportait depuis bientôt trois ans, chaque jour un peu plus difficilement.

Paul jubilait. Tout ce que le corps et les attitudes de Claude lui renvoyaient était les signaux d'une capitulation imminente. Il l'avait maintenant à sa merci.

« Tenez, voici la synthèse de ce que je vous propose de signer. »

Claude saisit le document et commença à le parcourir. Dès la première phrase, il se détendit. Au fil des articles et des alinéas, la certitude qu'il devait signer se renforça. Son pouls ralentit et il se sentit de mieux en mieux, heureux même d'avoir la chance de retrouver prochainement une vie plus en phase avec qui il était réellement. Sans qu'il s'en rende compte, il était aspiré par le tourbillon du texte. Plus il avançait dans la lecture, et plus il s'auto-persuadait qu'il prenait la bonne décision. Chaque mot, chaque ponctuation jouaient pleinement leur rôle, hypnotisant leur lecteur, comme autant d'êtres vivants œuvrant secrètement à leur noir dessein. Même le papier entrait dans la danse, apaisant par sa blancheur virginale son cerveau désormais possédé. Afin que le souvenir de cette signature ne laisse aucun remords à son ex-président, Paul avait même prévu un semblant de négociation. Détendu et semblant avoir oublié le traitement humiliant qu'il venait de subir, Claude reposa sur son bureau le protocole. Il sourit et tenta pour la forme,

« Ce n'est pas très cher payé !

— C'est-à-dire ?

— C'est exactement la même somme que j'ai déboursée il y a trois ans.

— Je sais, sourit Paul. Mais je vous offre une porte de sortie honorable. Et la possibilité de retrouver votre liberté.

— Mais l'entreprise vaut plus que cela…

— Oui mais vous n'y êtes pour rien. Vous n'avez fait que gérer le quotidien et distribuer des primes pour éviter qu'Insights se disloque. Cinquante pour cent de l'activité est portée par Nathalie, Olivier et moi. Nous partons et tout s'écroule. »

Le ton avait changé, semblant fermer la porte à toute discussion. Engourdi, ensuqué, persuadé qu'il fallait accepter l'offre et mettre un terme à cette expérience difficile de sa vie professionnelle, Claude avait toutefois du mal à franchir le pas. Une part de lui résistait, refusant d'abdiquer, le poussant maladroitement à une autre tentative.

« Et si je refuse ? »

Paul se leva soudainement et tout dans son attitude trahissait une féroce détermination. Il décida d'en finir et saisit Claude par les épaules afin de retrouver son regard et y distiller son venin. Il répondit d'une voix autoritaire.

« Vous ne le ferez pas car vous savez que mon offre est la meilleure solution. Et vous savez également qu'il ne faut pas m'avoir comme ennemi. Vous allez donc signer. Et dans trois mois, vous serez délivré. Voici les documents. Et voici un stylo. »

D'abord surpris par le brusque changement de ton et effrayé par le mouvement de Paul, les doutes et inquiétudes de Claude s'envolèrent à son contact. Il saisit le plume tendu et commença d'apposer une longue série de paraphes.

Étourdi par sa victoire, Paul, en cet instant, ne perçut pas qu'il était à l'apogée de sa puissance.

Chapitre XXVIII
Contact

Alors qu'il entamait la montée d'un raidillon, la foulée de Briandon se fit plus laborieuse. Initié au running par Thierry Lerre, il n'avait jamais réussi à atteindre son niveau ni à trouver de plaisir à cette activité qu'il pratiquait plus par volonté de garder la ligne et d'entretenir sa condition, que par réelle passion. Si son mentor avait cumulé les ultras trails et les bons chronos sur route, lui n'avait été capable que de terminer à l'agonie un marathon en quatre heures douze. Pourtant, il continuait le jogging par fidélité à son ami disparu, et pour cela, il n'empruntait que les circuits qu'ils avaient parcourus ensemble, il y a encore peu de temps.

Concentré sur le placement de ses pieds entre les nombreuses racines, Franck Briandon acheva la portion à la limite de la rupture, courbé, haletant et dégoulinant de sueur. Il reprit péniblement son souffle en se redressant et se relança. Il s'engagea sur un chemin étroit, bordé de jeunes feuillus et de ronces qui, à cette époque de l'année, se transformaient en haie infranchissable. D'abord en pente douce, le sentier plongea ensuite de façon plus abrupte vers « l'étang neuf », l'obligeant à une attention soutenue pour ne pas risquer de trébucher. En cette heure matinale, il y avait encore peu de monde dans le bois de « Fausse repose », surtout dans cette partie éloignée de la route, aussi, les frottements des branches contre un corps et le bruit d'une cavalcade véloce le firent brusquement se retourner, surpris par l'arrivée inopinée d'un autre coureur. L'étroitesse de la tortille ne permettant pas le passage de deux personnes, Franck accéléra et s'excusa auprès de son homologue plus rapide.

« Encore une cinquantaine de mètres et vous pourrez me doubler.

— Pas de souci, lieutenant, j'ai tout mon temps. Le ton amical était posé, sans aucun signe d'essoufflement.

— On se connaît ? demanda Franck avec étonnement.

— Oui, d'une certaine façon. »

Mal à l'aise, Franck accéléra afin de sortir au plus vite de ce boyau et découvrir qui était son suiveur. Était-ce l'inquiétude, ou la déclivité, toujours est-il qu'il s'étonna de sa vitesse et de la souplesse inhabituelle de ses mouvements. Les deux runners débouchèrent sur les rives de l'étang quasi en même temps. Alors que Franck s'arrêtait pour engager la conversation, l'inconnu fit une embardée et l'invita à poursuivre d'un geste de la main.

« Venez Franck, nous serons plus à l'aise pour parler. »

Hésitant un instant, l'inspecteur se décida à rattraper ce type qui semblait le connaître, et pris par le jeu, fut sur lui en quelques foulées. Il se surprit à nouveau de son allure et de sa légèreté. L'impression de se sentir bien, léger, serein. Peut-être les fameuses endorphines dont lui parlait régulièrement Thierry, et qu'il n'avait pour sa part jamais eu l'occasion de profiter. Il consulta d'un coup d'œil son cardio et constata qu'il n'indiquait pas d'emballement, son niveau restant étrangement dans la zone verte située entre cent vingt et cent quarante pulsations/minute. Alors qu'il allait le questionner, il observa l'homme qui était désormais à ses côtés et sur lequel il n'arrivait pas à poser un nom.

« Alors comme cela on se connaît “d’une certaine façon”, commença Franck ?

— En tout cas, il semble que vous brûliez de me rencontrer, répondit Paul sur un ton facétieux. »

C’est à cet instant que tout bascula pour Briandon et que le terme rationnel disparut à jamais de son vocabulaire. Quelques minutes après ce premier échange, l’esprit embrumé et le corps engourdi, il s’affaissa dans sa voiture et tenta de retrouver son calme.

« Le téléphone, lui intima son cerveau encore sous emprise, vérifie tes messages. »

Il extirpa son iPhone de la boîte à gants et entreprit de consulter fébrilement ses SMS. Lorsqu’il découvrit celui de Patricia, il ne put retenir un juron et resta ensuite prostré un long moment.

L’arrivée d’un véhicule sur le parking le tira de sa rêverie. Il regarda l’heure et s’aperçut qu’il aurait dû être au bureau depuis un bon moment. Par acquit de conscience, il vérifia s’il n’avait pas rêvé et si le SMS qui l’avait tant ébranlé n’était pas le fruit de son imagination. L’invitation était bien là :

« Mercredi soir, je serai seule, les enfants dorment chez leurs copains. Viens dîner. »

En route pour le commissariat, Briandon se repassait en boucle le film de ce début de matinée, et surtout, tentait de lui trouver des explications censées, ce qu’il ne parvenait pas à faire. Comment Paul Dubois avait-il pu provoquer cette rencontre seulement quelques heures après avoir été convoqué ? De quelle manière avait-il réussi sa manipulation mentale, cette forme d’hypnose qui l’avait littéralement subjugué ? « Il m’a embobiné », lui avait dit son adjoint. C’était bien au-delà que de se faire embobiner, pensa-t-il. Et plus que tout, comment connaissait-il ses sentiments pour Patricia ? Quant au SMS… là, on tombait carrément dans l'irréel.

Il stoppa son véhicule à un feu rouge. À nouveau, le déroulé de la rencontre avec le suspect s'imposa à sa réflexion et il se repassa le film des événements.

Dès le premier instant aux côtés de Dubois, il comprit que quelque chose clochait. Sa course était trop facile, trop soutenue, sans la moindre fatigue. Franck ne buvait pas d'alcool. Jamais. Une hépatite l'avait cloué au lit durant six mois lorsqu'il avait vingt ans et il lui était interdit d'en consommer. Quant à son aversion pour les dealers, elle l'avait tenu éloigné de tout type de « paradis artificiel ». Aussi les sensations qu'il découvrit au contact de l'homme qu'il suspectait d'avoir tué Sophia lui firent immédiatement perdre pied, comme dépossédé de toute maîtrise. Comme si corps et âme ne lui appartenaient plus. Le premier semblait jouir avec une force improbable, chaque parcelle étant irradiée d'une bienfaitrice chaleur, ce qui avait pour effet de tétaniser le second, qui ne comprenait pas et n'aimait pas cette perte de contrôle.

« Qu'est ce qui m'arrive ? balbutia Franck en proie à une panique naissante.

— Rien de grave. Dans quelques minutes, vous retrouverez votre état normal. Pour l'instant, laissez-vous porter. Tout ce que vous ressentez est naturel, généré par vous seul. Vous êtes noyé sous les hormones du plaisir comme les appellent les scientifiques. »

Arrivant au bout de l'étang, les deux hommes bifurquèrent sur une allée cavalière large et rectiligne, plus propice à leur allure et au besoin qu'avait Paul de courir de front avec l'inspecteur afin de maintenir sa mainmise. Comme aimanté, Franck suivait le rythme qui lui était imposé. Sans ambages, Paul énonça posément ce pour quoi il avait organisé la rencontre.

« Je sais pourquoi vous m'avez convoqué jeudi mais je vais vous demander de m'oublier pendant quelques mois. Vous direz à vos supérieurs que je suis de nouveau hospitalisé et que je ne peux pas vous rencontrer. Personne ne viendra vérifier. Cela me laissera le temps de prouver mon innocence. Croyez-moi Franck, je n'ai pas tué Sophia. »

Paul avait bâti son plan. Depuis quelques jours, lorsqu'il tentait de recréer du lien avec Iris, il ne se heurtait plus au néant qu'il avait rencontré jusqu'alors. Il ressentait son énergie, lointaine, encore inaccessible, mais il avait l'intuition qu'elle serait bientôt à nouveau à ses côtés. Il lui demanderait pardon, et la suivrait désormais aveuglément dans le processus. En retour, elle ferait disparaître les indices qu'elle avait disséminés pour le confondre. Tout son stratagème reposait sur la seule hypothèse du retour et de l'indulgence d'Iris, mais il avait compris depuis peu que cette faculté de perception était particulièrement puissante et efficace. Il l'utilisait d'ailleurs tous les jours avec succès.

Franck semblait tourner au ralenti, comme s'il était dans une dimension où les sons et les gestes étaient amortis par une atmosphère solide, cotonneuse. Comme s'il observait son corps qui filait sur le chemin, son esprit semblant s'être détaché de son enveloppe charnelle. Sa peur s'était évanouie au profit d'une agréable insouciance. Il vivait quelque chose d'incroyablement doux et ne s'en offusquait plus. Il en était arrivé au point d'espérer que cette expérience perdure. Toutefois, sentant l'égarement de Briandon, Paul atténua légèrement sa mainmise afin de l'aider à garder prise avec la réalité et lui permettre de répondre, ce qu'il fit d'une voix hésitante,

« Je ne peux pas. Et puis pourquoi devrais-je vous croire ? tout m'indique le contraire, toutes les apparences sont contre vous », essaya Franck sans plus porter crédit à ses propos.

Une chaleureuse sympathie à l'égard de Paul s'était emparé de lui et toutes ses certitudes s'évanouirent.

« Vous expliquer prendrait trop de temps, et je ne suis pas sûr que vous me croiriez. En revanche, afin de vous aider à prendre votre décision, je vais vous donner une preuve que notre échange n'était pas un malentendu et qu'il était bien réel. Vous êtes toujours amoureux de Patricia, je crois ? » La question semblait être posée pour la forme tant Paul émettait son propos comme une banalité.

« Mais qu'est-ce… qui êtes-vous ? »

Un relent d'inquiétude refit rapidement surface. Comment pouvait-il savoir ? Peut-être la connaissait-il ? Ou bien avait-il créé un lien de proximité avec Thierry lors de la « Desert Cup » et son ami s'en serait ouvert lors d'une discussion ? encore eut-il fallu qu'il décelât son amour caché… s'en serait-il alors ouvert à un quasi-inconnu ? Devinant son conflit intérieur, Paul enchaîna,

« Ne cherchez pas à comprendre, Franck. Acceptez simplement qu'il ait des choses que vous avez encore à découvrir et que tout n'est pas aussi carré que vous le croyez. »

La remarque de Paul acheva les quelques bribes d'incrédulité qui habitaient encore le lieutenant.

« En arrivant dans votre voiture, vous consulterez vos SMS. Un message de Patricia vous attend. Si vous faites ce que je vous demande, vous allez vivre une belle histoire avec elle. Dans le cas contraire, elle mourra. Bien sûr, vous aurez rédigé et envoyé avant midi un mail d'information quant à ma situation et au report de ma convocation aux personnes concernées par l'enquête. Ne vous avisez pas de me mentir, je le saurais. » Le ton n'était plus amical.

— Vous êtes complètement cinglé, s'insurgea mollement Franck.

Le feu étant repassé au vert, un klaxon impatient l'intima de redémarrer. Plus il approchait du commissariat, moins il était capable de prendre sa décision. Tout ce qui venait de se passer relevait de l'impossible, du rêve, ou de la divagation. Et pourtant il y avait ce SMS, et la connaissance de son amour contrarié envers Patricia. Il arriva enfin sur son lieu de travail et gara son véhicule. À côté de la voiture d'Éric Douste, se fit-il la réflexion. Simple coïncidence ou avertissement ? Il balaya mentalement cette théorie farfelue et grimpa quatre à quatre l'escalier menant à son bureau, enfin décidé de ce qu'il allait faire.

Chapitre XXIX
Héritage

Un interminable éclat de rire montant dans des stridences animales, une œillade méprisante, et pour finir une sentence implacable,

« Sans moi, tu n'es rien. »

Affairé à préparer son petit déjeuner, Paul ressassait la scène qui l'avait brusquement soustrait à un sommeil redevenu fragile. Était-ce un rêve ou Iris était-elle réellement venue lui rendre visite ? Cherchant à se rassurer en se disant que jamais elle ne le traiterait ainsi, il convint toutefois rapidement que cette assertion, qu'elle fût fantasmée ou non, était criante de vérité. Sans elle, il n'était rien, sans elle il était perdu. Les quelques semaines durant lesquelles il pensait avoir trouvé la martingale qui lui aurait permis de mieux vivre la situation semblaient bien loin. Il avançait de nouveau dans le noir, falot, se cognant aux aspérités de l'existence, sans boussole et sans mode d'emploi de ses maudits pouvoirs qu'il ne parvenait toujours pas à totalement domestiquer, et qu'il traînait de nouveau comme un boulet. Pourtant, d'une certaine façon, il continuait de profiter des circonstances, lorsque dopé par ses hormones, il vivait de longues heures de béatitude, comme autant de permanentes montées d'ecstasy. Ou lorsque son état supérieur de conscience, son intelligence affûtée et sa capacité décuplée de séduction lui permettaient de prendre à coup sûr les bonnes décisions, de rassurer et de séduire, lui offrant ainsi sur un plateau de multiples succès, ce dont il abusait sans vergogne. S'il n'y avait eu que ces facultés, tout aurait été plus facile. Mais c'était sans compter sur la montée en puissance d'effrayantes capacités qui étaient apparues au fil des derniers événements, comme autant de solutions à des problèmes surgis dans sa vie. Celui de partager son fluide et ainsi envoûter ses cibles, d'influer le raisonnement d'une personne à distance, d'anticiper les réactions et situations, et depuis peu de les provoquer, comme un enfant dirige ses jouets dans des aventures imaginaires et à sur eux, un droit de vie et de mort. Ces nouveaux dons qu'il avait pourtant utilisés avec délectation sur Claude et le flic qui le pistait, le mettaient finalement mal à l'aise et participaient à son spleen, car il sentait bien qu'il avait franchi un cap dans l'extraordinaire de ce qu'il vivait. Fait nouveau, derrière une apparente sympathie, il l'avait fait avec un tel mépris et d'exécration envers ses semblables qu'il en avait pris peur. Enfin, la désagréable sensation que le temps lui était désormais compté était apparue ces derniers jours, attisant une impatience déjà viscérale. Tout ceci contribuait à accélérer le délitement de ses liens sociaux, détruisant inexorablement son humanité et attisant une paranoïa galopante.

Aussi, comme chaque matin, lorsqu'il était pour un court moment en pleine possession de ses moyens, ceux d'avant, il prenait peur et s'apitoyait sur son sort. Tout lui semblait vain et son quotidien, qui lui échappait chaque jour un peu plus, toujours plus difficile à supporter. À quoi bon ces possibilités si elles ne lui servaient qu'à convaincre des seconds rôles d'une pièce médiocre ? Car finalement, jouir d'une telle puissance pour prendre le pouvoir d'une PME, à quoi cela rimait-il ? Pourquoi tout ce cirque ? Par ailleurs, son plan qui n'était finalement qu'une vaine espérance de renouer avec Iris, des retrouvailles qui lui auraient permis de continuer paisiblement le cours du processus, ne se concrétisait pas. Pire, alors qu'il avait cru sentir sa présence il y a encore peu, et, hormis le rêve de cette nuit, il était désormais confronté à un macabre silence, qui le faisait patauger dans un marigot d'incertitudes dont il ne parvenait pas à s'extraire. Un violent sentiment d'injustice s'installa en lui, rapidement dévoré par la détestation de ce qu'il était devenu. Avachi sur son bar, résigné et incapable de contrôler quoi que ce soit, il attendait nerveusement la montée de ses aptitudes et de leurs aléatoires conséquences. La sonnerie de son téléphone le tira de ses lugubres réflexions. Il décrocha et répondit froidement aux salutations de son Directeur général. Il n'avait plus envie de faire semblant et les salamalecs de courtoisie lui hérissaient le poil. Tout lui paraissait long et perdre son temps en civilités le faisait partir au quart de tour.

« Tu veux qu'on se voie ? »

À l'autre bout du fil, Olivier resta interdit. Il n'arrivait toujours pas à se faire aux facilités que Paul semblait avoir développé depuis son retour, et sa capacité à anticiper et comprendre ce que les autres pensaient ou espéraient, était certainement ce qui l'étonnait le plus.

« Oui, ce serait bien si tu avais un moment en fin de journée.

— C'est quoi le sujet ?

— Suffisamment important pour qu'on n'en parle pas au téléphone. »

Lassé des rebuffades et de la froideur de Paul, Olivier s'était forgé une carapace et finalement résolu, la mort dans l'âme, à jouer sur le même registre de ton que son ami. À l'autre bout de la ligne, tous les clignotants sensoriels de Paul venaient de virer au rouge et s'il ne parvenait pas à complètement percer à jour les motivations de son DG, il en était persuadé, cette rencontre sentait les problèmes à plein nez. Il fut tenté un instant de jouer de ses facultés afin de capter des informations supplémentaires, mais il préféra clore l'appel. Il aviserait ce soir.

Ce qu'il n'avait pas perçu, c'est qu'Olivier voulait lui remettre sa démission. Et changer radicalement de vie, à l'instar de Nathalie. Il adorait son job, la boîte, l'ambiance, et accompagner ses clients vers un peu plus d'humanité dans les process managériaux lui convenait à merveille, mais depuis le retour de Paul, quelque chose s'était brisé. L'alchimie de leur amitié avait cessé de fonctionner. Paul n'était plus le même, alternant en permanence et avec brutalité des comportements bipolaires, comme un docteur Jekyll et mister Hyde contemporain. Il y avait ce Paul flamboyant, séducteur, qu'il avait toujours connu et qui semblait plus brillant que jamais, doté d'une acuité nouvelle, d'une capacité d'anticipation étonnantes, presque des « pouvoirs magiques » comme il l'avait surpris dans une conversation entre deux fournisseurs sortis rincés d'une négociation. Mais le côté sombre semblait chaque jour gagner du terrain. Désormais pétri de sa supposée supériorité, il semblait vouer à tout un chacun, Olivier y compris, un dédain absolu, le conduisant à s'enfermer dans une tour d'ivoire. Il était devenu froid, distant, cassant, entrant dans des colères homériques pour des points de détails, laissant pantois et tétanisés ses interlocuteurs. Puis, conscient d'avoir été trop loin, il revenait en une fraction de seconde à un comportement apaisé, redevenant charmeur, comme si les horreurs proférées un instant plus tôt n'avaient jamais été émises. Tout ceci usait et déstabilisait les salariés, et les nombreux succès commerciaux engrangés par Paul, l'intérêt des missions confiées et le confort matériel dans lequel se trouvaient les consultants ne suffisaient plus à atténuer le malaise issu des ires à répétition du nouveau propriétaire d'Insights. Œuvrant comme un pompier, Olivier éteignait les feux qui s'allumaient désormais quotidiennement. Il rassurait, expliquait, justifiait, bataillait pour infléchir ou arrondir une résolution, avec une conviction qu'il sentait chaque jour s'effriter un peu plus. S'il avait protégé son ami durant les premiers mois, il avait de plus en plus de difficulté à lui trouver des excuses, et tout le monde avait bien compris le différend qui s'était installé entre les deux anciens piliers, constatant impuissant, le fossé qui ne cessait de s'élargir entre eux. Olivier avait lui aussi changé, ses centres d'intérêt ayant naturellement basculé depuis l'envol de sa relation avec Laurence. Les nuits blanches à répétition, alcoolisées et poudrées n'étant pas compatibles avec un amour naissant, il avait cessé de suivre Paul dans ses marathons festifs. De toute façon, il n'était plus convié, et s'il en avait généré de la rancœur au tout début, cela l'avait finalement aidé à envisager la vie sous un angle qu'il avait cru disparu à jamais. Il s'était donc lancé à corps et cœur perdu dans cette idylle qui le comblait et contribuait à ancrer son équilibre mis à mal par l'attitude toxique de Paul. Alors que l'hypothèse d'un départ de l'entreprise et d'une nouvelle vie, loin de Paris, alimentait quotidiennement leurs discussions, un événement tragique vint précipiter la décision des deux jeunes amants.

« Quelques mois ? »

Incrédule, la mère de Laurence encaissa l'information sans montrer d'autre émotion que l'étonnement.

« Votre cancer n'est pas récent. Je pense qu'il se développe depuis plusieurs années, je dirais au moins trois ans. Vous me dites que vous n'avez jamais eu de douleur auparavant ? »

Bien sûr qu'elle en avait eu des douleurs, rien ne lui avait été épargné. Qu'est-ce qu'il croyait ce toubib ? Des violentes, lancinantes, surprises, insupportables, épisodiques, progressives… toute la palette y était passée. Cette souffrance lancinante qui s'installe discrètement sans que vous l'ayez vue venir, l'estomac se dilatant, irradiant le mal jusqu'au niveau des côtes, le ventre qui se consume lentement et vous donne envie de hurler, des tenailles qui fourragent sauvagement vos tripes à la recherche d'un viscère à torturer, et cette peur glaçante qui s'installe peu à peu mais qu'il faut refouler, oublier, rejeter. Parce qu'il ne faut pas se plaindre, c'est tellement vulgaire. Rester discrète, à sa place. Ne pas faire de bruit. Ne gêner personne. S'effacer. Faire ce que l'on attendait de vous, et en ce qui la concerne être une femme modèle, dévouée, entièrement consacrée à sa famille. Alors, consulter, il n'en était pas question. Et puis, dans sa campagne natale, on ne les aimait pas trop les médecins. Moins on les voyait, mieux on se portait. Leurs saletés de médicaments qui vous guérissent d'un côté mais vous détraquent de l'autre. Alors on attendait, on laissait passer, on espérait en une meilleure fortune et l'on faisait confiance au bon Dieu. Tout cela finirait toujours par s'arranger. Mais ça ne s'était pas arrangé, jusqu'au jour où elle s'était effondrée dans sa cuisine, en silence, par décence.

La vieille dame se tourna vers son mari. Ratatiné sur son siège, il venait de prendre dix ans et semblait anéanti par la nouvelle de la disparition imminente de son épouse.

« Mathilde… esquissa-t-il sans parvenir à aller plus loin.

— Ça va aller, mon chéri. Ça va aller. »

Mais les incantations ne suffisent pas face à l'inexorable fuite de la vie. Son état avait rapidement empiré et la douleur s'était installée à temps plein, faisant de chaque geste du quotidien un supplice sans cesse renouvelé. Avec Charles, son mari, ils avaient d'abord décidé de cacher la vérité à leur fille. Elle avait déjà suffisamment de problèmes avec son travail et ne s'était jamais vraiment remise de son divorce, il ne fallait pas l'inquiéter. Elle était fragile, on lui dira le moment venu.

Ce dernier arriva très vite, lorsque durant un déjeuner dominical, Laurence s'était émue du teint jaunâtre de sa mère, de son corps qui fondait, de sa mobilité ralentie par la douleur. Mathilde avait alors tenté de donner le change et rapidement bifurquer vers un autre sujet, comme elle le faisait depuis des années avec tout ce qui fâche, mais elle avait dû finalement partager son tragique secret, en occultant toutefois le caractère irrémédiable de la sentence. Ce qui avait fini de convaincre Laurence de la gravité de la situation était l'incroyable mue de son père. Était-ce la peur de la solitude à venir, la volonté de se racheter de cinquante-neuf années de patriarcat castrateur et tyrannique, ou tout simplement la résurgence d'un amour enfoui sous d'épaisses couches de train-train, toujours est-il que l'attitude de Charles changea radicalement à l'annonce de la maladie. Il devint doux, prévenant, tendre, attentionné. Les rôles furent instantanément inversés et Mathilde se fit chouchouter. Toute tentative d'aide aux tâches domestiques était balayée d'un péremptoire mais affectueux « laisse, je m'en occupe ». Alors elle s'asseyait sur le canapé et regardait son homme s'affairer maladroitement à des travaux qu'elle n'aurait jamais imaginé le voir réaliser. Elle en profitait pour le taquiner gentiment, heureuse de se sentir enfin reconnue.

Un soir alors qu'ils papotaient dans le lit, Mathilde fit part de sa décision à son mari,

« Je veux partir. Je suis arrivée au bout. »

Incapable d'autres réactions que de lui prendre la main, son mari resta silencieux, écrasé par le chagrin.

— C'est fini, mon Charles, je le sens. Je vais basculer maintenant dans l'horreur de l'impotence et je ne veux pas que tu me voies comme ça. Je veux partir tant que je contrôle un peu les choses. Dans quelques jours, il sera trop tard. Et j'ai tellement mal…

— On va demander au toubib un traitement plus fort ? tenta timidement son époux.

Elle lui répondit par un triste sourire dans lequel il lut une détermination qu'il savait ne pas avoir la force ni l'envie, de combattre.

— Et Laurence ? s'inquiéta Charles.

— Elle comprendra. Je suis sûre qu'elle prendrait la même décision. Elle a hérité de mon caractère, tu sais bien…

— Oui, elle comprendra, enchaîna Charles pensivement.

— Tu te souviens de notre premier week-end en amoureux ?

— Etretat ?

— Je voudrais que tu m'y emmènes.

Ils étaient partis dès le lendemain, l'état de Mathilde ayant empiré durant la nuit. Ils avaient fait la route en silence, chacun prenant la mesure du temps qui s'écoulait. Elle avait voyagé couchée, le siège passager rabattu, pour apaiser ses tourments. Elle avait ainsi profité du spectacle du ciel et des nuages, agréables compagnons de route qui avaient redoublé de créativité pour lui tenir compagnie.

Une fois arrivés à Etretat, ils s'étaient rendus dans un restaurant qui faisait face à la mer. Ils avaient commandé le même menu, quelques bulots, un bar rôti et une tarte Tatin, qu'ils avaient à peine touchés. Elle avait bien essayé de tremper ses lèvres dans son verre de Tavel, son rosé préféré, mais le cœur n'y était pas et le corps ne l'aurait pas supporté. La serveuse, peinée de voir ses plats revenir à peine entamés, s'était inquiétée de leur qualité auprès d'eux, mais elle avait vite compris que le problème était ailleurs. Émue, elle choyait désormais du regard ces deux vieillards qui se tenaient la main avec une tendresse infinie, leurs pensées apaisées par la beauté de l'océan. Ils restèrent ainsi jusqu'à la fermeture. Charles veilla à ce que son épouse soit correctement couverte, et ils sortirent précautionneusement du restaurant. L'air froid et iodé leur fouetta le visage et les revigora.

Le soleil était déjà haut et s'ils voulaient voir son coucher, il ne fallait pas tarder.

« Tu es sûr, mon chéri ? s'inquiéta Mathilde,

— Oui. Tout ce qu'il y a de plus sûr. Il lui serra la main et lui posa un baiser sur la joue. »

Elle fouilla dans son sac, à la recherche de ses pilules de Sevredol. Elle en avala deux. Elle aurait ainsi moins mal pendant un moment. Ils pouvaient maintenant entamer à leur rythme la montée du sentier de la falaise d'Aval.

Arrivés au sommet, ils s'étaient installés sur un banc adossé à un talus, et ainsi protégés du vent, collés l'un à l'autre, ils n'avaient pas senti les morsures du froid ni l'arrivée du crachin qui les avaient insensiblement enveloppés. Unis, ils partageaient un silence complice que la magnificence du lieu sublimait. Le coucher du soleil n'avait pas été particulièrement beau. Pas de couleur chatoyante ni d'explosion chromatique. Juste un ciel gris et tourmenté qui semblait avoir été avalé par l'immensité liquide. Alors, imperceptiblement, la nuit avait déposé son voile.

« C'est le moment d'y aller, mon chéri.

— Oui, mon amour. »

Il l'avait aidée à se lever et avait ajusté son col afin, ironie de la situation, qu'elle n'attrape pas froid. Puis, ils s'étaient dirigés d'un pas lent, mais résolu, vers l'abîme.

Chapitre XXX
Retrouvailles

L'enfoiré ! Comment Olivier avait-il pu lui faire cela ? Paul ne décolérait pas depuis la réunion de la veille avec son DG et, enragé, faisait les cent pas dans son salon. Comme il l'avait pressenti, le rendez-vous avait tenu ses promesses en matière d'emmerdements. Au-delà même de ses craintes. Ce salaud avait osé le planter, lui remettant sa démission en bafouillant de minables excuses qu'il savait avoir été pensées par sa rombière. Il était question d'héritage imprévu, d'envie de réinventer sa vie, de se sentir à sa place et de quitter Paris. À croire que ce con s'était abonné à « Psychologie magazine ». Et merde, comment n'avait-il rien vu venir ? Olivier, cet éternel suiveur qu'il pensait sous la dépendance d'une amitié fantasmée, manipulée par ses nouvelles aptitudes. Paul avait bien tenté d'y faire appel pour renverser le cours des événements mais il s'était rapidement aperçu de son impuissance. Abasourdi par son incapacité à convoquer ses pouvoirs à un moment aussi crucial, il avait rapidement jeté l'éponge et éjecté de son bureau sous une bordée d'injures son ancien complice. L'esclandre n'était pas passé inaperçu et à voir les mines déconfites et affligées des personnes présentes, il avait compris que ce énième incident, le dernier en ce qui concernait son ex-DG, pouvait avoir de lourdes conséquences.

« Putaiiiiin !!! »

Il balança son mug qui alla se fracasser sur le placard de la cuisine.

Il n'avait pas dormi de la nuit, tentant d'abord de conjurer le sort en allant vider quelques vodkas Red bull dans ses bars de prédilection. La compagnie d'autres âmes en peine qu'il avait su charmer grâce à ses artifices retrouvés l'avait aidé à se calmer. S'estimant suffisamment anesthésié, il était rentré chez lui vers deux heures du matin en espérant sombrer dans un sommeil salvateur. Il fut incapable de le trouver et resta éveillé, tétanisé par une angoisse viscérale. Cette solitude qu'il ressentait chaque jour un peu plus. Non pas que la compagnie des hommes lui manqua. Il avait vite compris que sa nouvelle situation et l'étendue de ses facilités l'éloigneraient à jamais de la médiocrité des relations qu'il avait jadis entretenues. Ce qui le consumait était l'absence d'Iris. Pas de message, plus de signe, rien, le vide, le néant, si ce n'est une récente et dédaigneuse apparition dans ses rêves.

Il jeta un œil à l'horloge de la cuisine. Huit heures trente. À cette heure, « la bascule » aurait déjà dû s'opérer et il ne devrait plus en être à ruminer comme il le faisait, mais au contraire ressentir un détachement empreint de sérénité. À nouveau, il s'étonna de l'étiolement de ses facultés, de sa récente incapacité à les utiliser lorsqu'il en avait besoin, le départ d'Olivier en étant la manifestation la plus éclatante.

Il pensa un instant à ne pas se rendre au bureau mais vu le séisme qu'avait dû provoquer la violente altercation d'hier, il se devait de recoller les morceaux avec ceux qui seraient présents. Il fallait faire face et il n'avait pas pour habitude de fuir ses responsabilités. D'abord tout remettre en ordre et puis filer au travail. Alors qu'il s'affairait à ramasser les éclats de sa tasse, sans qu'il la vît venir, une brusque montée de chaleur s'instilla en lui. Pas celle d'une poussée de fièvre et ses désagréables contrecoups, mais celle que fait apparaître un soleil de printemps après un trop long passage nuageux et qui réchauffe autant le cœur que le corps. Celle qui fait nous tortiller sur notre chaise longue pour trouver la position idéale et ainsi jouir au mieux de l'agréable moment. La douce tiédeur eut pour effet immédiat de dissiper son stress qu'il sentit fondre, se liquéfier, s'évaporer comme neige au soleil. Ses muscles se détendirent et son ventre, sec et dur il y a encore un instant, généra une multitude de molécules d'énergie qui inondèrent tout son être, provoquant une parfaite unicité. Finis les questionnements, les doutes et ressentiments, tous balayés par cette irrésistible vague d'enchantement, seule promesse d'Iris tenue à ce jour.

La « bascule », enfin.

Ainsi délesté de ses turpitudes et du poids de ses scrupules, la journée pouvait commencer. Il prit rapidement sa douche et s'habilla pour se rendre au siège.

La météo semblait avoir pris le pli de son humeur. Les brumes matinales et l'humidité avaient laissé place à un éclatant soleil d'automne, pas encore chaud, mais rassurant pour la suite de la journée. Paul marchait d'un pas vif, décidé. Ignorant la foule compacte qui l'entourait en cette heure migratoire, sa tête fonctionnait à plein, élaborant les stratégies pour reconquérir chacun de ses consultants, avec une assurance et une clairvoyance qui ne cessaient de l'étonner. Habitué aux effets de la coke et à son cocktail d'effets provoquant assurance, invincibilité et supériorité, il s'amusait du parallèle, se faisant la réflexion que, même dans ses soirées les plus extrêmes, il n'avait jamais approché l'état qui était le sien en cette matinée d'octobre. Olivier pouvait bien le quitter, il saurait faire sans lui. Rien ne pouvait lui résister et, quel que soit le problème qui lui serait posé, il lui trouverait aussitôt une solution qu'il pressentait infaillible.

Alors qu'il allait s'engouffrer dans le métro, un homme le heurta de plein fouet, lui coupant le souffle et provoquant une douleur qui le fit se plier en deux. Se confondant en excuses, l'individu, affable, l'aida à se redresser,

« Je suis confus. Je ne vous ai pas vu, j'avais la tête ailleurs… ça va aller ? »

La voix de l'inconnu fit l'effet d'un électrochoc à Paul qui recouvra aussitôt ses esprits. Ce timbre, cet accent rocailleux, ils les auraient reconnus entre mille tant ils étaient porteurs d'intenses souvenirs, d'émotions extrêmes, du plus profond désespoir à l'euphorie la plus pure, du délabrement psychique et physique à celui d'un athlète rayonnant. Cette connexion soudaine avec un passé révolu le bouleversa et provoqua en Paul un tel bouillonnement d'images, qu'il en fût ému aux larmes.

Inquiet par cette réaction et croyant à un contrecoup du choc, l'inconnu proposa d'appeler des secours. En guise de réponse, Paul le regarda dans les yeux et lui offrit un large et chaleureux sourire.

« Fred ! La “Desert Cup” ! Nos cent premiers kilomètres… »

Incrédule, le quidam dévisageait Paul sans le reconnaître. Enfin, après de longues secondes d'hésitation, il sourit. Il fit un pas en avant et enserra affectueusement son partenaire de course,

« Paul… désolé je ne t'ai pas reconnu… je suis un peu à l'ouest en ce moment… comment vas-tu, enfin je veux dire, à part le fait que je t'ai assommé ?

— Plutôt bien, sourit Paul sans réfléchir. Tu as le temps de prendre un café ?

— Oui, pourquoi pas, je ne suis pas pressé, répondit Fred avec lassitude ».

Attablés l'un en face de l'autre, les deux hommes étaient silencieux, chacun intégrant à sa manière la longue discussion qu'ils venaient d'avoir. Fred, le dos calé au fond de sa chaise, observait Paul d'un air contrit, culpabilisant de l'avoir mêlé, ne serait-ce qu'un court instant, à son malheur. Mais parler du cataclysme qu'il subissait à quelqu'un avec qui il avait vécu ses plus marquantes expériences sportives lui avait fait du bien, et peut-être lui donnerait le courage nécessaire pour réaliser ce pour quoi il était venu à Paris.

Après un an de coma, les données médicales de sa fille s'étaient soudainement dégradées et les médecins avaient été formels : Il n'y avait aucun espoir que Marie revienne, pas même dans un état végétatif. Pour une fois, lui et Sylvie, son ex-femme, étaient tombés d'accord sur un point : il n'y aurait pas d'acharnement thérapeutique, pas de traitements inutiles qui auraient eu pour but le maintien artificiel de la vie. Comme chaque semaine depuis le début de l'hospitalisation, il avait donc pris le train depuis Toulon, mais cette fois, pas pour venir lui lire « Les piliers de la terre » ou « Misery » qu'elle avait tant adoré, ou lui faire écouter Shakira dont elle était fan, cette fois serait la dernière, cette fois serait pour lui dire adieu. Il avait rendez-vous avec son ex-femme à 14 heures. Ils avaient convenu de vivre le départ de leur fille unique ensemble, persuadés que Marie aurait aimé les voir réunis en cet instant si particulier. Arrivé à Paris, Fred s'était d'abord rendu dans son studio meublé qu'il louait depuis quelques mois, à trois stations de métro de l'hôpital Cochin. Il avait déposé ses bagages et traîné un long moment avant de se décider à se rendre au chevet de son enfant. Une fois arrivé à Saint-Jacques, il n'avait pas eu le courage de descendre du wagon. Il avait laissé filer les arrêts jusqu'au terminus, puis avait appelé Sylvie pour lui dire qu'il avait raté son train et que tous les autres étaient complets pour la journée. Il était désolé, si ça ne la dérangeait pas, ils remettraient ça au lendemain, il avait pris un billet pour le premier départ. Elle avait mollement acquiescé, anesthésiée par la douleur, vidée. Aujourd'hui ou demain, finalement, est-ce que cela avait la moindre importance ? Fred était rentré au studio pour s'effondrer sur son lit et sombrer dans un sommeil libérateur. Au moins, durant quelques heures, il ne souffrirait plus. Il s'était réveillé vers trois heures du matin, et, incapable de se rendormir, était sorti pour marcher. La nuit était douce et il avait longuement erré au hasard des rues assoupies, évitant les artères encore bruyantes de taxis ramenant les derniers fêtards chez eux. Parvenu en bas de l'avenue des Champs-Élysées, il sut enfin vers où se diriger et comprit pourquoi ses pas l'avaient mené jusqu'ici. Lorsqu'ils formaient encore une famille unie, il avait pris l'habitude d'emmener Marie à la caverne de la cascade, vaste dédale d'étroits couloirs serpentant derrière une chute d'eau du bois de Boulogne. Sa femme profitait alors de ce calme retrouvé pour souffler un peu et s'occuper d'elle, et lui, être pleinement avec sa princesse. Ils parcouraient alors tous les deux ces passages secrets à la recherche d'un trésor gardé par d'infâmes gobelins et un terrible dragon. Après d'intenses combats, toujours vainqueurs, ils filaient ensuite au « café du bois », dévorer une crêpe au Nutella pour elle, boire un coca zéro pour lui. Ils parlaient peu, mais, en cet instant, les mots étaient inutiles, remplacés par des œillades d'amour et de complicité entre père et fille. Et puis, lorsque Marie avait froid, était fatiguée, ou en avait tout simplement assez, ils se dirigeaient vers la voiture, doucement, main dans la main, heureux.

Il arriva vers huit heures du matin à la grotte. Fred s'assit sur le banc qui avait servi autrefois de théâtre à leurs jeux et brusquement, s'effondra en pleurs. Il pensait pourtant être à sec de larmes d'en avoir déjà tant versé. Mais ce pèlerinage improvisé lui avait rappelé l'imminence de la fin, insupportable évidence contre laquelle il ne pouvait plus rien. Il resta ainsi un long moment, prostré, écrasé par l'horreur de la situation. Le froid le tira de sa sidération. Il n'était que neuf heures, il avait le temps de rentrer chez lui prendre une douche avant d'affronter l'indicible. Il consulta Google maps sur son smartphone et entreprit de se rendre à la station de métro la plus proche. C'est là que le hasard lui fît rencontrer Paul.

Immobile, ce dernier paraissait abattu, la nouvelle de la disparition prochaine de la fille de Fred semblant l'avoir touché tout particulièrement. En réalité, il s'en moquait. Son état le rendait insensible aux malheurs des autres. Peut-être demain matin, avant d'être à nouveau possédé, éprouverait-il du chagrin, de la compassion, voire de la honte de ne pas avoir exprimé plus d'empathie envers ce compagnon si respecté. Pour l'instant, il n'en était rien, et ce qui générait le tourbillon de pensées échevelées qui l'animait, c'était de comprendre les raisons de cette soudaine rencontre. Car ce n'était pas la providence qui les avait fait se retrouver. C'était Iris. Paul en était persuadé. La dernière fois qu'il avait côtoyé Fred, c'était sur la « Desert Cup » et après quelques heures seulement de course commune, contre toute attente, il s'était effondré, le laissant repartir seul du point de contrôle N° 4. C'est à ce moment qu'Iris était entrée en contact avec lui pour la première fois. Et aujourd'hui, alors qu'il se sent être à nouveau dans une période transitoire, qu'il est dans l'attente d'une reconnexion qui lui permettrait de s'excuser, qu'il voudrait la supplier de terminer le processus et être enfin en paix, de nouveau revoir Fred au sortir de chez lui, en cet instant… la coïncidence était tellement improbable qu'elle en devenait évidente. Alors il faisait fonctionner à plein son cerveau dopé, élaborant des hypothèses qui justifieraient cette approche, cherchant en vain l'utilisation qu'il devait faire de ce signe. Fred l'interrompit dans ses réflexions.

« Je suis désolé de t'avoir pourri ta journée… je vais devoir y aller.

— Non, non au contraire, je suis ravi de t'avoir revu. Je dois filer au bureau. Je t'appellerai si tu veux bien ?

— Oui, avec plaisir. »

Il héla le garçon et régla la note, toujours songeur. En se dirigeant vers la sortie, Fred sur ses pas, toutes les conjectures qu'il venait d'élaborer se muèrent en une éclatante fulgurance lorsqu'il entendit une voix lui ordonner de se mettre en action. Le message, clairement énoncé, lui apportait la réponse attendue et tout s'éclaircit enfin. Il allait suivre le commandement reçu.

Chapitre XXXI
Mauvaise rencontre

« Sauve-la ! »

Paul est convaincu que le message n'a pas été fantasmé. Il l'a entendu, distinctement. Une sorte de chuchotement proféré comme un encouragement, à l'instar des premières discussions d'avec Iris. S'il n'a pas reconnu sa voix, il a perçu le caractère impérieux du flash. Et peu importe que cette injonction ne soit pas venue de son mentor, elle est tombée à pic, venant confirmer ses supputations quant au sens à donner à la rencontre apparemment inopinée de Fred. Et si tout ce qu'il vivait depuis bientôt un an s'expliquait enfin ? Si ses foutus pouvoirs qu'il ne maîtrisait pas étaient destinés à faire le bien, être utiles à d'autres et pas seulement l'aider à convaincre et séduire ses clients ou de jolies femmes ? Tout aurait été certainement plus rapide et plus simple si Iris avait pu être là. Ne lui avait-elle pas toujours dit qu'elle était à ses côtés pour le guider, l'aider à maîtriser ses facultés ? Elle l'aurait éclairé, il en était certain. Les remords de son geste fatal à son encontre tentèrent de refaire surface, mais il ne les laissa pas s'imposer. Paul se décida à agir alors qu'ils allaient se quitter. Il se planta face à Fred et lui prit les mains qu'il enserra fermement. Après quelques secondes, quand il fût certain de son emprise, il enchaîna posément,

« Écoute… je peux t’aider. Tu vas me prendre pour un fou mais je peux sauver Marie. »

Choqué par cette annonce, le premier réflexe de Fred fut de reculer et de tenter de s’extraire de cette désagréable pression, mais tandis qu’il entamait son mouvement, sa volonté fut balayée par la force hypnotique de son compagnon de course. Le temps sembla s’arrêter, et le monde extérieur se faire absorber par l’énergie qui émanait de Paul. Le corps de Fred fut délivré de ses tensions, et subjugué par l’intensité du moment, il se laissa emporter sans lutter. Son esprit capitula, s’ouvrant à tous les possibles.

Paul, en roue libre, improvisa. Il n’avait aucune idée de jusqu’où il pouvait aller pour aider Marie ni comment tout cela pouvait finir, mais galvanisé par le message et les perspectives qui se dessinaient, il se devait au moins d’essayer. Il continua sur le même ton mystérieux,

« Je n’ai jamais eu l’occasion de t’en parler mais j’ai un don… une sorte de pouvoir…

— Un don ? questionna Fred qui ne voyait toujours pas de quoi il voulait parler.

— Oui, un don. J’ai déjà guéri des gens, mentit Paul. Je peux essayer… laisse-moi t’accompagner à l’hôpital voir Marie. Je n’ai besoin que de quelques minutes. »

Une douce torpeur avait engourdi Fred qui sembla accueillir la proposition de Paul avec calme. Qui sait comment eut été sa réaction s’il n’avait pas été sous son influence ? La disparition de son enfant étant l’événement le plus abominable qu’un parent puisse subir, l’incongruité d’une telle proposition aurait pu provoquer une position extrême de rejet, de colère, voire de violence. Il n’en fut rien et, comme un marin en détresse, il s’accrocha à la bouée qu’il venait de recevoir. Finalement, tout lui sembla évident, et aucune aspérité ne venant justifier un refus, il se contenta d'acquiescer par un simple hochement de tête.

Ils n'échangèrent pas un mot durant le trajet.

Hébété, la tête posée contre la vitre du wagon, Fred effectuait un compte à rebours des stations le séparant d'un miracle qu'il savait impossible, mais qu'une source bienveillante lui intimait de tenter. Que risquait-il à essayer ? Au pire, cela ne servira à rien, se disait-il. Il faudra juste ne pas croiser Sylvie, car la connaissant, sa riposte risquait d'être particulièrement virulente. Il était à peine dix heures, et il n'avait rendez-vous avec elle qu'en début d'après-midi, le protocole devant être mis en œuvre pour dix-huit heures. La confrontation ne devrait pas avoir lieu.

De son côté, tout en veillant à garder son ascendant artificiel sur Fred, Paul tentait de répondre à une question qui le minait : qu'aurait fait Iris à sa place ? Il échafaudait ainsi des scénarii tous plus improbables les uns que les autres sans arriver à se forger une conviction quant à la marche à suivre ou aux gestes qu'il ferait lorsqu'il serait face à Marie. La seule certitude qui s'était imposée à lui était que s'il réussissait, et il s'en était réellement persuadé, d'une façon ou d'une autre, le « processus » reprendrait son cours. Avec ou sans Iris. Et il pourrait ainsi enfin comprendre ce qu'il vivait et pourquoi il était devenu cet être à sang-froid, abandonné par son humanité.

Arrivés à Cochin, ils se dirigèrent vers le bâtiment Copernic et montèrent directement à la chambre 407, sans s'annoncer à l'accueil. Paul ne tenait pas à multiplier les interlocuteurs de peur de perdre son joug sur Fred. Il ne manquerait plus qu'il se rebiffe et fasse marche arrière…

Une aide-soignante terminait la toilette de Marie. Elle devait bien connaître son père car elle le salua chaleureusement, sans se formaliser de le voir arriver si tôt flanqué d'un inconnu au regard halluciné.

« Voulez-vous que je prévienne le docteur Samuel de votre arrivée ? proposa-t-elle aimablement.

— C'est gentil mais j'aimerais rester seul un moment avec Marie.

Fred dut lire dans ses pensées car il s'empressa d'ajouter en désignant Paul,

— C'est un ami très proche. »

Elle esquissa un sourire compréhensif et sortit silencieusement en poussant son chariot. Sans attendre, Paul s'approcha du lit, suivi comme son ombre par Fred. Se laissant guider par son instinct, il s'assit sur le bord du matelas et s'empara précautionneusement des mains glaciales de l'enfant. Et maintenant ? Un fugace sentiment d'imposture s'empara de lui. Peu importe, il était maintenant trop tard pour reculer, il se devait de tenter le tout pour le tout. Il se concentra, et habité par sa mission, s'appliqua sur la pression qu'il exerçait, pressentant qu'il fallait progresser avec douceur et ne pas chercher à créer un choc trop violent. Polarisé comme jamais il n'avait été depuis l'apparition de son état, presque en transe, il se surprit de découvrir un fluide coloré sortir de ses mains et tenter de se frayer un chemin vers cette enveloppe charnelle dénuée de conscience. Après une courte lutte, comme repoussé par une barrière invisible, les voiles lumineux semblèrent s'évaporer. Paul renforça sa prise et jeta toutes ses forces dans le combat, guettant un signe, un mouvement, qui témoignerait de la vie revenant dans ce corps inerte. Insensibles, les différents témoins lumineux des machines qui cernaient le lit continuèrent d'envoyer invariablement leurs messages de mort annoncée.

« Mais qu'est-ce que vous faites ? La question avait été chuchotée d'un ton plaintif, larmoyant. »

Les deux amis se retournèrent en même temps. Immobile, l'ex-femme de Fred scrutait cet inconnu qui tenait les mains de son enfant. Sa vision embuée de larmes se déplaça sur son époux qu'elle eut du mal à reconnaître. Statufié, il semblait incapable de réagir, spectateur impuissant d'une situation qui manifestement lui échappait. Lentement, elle fit un pas en avant, et encouragée par l'absence de réaction, enchaîna plus rapidement les suivants. Elle fut sur Paul sans qu'il ait le temps de réagir. Rincé, vidé, il resta immobile, prenant la mesure du désastre. Qu'avait-il espéré ? Pauvre sot présomptueux. Pour qui s'était-il pris pour espérer redonner la vie ? Il avait non seulement lamentablement échoué mais avait joué inutilement avec la détresse de son ami.

« Lâchez-la ! Tout de suite ! La voix n'était plus la même, et l'on sentait poindre une fureur naissante. »

Pour la première fois, le regard de Paul et de la mère de Marie se croisèrent. L'image ne dura qu'une fraction de seconde mais ce que Sylvie lut dans les yeux de l'intrus la terrorisa. Elle recula d'un pas, et suppliante, demanda à son ex-mari,

« Fais sortir cet homme. Je t'en prie. C'est le diable. »

Comme un boxeur sonné par une pluie d'uppercuts, Fred tentait péniblement de reprendre le contrôle de ses pensées et ne sembla pas comprendre la demande. Paul le tira de la situation par de pitoyables bredouillements,

« Je m'en vais. Je vous laisse. Je suis sincèrement désolé, je voulais juste…

— Foutez le camp, sortez d'ici, espèce de cinglé, hurla-t-elle. »

Volcaniques, les émotions de Sylvie avaient explosé, transformant l'épouvante ressentie au contact de ce démon, en un bloc de haine viscérale. Sans plus chercher à s'expliquer, Paul sortit de la chambre la tête basse, anéanti. Fred qui recouvrait ses idées voulut prendre la parole et tenter une explication mais un geste de la main de son ex-femme lui imposa le silence.

Se laissant guider par ses pas et insensible à la vie qui l'entourait, Paul errait sans but dans les rues de Paris. Il avait bien senti depuis quelques semaines son aura décroître, mais en ce tragique instant, terrassé, il comprit que le charme surnaturel et bienfaisant qui l'avait accompagné depuis une année l'avait définitivement quitté lors de cette pitoyable expédition à l'hôpital. Il avait échoué, et la puissance qui lui avait été un temps conférée, aussitôt reprise. Aussi, l'espoir qui l'avait habité quelques instants plus tôt s'était mué en un douloureux accablement. Le tombereau d'afflictions que lui générait son cerveau bouillonnant paraissait sans limite, aucune pensée ne semblant vouloir lui apporter de réconfort. Rien de ce qu'il avait espéré, projeté, imaginé ne trouvait grâce ni sens à ses yeux. Il savait toutes ses victoires récentes gagnées artificiellement, au prix fort d'un destructeur préjudice psychologique et social qui l'avaient dramatiquement isolé. Désarmé, il ne pouvait que constater l'effondrement de son existence. Sa vie était en miettes et si Iris s'était trouvée face à lui, il aurait été ravi de lui fendre à nouveau le crâne.

Accaparé par ses tourments, Paul ne s'était pas aperçu qu'il était suivi depuis un moment par un homme. Agité, car lui aussi en proie à une tempête intérieure, l'individu l'interpella d'une voix forte,

« Dubois ! »

Perdu dans son univers parallèle, Paul n'entendit pas l'injonction et continua sa route. Ce qu'il prit pour de l'indifférence attisa l'ire de son poursuivant qui le bouscula violemment par-derrière en hurlant,

« Enfoiré, tu l'as tuée ! »

Surpris par la violence du choc, il s'effondra lourdement. La panique s'insinua en lui. Il tenta sans conviction de sonder ses pouvoirs, mais constata que ce qu'il ruminait depuis le départ de l'hôpital était une triste réalité : le fil avait été rompu. Les pieds bien campés sur le bitume, l'assaillant toisait d'un regard menaçant le serpent responsable de la disparition de son amante. Les quelques proches passants accélèrent le pas en faisant mine de n'avoir rien vu. Se relevant péniblement, Paul fit face à son agresseur. Chancelant, il posa ses doigts sur sa pommette endolorie par la chute, et d'où perlaient quelques gouttes de sang.

« Briandon ? » s'exclama-t-il en reprenant douloureusement prise avec le réel.

Il sut immédiatement pourquoi il était là et ce qu'il allait lui dire.

« Tu l'as tuée espèce d'enfoiré, tu l'as tuée, continua-t-il d'un ton haineux. Elle était mère de deux gosses ! »

Les yeux injectés de sang, l'inspecteur fit un pas en avant et saisit brutalement Paul par le col. Son visage déformé trahissait fureur et souffrance.

« C'est pas le flic qui te parle, c'est l'homme. Je vais te massacrer. Et après seulement, je vais t'arrêter pour le meurtre de Patricia Lerre et Sophia Lévy.

— Écoutez…

— Ta gueule ! Le deal dans la forêt, tu te souviens ? »

Bien sûr que Paul se souvenait de ce chantage. L'amour ou la mort de la femme que Briandon désirait tant, contre un peu de temps pour se disculper de l'accusation d'assassinat de Sophia. Mais il l'avait fait de bonne foi, sans penser à mal, bien décidé à ne pas mettre ses menaces à exécution en cas de non-respect des engagements pris. Il voulait juste bluffer afin d'obtenir ce qu'il voulait, mais jamais il ne serait allé au bout. Jamais… à moins que…

Possédé, l'inspecteur le secouait maintenant avec rage, mettant un terme à ses réflexions. Voulant se dégager, Paul heurta malencontreusement le menton de son adversaire qui n'attendait qu'un prétexte pour se déchaîner. La violence de l'impact du premier coup éclata sa pommette fragilisée et le fit reculer en titubant. Aussitôt, de criards acouphènes saturèrent son ouïe. Alors qu'il clignait des yeux pour retrouver sa vision qu'une myriade de points blancs avaient voilée, Sophia lui apparut, comme flottant entre deux univers. Sereine, elle semblait vouloir lui adresser un message qu'il ne parvint pas à décrypter. Envoûté par cette vision, Paul esquissa un sourire qui fut reçu par son bourreau comme une provocation. Le second crochet porté au ventre fit exploser une bombe de douleur qui lui coupa le souffle. Alors qu'il s'effondrait, un nouveau mirage surgit et ce fut cette fois au tour de Thierry Lerre de sortir des limbes pour venir calmement le saluer. Pendillant à un mètre du sol, il fixait son ancien suspect d'un regard compatissant, presque amical.

Halluciné, Paul ne vit pas venir le coup de pied assassin porté par Briandon. Sa tête fut projetée en arrière et il alla s'écraser dans le caniveau. Sans signe de vie apparent, son corps suivait la droite parfaite de la bordure du trottoir et sa tête ensanglantée fixait sans le voir un ciel tourmenté. Entre la vie et la mort et incapable de faire le moindre geste, Paul observait, intrigué, les fantômes qui désormais l'entouraient. Ils furent rejoints par une femme qu'il ne connaissait pas, mais qu'il devina être Patricia, la défunte maîtresse de son tourmenteur.

Puis ce fut au tour d'Iris de se joindre à eux. Alors que les trois spectres jouissaient de leur visage d'avant leur mort, celui d'Iris avait conservé sa plaie béante. Du sang coagulé collait à ses cheveux et une matière visqueuse qu'il devina être un morceau de cervelle pendait avec obscénité le long de son crâne. Paul voulut lui parler mais aucun son ne sortit de sa bouche.

La rue était devenue silencieuse et toute l'agitation qui s'était créée autour de l'agression dont il avait été victime lui était devenue étrangère. Le hurlement des sirènes qui se rapprochaient, les conversations des badauds repoussés par quelques policiers, et même les premiers soins prodigués par un inconnu… rien ne lui parvenait. La lumière grise fantasmagorique qui l'entourait baissa en intensité et alors qu'il se sentait aspiré par le sol, la femme de Fred se joignit à la ronde des morts.

Elle aussi ? se demanda-t-il surpris.

Ce fut sa dernière pensée avant que la nuit l'emporte.

Au même instant, son téléphone vibra et sa messagerie enregistra la voix haut perchée de Fred qui hurlait : « Paul, ça a marché ! Tu l'as sauvée. Tu as sauvé Marie ! »

Chapitre XXXII
Cinq ans plus tard

Le soleil, au zénith, semblait vouloir embraser le désert. Cherchant un combustible, les rayons incendiaires s'acharnaient sur les raiders qui étaient venus imprudemment les défier. Malgré l'effort, le corps de Paul restait sec, le vent brûlant aspirant avidement la moindre perle de sueur. Il n'avait parcouru qu'une trentaine de kilomètres, mais déjà, ses foulées se faisaient plus incertaines, collantes. Il s'était épaissi de ces rondeurs que le temps sculpte inexorablement chez les hommes de plus de quarante ans, et sa silhouette, quoique sensiblement affinée par sa préparation, n'était plus celle du compétiteur affûté qu'il avait été six ans auparavant. La faute aux années, mais surtout au volume plus succinct d'entraînement qu'il savait très largement insuffisant pour rééditer son exploit d'antan, et qu'il payait cash depuis plusieurs heures. La première partie de course semblait donc vouloir donner raison aux Cassandre de son entourage. Lorsqu'il avait évoqué sa volonté de participer une seconde fois à la « Desert-Cup », elles lui avaient prédit l'enfer : il ne serait pas assez préparé, n'avait plus l'âge, était passé à autre chose… lui s'était contenté de sourire. Revenir dans le Wadi Rum, là où tout avait commencé, était plus qu'un simple défi sportif, c'était pour lui l'occasion de boucler la boucle, de mettre un terme définitif aux « événements », comme il les nommait pudiquement en son for intérieur. Et peu importe s'il devait terminer en lambeaux, il était en mission. Pour lui. Pour sa femme. Pour son fils.

Cinq ans plus tôt, la violente agression qui l'avait envoyé à l'hôpital avait paradoxalement été synonyme de renouveau, comme si sa version alpha était restée dans le caniveau de la rue Saint-Charles et avait donné naissance à un homme neuf, délivré de ses noirceurs. La mue ne s'était toutefois pas faite en un jour et il avait d'abord dû affronter les fantômes qui lui étaient apparus avant qu'il ne perde connaissance. Ils étaient revenus le hanter et le harceler durant ses premières semaines d'hospitalisation : Sonia asphyxiée par les fumées, Thierry Lerre, broyé dans son véhicule, Patricia, sa veuve et compagne éphémère de Briandon, foudroyée par un AVC, mais aussi Sylvie qui s'était fait renverser par un chauffard en quittant Cochin, quelques heures seulement après que sa fille avait été sortie du coma. Apparaissant toujours en dernier et complétant l'iconoclaste attelage, Iris qui avait été autrefois son alliée, semblait s'être transformée en procureur, le fixant d'un œil noir, accusateur. Sur son lit d'hôpital, il avait bien compris que tous ces morts étaient liés à lui de manière plus ou moins directe, et que, d'une certaine façon, ils venaient réclamer leur dû. Le fameux prix à payer. Mais qu'attendaient-ils de lui ? Payer quoi ? Pour quoi ? De quoi était-il réellement condamnable ? Quels bénéfices avait-il tirés de sa situation ? Il avait tout perdu. Sa vie d'avant, ses amis, son équilibre… Aussi, tiraillé, hésitant, alternant entre déni, doute et culpabilité, Paul avait finalement refusé d'assumer sa part de responsabilité. Il avait trop souffert de ce qu'il avait subi, parce qu'imposé et sans échappatoire possible. Lui n'avait été que l'instrument d'Iris, ce succube malfaisant qui l'avait manipulé. Pour quel secret dessein, il ne le saurait sans doute jamais, mais à l'instant où il prit la décision de plaider non coupable devant sa conscience, le temps devint un allié et il posa en quelques jours un voile protecteur sur ce pan endolori de sa mémoire. Comprenant qu'ils ne pourraient rien tirer de lui, les spectres cessèrent de le visiter et la vision de la tête fracassée d'Iris s'estompa peu à peu dans un brouillard salvateur.

Un moment, il avait espéré revoir Fred et faire la connaissance de sa fille pour laquelle il avait fait, pour la seule et unique fois, un usage altruiste de ses dons. Approcher « le miracle », se confronter à la réalité de ses bienfaits l'aurait aidé à panser plus rapidement les plaies de son passé. Mais si Fred était reconnaissant, il avait également compris que ce qui s'était déroulé ce jour-là, dans la chambre 407, puis, quelques instants après, l'accident mortel de son ex-femme, relevaient d'un monde ou d'un univers parallèle inconnu, et, effrayé par ce qu'il avait vécu et subi, jugea préférable pour son équilibre mental et celui de sa fille de s'éloigner à jamais de son sauveur. Si, dans un premier temps, Paul s'attrista de la disparition et du mutisme de son ami, rapidement il en fut soulagé. Le revoir eut été entretenir des souvenirs par trop inexplicables et traumatisants.

Allégé des sortilèges d'hier et vierge de tout remords, il sortit de l'hôpital deux mois plus tard. Si les revenants et Fred avaient décidé de le laisser tranquille, la justice, aiguillonnée par Briandon, qui n'avait rien lâché, décida de tirer au clair les événements tragiques auxquels il avait été associé. Très rapidement, les assertions du lieutenant concernant le prétendu assassinat de sa récente maîtresse furent balayées et contribuèrent à renforcer le discrédit qui s'était abattu sur lui. Ses accusations farfelues d'un pacte proposé par Paul et qui aurait consisté à lever le pied contre une sorte de « sortilège d'amour » avaient dans un premier temps fait sourire le juge chargé de l'enquête. Mais comme ces affabulations venaient d'un fonctionnaire de police ayant sauvagement agressé le suspect, il coupa court aux discussions, clôtura le dossier et effectua un signalement à sa hiérarchie. Déjà sous le coup d'une enquête de l'IGPN pour le règlement de compte de la rue Saint-Charles, Briandon fût sanctionné et muté au fin fond de sa Bretagne natale d'où il rumine encore le drame qu'il l'a frappé et conduit aux rivages de la folie.

Pour Paul, l'accusation d'homicide sur la personne de Sonia avait été un moment plus difficile à vivre. D'abord, du fait des liens qu'il avait noués avec sa coach, mais aussi parce que les indices disséminés par Iris en avaient fait un coupable plausible, presque idéal. Il avait donc dû faire appel à une avocate dont le nom lui avait été soufflé par son comptable et qui s'était révélée redoutable, le défendant avec méthode et opiniâtreté. Après quelques mois d'instruction, sans mobile apparent, sans preuve, sans témoin, et sans charge réelle, une ordonnance de non-lieu avait été rendue en sa faveur. Pour fêter cet événement qui mettait un terme définitif à ses déboires judiciaires, Paul avait invité son avocate à dîner. Elle avait accepté avec un enthousiasme à peine dissimulé. Un déjeuner aurait tout aussi bien pu faire l'affaire, mais il avait senti au fil des réunions de travail et des convocations chez le juge qu'une alchimie était à l'œuvre, et l'ambiance feutrée du soir lui sembla plus adaptée aux sentiments qu'il souhaitait secrètement faire éclore. Le moment tint ses promesses d'émoi et de complicité, et délivrée de son mandat professionnel, Agnès Lapalu prit l'initiative des opérations dès la sortie du restaurant. La nuit sans sommeil qu'ils passèrent agit sur Paul comme un révélateur et généra en lui un puissant besoin de normalité. À l'instar de son caractère entier, propice aux décisions brutales et comportements extrêmes, le changement de vie qu'entama Paul dès le lendemain fut radical. Très vite, l'évidence s'imposa, et après quelques semaines utilisées à se découvrir, ils décidèrent de vivre ensemble et s'installèrent dans une maison cossue du « village anglais » de Suresnes. Heureux d'être redevenu commun, de ne plus être parasité par des pouvoirs non désirés, Paul savourait le quotidien comme jamais il n'avait pensé le faire.

« Tu m'apaises, lui soufflait-il.

— Tu es mon soleil, lui répondait-elle en riant. »

S'il se livra à sa compagne en totale transparence sur ses frasques et sa vie dissolue, coke et maîtresses à gogo comprises, il se garda bien de rentrer dans le détail des « événements » qu'il avait vécus au cours de l'année. Iris, son passage à la clinique de Garches, le tsunami irrépressible qui l'envahissait artificiellement chaque matin, la perte de son identité, les manipulations sordides dont il avait été capable, les invraisemblables situations auxquelles il avait eu à faire face… qui l'aurait cru sans le prendre pour un cinglé ? Aussi, il n'en dit rien, et enfouit ses secrets dans une boîte hermétique dont il jeta la clé.

Aux côtés d'Agnès, vivre était redevenu plaisant et Paul avait retrouvé goût à fréquenter ses semblables. Déchargé du poids de son sortilège, de son caractère ombrageux, et dépossédé de ses facultés aiguës de perception, il n'avait plus pour eux ce mépris, qui l'avait rendu misanthrope. Le premier à s'en féliciter fut le fidèle Olivier. Il y a cinq ans, dès qu'il apprit que Paul était entre la vie et la mort, sa rancune à son encontre disparut, emportée par une sentimentale loyauté. En ce moment tragique, il n'avait pu lui tourner le dos. Il décida donc de rester aux commandes jusqu'au retour de son ami. Il aviserait ensuite. Lorsqu'ils se revirent quelques semaines plus tard, touché par cette initiative, et honteux de son comportement odieux à son égard, Paul fondit en larmes à l'issue d'une très longue discussion qui permit aux deux compères de remettre les compteurs à zéro. Tout naturellement, ils convinrent de rétablir leur duo managérial sur Insights, à la grande satisfaction des équipes et de nombreux clients. Là aussi, Paul garda pour lui la façon toute particulière dont il avait acquis et financé l'entreprise. Toutefois, dans un geste rédempteur, il proposa à Olivier et aux salariés de rentrer au capital à des conditions particulièrement avantageuses. Boosté par cet engagement collectif et par leur complémentarité, le cabinet retrouva un rythme de croissance à deux chiffres et s'imposa en trois ans comme l'un des leaders incontournables de la formation.

Cerise sur le gâteau d'une vie apaisée, la naissance Enzo, compléta l'improbable puzzle de la nouvelle existence de Paul. Simplement, naturellement, il sut très vite prendre sa place de père, comme si les déséquilibres d'hier avaient été balayés par le premier battement de cil de son poupon rieur. Cela contribua à l'accélération de la transformation de son caractère qui continua de s'arrondir. Agnès l'encourageait dans cette voie et ses mots, lorsqu'elle parlait de lui, évoquaient apaisement et paix enfin trouvés. Il avait désormais tout ce qu'un homme sensé pouvait désirer : une famille, de rares mais solides amis, la réussite financière… Ce qu'elle n'avait su déceler, c'est la sourde angoisse qui avait refait surface et qui le tenaillait depuis la naissance de son fils. Huileuse, la peur s'était de nouveau insinuée dans son quotidien pacifié, corrompant tout ce qu'elle approchait, poissant toutes les joies simples qu'il avait su bâtir. Si être parent était une force qui le poussait en avant et contribuait à ancrer ses nouveaux rapports à la vie, il se sentait aussi plus fragile, cible idéale d'une vengeance potentielle. Car ce qu'il redoutait le plus était l'utilisation de cette paternité par Iris. Alors qu'il se souvenait à l'époque avoir tout tenté pour renouer avec elle, il abhorrait l'idée de la revoir et d'être à nouveau sous sa coupe. Pour rien au monde, il ne voulait renouer avec son passé faustien, mais il s'était convaincu que, tapies dans l'ombre, les puissances qui avaient tenté de le faire basculer il y a quelques années allaient refaire surface. Quelque chose se préparait. Il le sentait, et était conforté en cela par l'effrayante impression que ses pouvoirs tentaient de reprendre possession de lui en se manifestant par à-coups. Pas à plein régime, mais subrepticement, de façon subliminale. Le sommeil de Paul en était redevenu haché, entrecoupé de cauchemars renaissants ou les spectres de la rue Saint-Charles tentaient de reprendre leur traque. Dès lors, donnant l'illusion du mari parfait, il était toujours le premier à s'éveiller aux pleurs du bébé et à se précipiter pour changer ses couches.

« Dors mon amour, je gère », chuchotait-il, rassurant, à Agnès.

Alors qu'il rentrait d'un rendez-vous client en taxi, Paul tomba par hasard sur un exemplaire de « Trail magazine ». Une pleine page de publicité annonçait la prochaine édition de la « Désert-Cup », trois mois plus tard.

« Vous courez vous aussi ? lui demanda le chauffeur qui l'observait du coin de son rétroviseur.

— J'ai couru oui, il y a très longtemps. Dans une autre vie. »

Cet épisode agit comme un déclic, ou plutôt en ce qui concernait son humeur du moment, comme un détonateur. Bien sûr, la découverte de cette publicité pouvait être le simple fruit du hasard, mais Paul l'interpréta comme un signe supplémentaire qu'il se tramait quelque chose, quelque part. De là à imaginer une volonté de rencontre ? Il y a cinq ans, tout était parti du Wadi Rum, tout avait commencé au point de contrôle N° 4. Son premier échange avec Iris, son premier marché : l'énergie retrouvée contre une simple petite grippe. S'il voulait continuer à vivre normalement, il devait retourner aux sources de son histoire et vérifier si ses peurs étaient justifiées ou si elles étaient les ultimes vestiges d'une époque révolue. Si par malheur ses craintes s'avéraient exactes, il ferait alors ce qu'il faut pour protéger les siens. Quel qu'en soit le prix. Et si, comme il l'espérait, il n'était victime que d'une simple paranoïa passagère, et que rien ne se passe, alors s'en seraient terminé des fantômes et il pourrait reprendre le cours de sa vie, enfin libéré de cette malédiction. Dans tous les cas, la réponse se trouvait au PC N° 4. C'était une certitude.

Il s'inscrit donc à la compétition.

La nuit était tombée depuis un bon moment sur l'immensité sablonneuse. Paul souffrait le martyre. Le passage à vide qui était rapidement apparu après le départ s'était solidement agrippé à chacun de ses muscles qu'il tiraillait avec sadisme dans tous les sens. Des ampoules, il était incapable de les dénombrer, avaient allumé un brasier sur ses orteils, et régulièrement, après avoir explosé, répandaient un liquide empoisonné qui trempait de leur misère ses pieds meurtris. Dans les secondes qui suivaient, d'atroces brûlures se manifestaient, torturant chaque foulée. La course, inhumaine, promettait d'être longue. Et l'expérience lui dictait que rien ne présageait un retour de flamme. Peu importe, il n'était pas venu pour la performance ou l'exaltation du dépassement de soi. Il était venu pour se sauver. Et sauver sa famille.

Lors de sa première participation, il était arrivé au PC4 à la tombée de la nuit. Cette fois, c'est pratiquement au petit matin qu'il entrevit la silhouette lointaine du bivouac. La tente, desservie par un long faux plat montant, se détacha en ombre chinoise dans l'aube naissante. Bousculant les ténèbres, dans un silence de coton, les premières clartés se frayaient un chemin et commençaient à révéler la beauté des paysages. Paul se retourna et constata qu'il était seul, aucun coureur sur ses traces. Il ralentit la cadence et rassembla ses pensées. Que ferait-il s'il se trouvait face à Iris ? Cent fois, il s'était posé la question sans réussir à y apporter la moindre réponse sérieuse. Il ferait au mieux, voilà tout. Serait-il anesthésié par cette insouciance qui caractérisait chacune de ses rencontres ou jouirait-il librement de ses facultés ? Que voudrait-elle de lui ? Serait-elle encline à reprendre le fameux processus ou serait-elle là pour lui faire payer sa disparition ? Quelles seraient les prochaines étapes ? Surtout, que pouvait-il se passer de plus insolite que ce qu'il avait vécu il y a cinq ans ?

Dans quelques minutes, il saurait.

Ce qui n'était qu'une masse informe et lointaine se précisa au fil des pas. À mesure que le soleil pointait, la tente de l'organisation imprimait plus distinctement ses contours sur le ciel bleuissant. Arrivé à une dizaine de mètres du PC, Paul s'arrêta. Aucun son ne venait perturber le calme neigeux du Wadi Rum. Un frisson le parcourut. À nouveau, il regarda derrière lui, espérant l'arrivée d'autres concurrents comme autant de renforts incertains, mais l'horizon resta vierge de toute présence humaine. Déjà tambourinant, Paul sentit son cœur s'emballer. Comme une invite mystérieuse, un vent léger fit onduler la toile de la porte du bivouac.

Il entra.

Tranchant avec la fraîcheur du petit matin, une accueillante chaleur l'enveloppa. Plusieurs lampes tempête distillaient une lumière usée par la nuit, dessinant d'oniriques zones d'ombre. Plissant les yeux, il balaya l'espace, cherchant autant à retrouver la disposition quasi militaire qu'il avait en souvenir, qu'à en débusquer ses occupants. Il s'étonna de ne trouver personne au milieu de ce qui ressemblait à un capharnaüm. Hormis le gargouillis que fit l'eau en étanchant sa soif, le silence régnait en maître.

« Hello, il y a quelqu'un ? »

Le son de sa voix le fit tressaillir tant il sembla profaner le calme ambiant. Il eut subitement la sensation d'être un intrus et se sentit observé en retour. Dans un claquement de tissu, surgissant soudain derrière lui, une femme entra dans la tente.

« Oh, vous m'avez fait peur, s'écria-t-elle. Vous êtes là depuis longtemps ? je ne vous ai pas entendu arriver… J'étais allée me dégourdir les jambes…

— Je viens juste d'arriver.

— Ça va, pas trop fatigué ? s'inquiéta-t-elle en se dirigeant vers une table. Donnez-moi votre carte que je la poinçonne. »

Paul observait cette inconnue des pieds à la tête, cherchant une vaine ressemblance avec Iris. Autant cette dernière était svelte et avait le port altier, autant cette commissaire, si s'en était réellement une (mais que pourrait-elle être d'autre ?), était râblée et rondouillarde, à la limite de l'obésité.

« Et vous êtes seule à gérer ce PC ? s'enhardit Paul.

— Non, il y a ma copine infirmière qui dort à poings fermés. »

Désignant un corps assoupi sur un lit de camp noyé dans l'ombre, elle gratifia Paul d'un large sourire. En cherchant à reconnaître la silhouette recroquevillée, il décela une épaisse chevelure brune bouclée. La même que celle d'Iris.

« Et comment s'appelle-t-elle ? » tenta-t-il ingénument,

La commissaire éclata de rire.

« Dites donc, vous êtes venu pour draguer vous ? Je vous suffis pas ? poussa-t-elle, hilare. Reprenant son sérieux, elle enchaîna :

« Vous voulez votre ration d'eau ?

— Oui, bien sûr, répondit-il, déstabilisé. Je peux m'installer un moment pour me reposer ?

— On est là pour ça. Mettez-vous là, vous serez à l'aise », dit-elle en désignant un lit de camp placé dans un coin de la tente, loin de l'infirmière. Anticipant une question que tous ses visiteurs devaient lui poser, elle continua,

« Il y a un peloton d'une dizaine de coureurs qui a déboulé à cinq heures et depuis, plus rien.

— Ah, merci, répondit Paul, le regard aimanté par la femme endormie. Et si c'était Iris ? »

Il s'installa et, inquiet, entama son rituel : retirer le sable de ses chaussures, se laver précautionneusement les pieds endoloris avec une lingette, se restaurer.

L'observant depuis sa table, la commissaire devina l'état de ses phalanges torturées aux grimaces de douleur que faisait Paul. Elle proposa,

« Avez-vous besoin de soins ? Voulez-vous que je réveille ma collègue ? Elle va s'occuper de vous. Et vous pourrez lui demander son prénom, promis », se moqua-t-elle pour finir.

Réveillée depuis l'arrivée de Paul, l'infirmière attendait le bon moment pour intervenir. Les derniers propos échangés la mirent en mouvement et, sortant de la pénombre, elle se dirigea lentement vers lui. Il fut saisi par sa beauté féline. Son corps, admirable, exhalait une lascivité sauvage, animale. Une explosion de bonheur l'envahit et il expulsa les tensions qu'il avait accumulées au fil des kilomètres et de ses dernières ruminations. Cela fut tellement intense qu'il ne pût retenir son émotion et des larmes se frayèrent un chemin sur son visage crasseux.

« Ça a l'air très douloureux, s'inquiéta-t-elle ?

— Non, c'est autre chose, sourit-il. Un immense soulagement. »

Il resta plus que de raison sur son lit de camp, traînassant, bavardant avec les deux femmes, se laissant même aller à une micro-sieste. Il laissa des concurrents qui l'avaient rejoint repartir sans lui. Il donna du temps au temps. Au bout d'une heure, certain qu'Iris ne se manifesterait plus, il se décida à reprendre la piste. Il était venu ici pour affronter ses peurs et vérifier si les signes qu'il avait cru déceler après la naissance de son fils étaient réels ou le simple fruit de son imagination paranoïaque. Il avait maintenant la réponse : ses craintes avaient été fantasmées. Aucune réapparition de ses pouvoirs, pas de trace de fantômes ni d'Iris… Tout semblait définitivement terminé. Il pouvait maintenant repartir rassuré et affronter le soleil qui assommait déjà les coureurs de ses rayons incandescents. Et tant pis s'il lui restait les deux tiers du parcours, chaque pas serait maintenant plus facile : il le rapprocherait des siens.

À l'aide de son couteau, Olivier fit cloche de son verre et se leva lourdement afin de prendre la parole. Le dîner touchait à sa fin et avait été déjà copieusement arrosé. Assis à ses côtés, Paul, hilare, regardait son ami chercher à trouver une stabilité digne du discours à venir. Comme chaque année, toute l'entreprise avait été conviée à une soirée pour fêter la fin de l'exercice. Une des devises du cabinet étant « work hard, play hard », la nuit ne faisait que commencer et les quatre-vingt-cinq consultants s'apprêtaient à un lâchage en règle, favorisé par l'absence des conjoints et la convivialité qu'avaient su instaurer les deux dirigeants. Au milieu du brouhaha et des éclats de rire, la voix à l'autorité naturelle d'Olivier se fraya aisément un chemin, et après quelques secondes, une salle respectueuse et reconnaissante était à l'écoute de son charismatique Directeur général.

« Mes amis, pas de longs discours ce soir mais un toast. Ou plutôt deux. »

Électrisé par l'enjeu, Olivier avait retrouvé sa verve et aucun stigmate des déjà nombreux verres avalés n'était visible.

« Tout d'abord un grand bravo et merci à chacune et chacun d'entre vous ! Au-delà des super chiffres que vous connaissez, je voudrais saluer votre professionnalisme, votre capacité à faire vivre l'ADN de cette boîte, saluer votre engagement, votre dévouement, votre générosité. Les clients ne s'y trompent pas et les retours qu'ils nous font sont au top. Pour tout ça, merci. »

De nombreux vivats approbateurs s'élevèrent et nombreux étaient ceux qui s'étaient levés pour célébrer cet instant. D'un geste, il obtint un calme relatif.

« Pour conclure ce premier toast je voulais vous partager mon état d'esprit, et le mot qui me vient naturellement ce soir, c'est fierté. Fierté de nous être imposés comme l'un des leaders reconnus. Fierté d'avoir une team comme la nôtre. Fierté de travailler à vos côtés. »

Des applaudissements nourris ponctués de braiments avinés saluèrent l'annonce. Chauffé à blanc, l'auditoire était ouvert à tous les excès.

« Et le deuxième toast, me direz-vous ? »

Une nouvelle accalmie s'imposa.

« Je voudrais le porter à notre Président. À mon ami. »

Cette fois, Olivier eut du mal à calmer ses troupes, tant leur euphorie s'était déchaînée. Au bout de quelques secondes, il reprit, la parole,

« À toi, mon ami qui nous reviens de l'enfer, et de cette aventure incroyable qu'aucun d'entre nous ne serait capable de réussir. À toi, mon ami qui a su nous emmener là où nous sommes ! Merci pour tout ! »

Les invitant à lever leur verre, il conclut :

« Vers l'infini et au-delà ! »

Après cet hommage ovationné au-delà du raisonnable, la soirée pouvait vraiment démarrer. Tout le monde descendit d'un étage, où la cave avait été transformée par le propriétaire en boîte de nuit privée, le Rocambole. Banquettes en velours mauve, spots laser, verres lumineux, rien ne manquait à l'appel. Un DJ inspiré, choisi par Paul, bombarda aussitôt un son qui mit le feu aux poudres.

Alors qu'ils suivaient le mouvement, Olivier entraîna son ami à part et ils s'éclipsèrent discrètement dans un débarras qu'apparemment il avait repéré depuis un moment.

« Ça te dirait ? » interrogea-t-il en secouant une boîte de pellicule photo.

Ces deux-là avaient écumé la nuit parisienne avant, qu'amoureux, ils ne se consacrent à leurs épouses respectives. Mais quand l'occasion de se perdre se présentait, ils étaient toujours prêts à la saisir.

« Oh que oui. Ça fait un sacré bail, et ce soir, j'ai vraiment envie de lâcher les chevaux. J'ai quelque chose à fêter. »

Olivier interrompit la préparation des deux énormes lignes de poudre blanche qu'il avait entamée pour mieux l'écouter. Paul s'épancha.

« Enfin, ça y est, tout est fini, terminé, c'est derrière moi maintenant. »

Olivier l'observa avec profondeur.

« De quoi tu parles ?

— Tu sais bien…

— Tes problèmes d'il y a un siècle ? Je pensais que c'était déjà loin.

— Pas complètement, soupira-t-il. Même si j'allais mieux, bien mieux en fait, se reprit-il en souriant, il y avait parfois des moments où ça me retombait dessus. Et bizarrement, l'arrivée d'Enzo n'a pas arrangé les choses. »

Pour tous, y compris Olivier, il n'évoquait les « événements » qu'à travers le prisme de la dépression ou du burn-out, cela dépendait de ses interlocuteurs. Par ailleurs, il n'était jamais revenu sur la discussion qu'ils avaient eue avec Nathalie au retour de sa première « Desert Cup ». L'apparition d'Iris et son cortège de faits ébouriffants ne pouvaient être que des mirages dus à son épuisement comme l'avait à l'époque suggéré Olivier. Et la déprime qui avait suivi avait servi d'écran de fumée pour ne pas avoir à revenir dessus.

« Et pourquoi penses-tu que tout est désormais terminé ? Il y a eu un événement particulier ?

— Oui, c'est pour cela que je suis reparti là-bas. Tu te souviens, la première fois, j'ai plongé juste après mon retour. Refaire ce raid était synonyme d'un nouveau départ, une renaissance en quelque sorte. Pour moi, c'était symbolique. Si j'étais capable de le terminer, alors j'aurais vaincu l'affreux hydre qui me pourchassait, termina-t-il en souriant et mimant le geste de lui couper la tête. »

Finalement, Paul ne mentait que par omission. Il écartait juste l'inimaginable afin que le commun des mortels accède à une part audible de son passé.

« Tu n'as jamais vraiment été clair sur les raisons de ton burn-out, pétage de plombs, je ne sais pas trop comment l'appeler. Tu ne veux toujours pas me dire ?

— Y a rien à dire, Olivier. Ça m'est tombé dessus comme ça. Je n'ai pas d'autre explication. »

Sentant qu'il ne servait à rien d'insister, Olivier conclut la discussion par une proposition,

« Viens dans mes bras mon pote. »

Encadrés par des tas de linge de table immaculés et des piles de cartons de produits d'entretien, ils restèrent ainsi un long moment à s'étreindre. Le bourdonnement des basses et des éclats de rire les tira de leur accolade.

« On va les rejoindre ? »

Quelques instants plus tard, légers et conquérants, ils flottaient sur la piste, emportés par un son hypnotisant. Fermant les yeux pour mieux ressentir les vibrations qui le traversaient, Paul s'était abandonné et vivait pleinement la musique. Un bras levé suivant le tempo répétitif, il faisait penser à un chaman effectuant une danse tribale tout droit sortie de rites ancestraux. Olivier, de son côté, pensait donner le change en adoptant un style plus posé, moins exubérant, mais son sourire niais et ses pupilles de hibou le trahissaient pour qui avait une expérience de la nuit. Tout autour d'eux, des sourires entendus et des clins d'œil complices étaient échangés par des collaborateurs souvent dans le même état que leurs deux dirigeants, ou tout simplement heureux de partager autre chose que des ratios ou des courbes de croissance. Régulièrement, Olivier s'occupa de les ravitailler en gin-tonic, histoire de maintenir le réel à distance éloignée. Des salariés plus ou moins alcoolisés vinrent trinquer avec eux et partager quelques sympathiques platitudes tout au long de la soirée. Vers quatre heures du matin, la boîte s'étant vidée d'un bon tiers, des espaces vides entre les groupes de danseurs s'imposèrent. Ce fut le moment où, après avoir sniffé leur troisième ligne de la nuit, Paul et Olivier avisèrent une alcôve occupée par deux jeunes consultantes récemment embauchées. Le vaste canapé en demi-cercle faisait face à la piste. Ainsi aux premières loges du spectacle, ils pourraient continuer à vivre pleinement la dernière partie de la fête tout en soufflant un peu. L'intensité du début s'était évaporée, laissant place à une ivresse où tout fonctionnait désormais au ralenti. Il était temps de se poser pour vivre une séquence plus contemplative.

« Ça va, vous passez un bon moment ? » crut bon de s'inquiéter d'une voix pâteuse Olivier en s'adressant à la jeune femme la plus proche de lui.

Paul était admiratif devant le professionnalisme inébranlable de son DG et ami. En ce qui le concerne, il avait toujours détesté parler en boîte, préférant un mutisme extatique à une conversation hachée et inaudible. Pour lui, que la fête soit professionnelle ou non, les clins d'œil et sourires étaient suffisants. Surtout à cette heure avancée. Ne connaissant pas ses pratiques, la seconde collaboratrice se leva pour venir s'asseoir à ses côtés. Intérieurement, Paul se tendit.

« Monsieur Dubois, vous avez réussi un truc incroyable avec Insights. Je me sens au top ici, démarra-t-elle.

— Sympa, merci. C'est Olivier qu'il faut remercier, tenta Paul pour se débarrasser d'elle.

— Et vous savez que la méningite est très fréquemment mortelle chez les jeunes enfants ? »

Durant une fraction de seconde, comme pour faciliter l'échange, Paul eut l'impression que la musique s'était arrêtée et les fêtards figés. Son sang avait fait de même et il cria en retour :

« Qu'est-ce que vous avez dit ? »

Il comprit qu'il avait parlé plus fort que souhaité, car même Olivier et son interlocutrice l'examinèrent avec suspicion. Inquiète, la jeune femme semblait ne pas comprendre la question.

« Qu'est-ce que vous avez dit ? répéta-t-il en essayant un ton plus conciliant.

— Je vous ai juste demandé si vous vouliez que j'aille nous chercher un verre, répondit-elle désarçonnée.

— Ah, répondit-il, dépité. Excusez-moi, je suis désolé, je vais prendre un peu l'air. »

Ses trois voisins se regardèrent avec incompréhension, et appréhension en ce qui concerne Olivier.

« Je t'accompagne.

— Non, ça va aller », le rabroua Paul.

Le vent frais du matin le revigora. Il fit quelques pas et s'assit sur un banc. Rassemblant ce qu'il lui restait de lucidité, il cherchait à se reconnecter avec ce qu'il croyait avoir entendu. Elle ne lui avait pas proposé d'aller chercher un verre, il en était presque sûr. Elle avait parlé de méningite et de jeunes enfants. Elle avait parlé de mort. Il n'avait pas rêvé. Il n'était pas détraqué. Pas détraqué mais complètement défoncé, oui. Et en train de se faire un très mauvais délire, conclut-il. Il en était à ce stade de réflexion lorsque, quelque part au fond de lui, une voix ténue tenta de se faire entendre en lui suggérant que tout n'était peut-être pas fini. Il ne la laissa pas prendre le dessus et la fit taire avec autorité.

« C'est l'heure d'aller te coucher », se dit-il à lui-même.

« Elle voulait te ramener chez elle, pour que tu réagisses comme cela ? » se moqua Olivier en s'asseyant à côté de lui.

Tiré de ses pensées, Paul sursauta.

— Non, c'est juste que je suis mort. J'ai plus l'habitude et je dois commencer à me faire vieux, sourit-il. Je vais rentrer.

— Ah ok. Tu veux que je te commande une voiture ?

— Non, laisse tomber, je vais marcher un peu pour me décrasser. Je prendrai un Uber ou un taxi pour finir. Elle était super ta soirée.

— Notre soirée l'ami, notre soirée. En tout cas, c'était bien bon de refaire la fête avec toi. Ça faisait trop longtemps. Allez, viens que je t'embrasse.

Au fil des pas, la forme de Paul s'améliora. Il marchait calmement, avec une assurance retrouvée. Engourdi par l'excès d'alcool et de coke, son corps fonctionnait au ralenti tout en lui procurant d'agréables sensations de paradoxale légèreté. L'air lui semblait chaud et une douce quiétude l'envahit. Il s'arrêta un instant et ferma les yeux. Il était bien, tout simplement. Les bras ballants, il écarta ses doigts pour mieux sentir le vent léger qui le caressait. La ville semblait déserte, aucun son ne venant troubler l'énorme remontée extatique qu'il vivait. La silhouette de sa femme et de son fils se dessinèrent et une onde de tendresse le traversa. Il eut soudain envie de rentrer chez lui. Aucun taxi à l'horizon, il chercha son téléphone pour commander un Uber. Il jura lorsqu'il découvrit l'avoir oublié au Rocambole, certainement dans son sac. Pas de téléphone, pas de moyen de paiement, pas de clé. Il réfléchit un instant à ce qu'il devait faire. Il avait parcouru trop de chemin pour faire demi-tour, et surtout il ne voulait pas rompre le fragile équilibre qui le maintenait bienheureux. Rentrer à pied n'était finalement pas si terrible. Il avait bien fait cent soixante-huit kilomètres d'une traite. Bien sûr, il allait devoir réveiller Agnès. Elle lui en voudrait sur le coup mais avec un peu de chance, ils feraient peut-être l'amour avant de s'endormir. Il reprenait son périple quand son esprit embrumé repéra la bouche de métro. Un coup d'œil à sa montre. Cinq heures trente. Le destin avait décidé pour lui, il prendrait donc le train, ce serait plus facile. Finalement, tout s'enchaînait bien. À cette heure-là, peu de chance qu'il rencontre un contrôleur. Et puis s'il devait en croiser un, ce ne serait pas la fin du monde. Il rejoignait les siens, il venait de passer une mémorable bringue, un avenir radieux lui était promis… il était à cet instant le plus heureux des hommes.

Il se faufila entre les portillons et descendit tranquillement les escaliers pour rejoindre les quais, vides de tout voyageur. Trois stations jusqu'à Charles de Gaulle. Un changement. Cinq stations jusqu'à La défense, puis le T2 jusqu'à Suresnes Longchamp. Un vrai voyage, se dit-il, guilleret. La soirée se terminait de la meilleure des façons possibles. Dans trente minutes environ, il serait chez lui.

C'est alors qu'il la vit. Sur le quai d'en face, debout au milieu d'un halo de lumière, elle le fixait de son regard bienveillant. Alors qu'il souhaitait plus que tout au monde ne jamais recroiser sa route, il s'étonna d'éprouver une joie profonde. Comme de retrouver une ancienne maîtresse qui l'aurait quitté, et dont la cicatrice de l'absence ne se serait jamais refermée. Il se fit la remarque qu'elle était toujours aussi belle. Le sifflement métallique de la première rame qui arrivait commença à se faire entendre.

« Bonjour, Paul, heureuse de te revoir. »

Tout comme lors de leur première rencontre, elle n'eut pas à parler pour se faire entendre. Tétanisé, il n'arriva pas à lui répondre. Il ne s'était jamais senti aussi bien mais il savait au fond de lui que c'était un piège. Il voulait lutter, reprendre le dessus, mais chaque seconde qui passait l'éloignait de son libre arbitre. Spectateur impuissant de sa domination, il était noyé sous une vague enjôleuse qu'il savait mortifère. Le vacarme du train se fit plus imposant. Les phares de la motrice apparurent en bout de quai.

« Approche-toi, glissa-t-elle de sa voix sensuelle. »

Paul fit un pas en avant. Très loin au fond de lui, ce qui lui restait de conscience luttait avec l'acharnement du désespoir. Le train s'arrêta et les wagons s'ouvrirent avec fracas. Il s'avança. Encore quelques centimètres et il pourrait s'enfuir. Toujours possédé par cette douceur qui l'habitait, il resta pourtant immobile un moment, hésitant. La sonnerie retentit, les portes se refermèrent avec le même claquement sec. Le souffle de la rame emporta ses dernières résistances. Ils se retrouvèrent de nouveau face à face.

« Alors ce n'est pas fini ?

— Tu as été choisi, Paul. Tu ne peux pas te soustraire, c'est ainsi.

— Pourquoi maintenant ? J'ai une femme, un enfant, un avenir. »

Ces mots, lourds de sens, d'humanité, et empreints du plus profond désespoir, Paul s'entendit les prononcer avec détachement, comme s'il ne s'appartenait déjà plus. Comme si un autre Paul prenait possession de lui.

« Tu as décidé de faire ton chemin d'apprentissage sans moi. Cela a été plus long, c'est tout. Tu es désormais suffisamment fort pour aider les autres. Il ne te reste qu'une dernière étape. Et c'est la seule façon de sauver Enzo. »

Avec un chuintement animal, une nouvelle rame s'annonça. Paul tourna la tête pour l'affronter du regard. Alors que le train s'approchait, il voulut poser une dernière question à Iris. Elle avait disparu. Le grondement s'amplifia. Dans quelques secondes, il serait à sa hauteur. Paul prit sa décision.

Il ferma les yeux et avança vers sa nouvelle vie.

Imprimé en France
Achevé d'imprimer en mai 2024
Dépôt légal : janvier 2024

Pour

Le Lys Bleu Éditions
40, rue du Louvre
75001 Paris